Steppenbrand

Die Erben des Dschingis Khans

Birgit Furrer-Linse

AF198699

Steppenbrand

Die Erben des Dschingis Khans

Birgit Furrer-Linse

Historischer Roman

Bibliografische Information der Deutschen Nationalbibliothek:
Die Deutsche Nationalbibliothek verzeichnet diese Publikation in der Deutschen Nationalbibliografie; detaillierte bibliografische Daten sind im Internet über http://dnb.dnb.de abrufbar.

© 2020 Birgit Furrer-Linse

Alle Kopierrechte Birgit Furrer-Linse

Fotografie Cover Birgit Furrer-Linse

Herstellung und Verlag: BoD – Books on Demand, Norderstedt

ISBN: 978-3-7519-2432-0

Weitere Romane der Autorin Birgit Furrer-Linse:

... denn der einzige wahre Gott Ägyptens ist der Nil

Die Ägypter gaben ihr den Namen Nofretete

Die Kurtisane von Rom

Härter als Krebs

Ich, al Mansur, Herr über Cordoba

Die Seherin des Amun .

ISBN 978-3-7519-2432-0

1.

Schneeflocken wurden von einem kalten, heulenden Wind herumgewirbelt, der über die weiße Ebene fegte. Sie hüllten das riesige Feldlager fast völlig ein, das sich vor den Mauern der Stadt Kiew ausgebreitet hatte. Klirrende Kälte ließ an diesem frostigen Dezembermorgen den Atem von Mensch und Tier zu weißem Dampf gerinnen. Doch selbst dieses menschenfeindliche Klima hatte das Leben im Feldlager nicht zum Erliegen bringen können. Seit dem Einsetzen der Morgendämmerung waren Handwerker damit beschäftigt, die mitgeführten Gerüste und Sturmblöcke des Heers zusammenzusetzen.

Eine große Zahl dieser Handwerker waren nur dürftig bekleidete, aneinandergekettete Sklaven, die ihre harte Arbeit bei jedem Wetter erledigen mussten. Bewacht wurden sie von den strengen Blicken kleiner, stämmiger Männer, die in lange Überröcke gehüllt waren und dicke Pelzmützen auf dem Kopf trugen. Unter diesen Überröcken verbargen sie Lederrüstungen, die die gedungenen Körper der Männer noch stämmiger wirken ließen. An ihren Gürteln hingen lange Schwerter, auf den Rücken hatten sie Köcher mit Pfeilen und Bogen hängen, und in ihren Händen hielten sie Lanzen, stets dazu bereit, sie jederzeit zu gebrauchen. Ihre Gesichter zeigten grimmige Entschlossenheit. Ihren schmalen, schlitzförmigen Augen schien keine Bewegung der ihrer Aufsicht unterstellten Gefangenen zu entgehen. Mitleidlos trieben sie die Sklaven zur Arbeit an. Sobald einer der Gefangenen erschöpft zusammenbrach, wurde er von einer ihrer Lanzen durchbohrt, abgekettet und auf einen Haufen geworfen, auf dem sich bis zum Abend ein Berg von Leichen türmen würde. Doch dieses grausame Aussiebverfahren war für die geschundenen Sklaven längst zum Alltag geworden. Nur der Starke überlebte. Für den Schwachen gab es in der Welt ihrer Peiniger keinen Platz. Darum war es für jeden der gefangenen Männer inzwischen nur eine Frage der Zeit geworden, wann auch ihn das Schicksal des neben ihm gerade Hingerichteten ereilen würde. Ob früher oder später, irgendwann würde jeden der Überlebenswille verlassen und er sich hinlegen, um auf einem solchen Leichenberg sein Grab zu finden. War es nicht überhaupt ein Wunder, dass einige von ihnen noch lebten?

Fast zwei Jahre war es her, dass die Mongolen Moskau eingenommen hatten. Wer ihrem blutigen Gemetzel nach dem Fall der Stadt entgangen war, den hatten sie in Ketten fortgeführt. Die Entbehrungen und Leiden, die die Gefangenen seither hatten erdulden müssen, waren unvorstellbar. Zur harten Fronarbeit hatten sich nicht nur Hunger und Kälte gesellt, sondern bald auch Hoffnungslosigkeit. Eine russische Stadt nach der anderen war den Eroberern in die Hände gefallen. Und nach jedem Fall hatten die Mongolen ihre Drohung wahr gemacht. Wer sich nicht freiwillig unterwarf, der durfte auf keine Schonung hoffen. Verbrannte, entvölkerte Städte und Dörfer waren dann alles, was das mongolische Heer zurückließ. Wie viele solcher Niederlagen und anschließenden Vernichtungen hatten sie inzwischen erlebt? Schon deshalb glaubte längst keiner der Gefangenen mehr an einen Sieg und eine damit verbundene Befreiung durch ein russisches Heer.

Während die Arbeiten an den Sturmgeräten unaufhaltsam vorwärts gingen, ließ es sich Batu, der Kahn der Goldenen Horde, nicht nehmen, die Stadtmauern Kiews persönlich zu inspizieren, um mögliche Schwachstellen im Verteidigungssystem der Stadt ausfindig zu machen.

„Hier, am Polnischen Tor, werden wir am schnellsten durchbrechen können", meinte er an Subatei gewandt, dem altgedienten mongolischen Heerführer, der schon an der Seite Dschingis Kahns geritten war, sowie Berke, seinem Bruder. Beide begleiteten Batu Khan auf seinem Ritt. „Da die Mauer hier aus Holz ist, wird sie unseren Rammböcken nicht lange standhalten können. Bei Tengris, dem Gott unserer Ahnen, schwöre ich, dass diese Stadt bald aufgehört haben wird zu existieren."

Zustimmend nickte Subatei.

„Ja", sagte er zuversichtlich. „Lange werden wir wohl kaum brauchen. Erst Kiew und dann weiter nach

Westen. Wir werden nicht eher ruhen, bis wir diesem aufsässigen Ungarnkönig Bela die Antwort gegeben haben, die ihm gebührt."

Während Batu Khan, Subatei und Berke die Stadtmauern Kiews weiter auf ihren kleinen mongolischen Pferden umrundeten, betraten in der Stadt zwei Männer einen der Festungstürme. Das Bild, das sich ihnen von der Plattform des Turms aus auf die Ebene bot, ließ sie erschaudern. Soweit ihr Blick reichte, erstreckte sich das Lager der Mongolen. Ihre lang gestreckten weißen Jurten reihten sich endlos aneinander. In ihrer Mitte erhob sich das mit goldenen Stäben verzierte Zelt ihres Khans, das den von Batu, einem Enkel Dschingis Khans, befehligten Truppen den Namen „Goldene Horde" gegeben hatte. Diese Jurten führten die Mongolen auf großen, von zweiundzwanzig Ochsen gezogenen Karren überall hin mit. Der Lärm der unzähligen, das Lager bewohnenden Menschen vermischte sich mit dem Geblök ihrer mitgeführten Herden und dem lauten Gewieher ihrer Pferde, Kamele und Esel. Dieser ohrenbetäubende Krach verstärkte noch den furchteinflößenden Eindruck, den das Mongolenlager ohnehin schon bot.

„Wie ist Eure Sicht der Lage, Francesco? Sprecht offen."

„Mir scheint die Lage hoffnungslos", erwiderte dieser tonlos, im Gedanken für einen Augenblick zu seiner Frau und seiner Tochter schweifend. Zum wiederholten

Mal machte er sich bittere Vorwürfe, dass er die beiden nicht zuhause in Genua gelassen hatte, als er den Auftrag angenommen hatte, einige Umbauten an der Kiewer Sophienkirche durchzuführen.

Dieser unverzeihliche Leichtsinn hatte hauptsächlich darin seine Ursache, dass man die aus dem Osten hereingebrochene Bedrohung durch die Mongolen in Westeuropa noch immer nicht richtig einzuschätzen gelernt hatte. Während man in Westeuropa noch rätselte, welche Ziele diese wilden Reiterhorden eigentlich verfolgten, überrannten die Tataren, wie die Russen ihre Eroberer nannten, ungehindert ganz Osteuropa.

„Das ist auch meine Meinung", antwortete Dmitri sorgenvoll. „Wir hätten uns ergeben sollen, als noch Zeit dazu war. Aber unser stolzer fürstlicher Kommandant hielt das ja nicht für angebracht. In seinem Übereifer musste er die mongolischen Gesandten, die die Übergabe forderten, auch noch über die Stadtmauer zu Tode stürzen lassen."

Francescos Mund verzog sich zu einem bitteren Grinsen.

„Nun wird diese Stadt seinen Übermut büßen müssen, während er sich beim Herannahen der mongolischen Streitmacht heimlich bei Nacht davongeschlichen hat."

Ahnungsvoll streifte Dmitris Blick für einen Augenblick den Genuesen. Er konnte nur zu gut verstehen, welche

Sorgen diesen jetzt quälen mussten. Wie froh Dmitri doch war, dass er selbst keine Angehörigen in der Stadt hatte, um deren Schicksal er nun bangen musste. Seine Aufgabe war darauf beschränkt, bis zum bitteren Ende zu kämpfen und möglichst nicht lebendig in die Hände der Mongolen zu fallen.

„Ich hätte Euch nicht bitten dürfen zu bleiben, um die Leitung beim Ausbau der Verteidigungsanlagen der Stadt zu übernehmen."

„Ich habe es doch gern getan", widersprach der Genuese. „Nur leider waren all die Mühen und Anstrengungen nun doch umsonst. Die Mauern beim polnischen Tor sind noch immer aus Holz. Sie sind das schwache Glied in der Verteidigung der Stadt."

„Ja", stimmte Dmitri zu, der nach der Flucht von Michael von Chernigow das Kommando über die Stadtverteidigung übernommen hatte. „Diese Mauern werden nicht einmal einen Tag lang dem Ansturm der mongolischen Rammböcke standhalten können. Doch wie auch immer - an dem, was da kommen wird, lässt sich nun gewiss nichts mehr ändern. Darum solltet Ihr nach Hause zu Eurer Frau und Eurer Tochter gehen, Francesco. Die beiden werden Euch jetzt sicher nötiger brauchen als diese Mauern, die sich nicht mehr verbessern lassen."

Nachdenklich nickte Francesco.

„Vielleicht habt Ihr recht. Vielleicht sollte ich nach Hause gehen. Wir sehen uns morgen bei Tagesanbruch wieder. Ich schätze, dann werden sie mit dem Zusammensetzen ihrer Sturmgeräte fertig sein."

Den Mantel fröstelnd enger um sich ziehend wanderte Francesco durch die menschenleeren Straßen der Stadt Kiew. Die Stadt war im Lauf der letzten Jahrhunderte zu einem der bedeutendsten kulturellen und geistigen Zentren Osteuropas aufgestiegen. Auch ihn hatte ihr Zauber sofort eingefangen, als er vor vier Jahren hierhergekommen war. Der Auftrag, einen Umbau an der Sophienkirche durchzuführen, die mit ihren dreizehn Kuppeln, ihren byzantinischen Mosaiken und schimmernden Fresken eines der prächtigsten Bauwerke der Stadt war, hatte der vielversprechendste seines Lebens zu werden versprochen. Natürlich hatte er ihn darum mit Freuden angenommen. Und nach anfänglichem Zögern hatte er sich schließlich auch dazu durchgerungen, seine Frau Arabella und seine dreijährige Tochter Marie mit auf die Reise zu nehmen.

Schon damals wusste man von der Bedrohung, die von einer wilden Reiterhorde aus dem Osten ausging. Bereits 1221 war Sudak, eine genuesische Handelsniederlassung auf der Krim, von den Mongolen überrannt worden. Nur wenige Bewohner hatten mit Schiffen dem der Eroberung folgenden Massaker der Mongolen entkommen können. Was sie in Genua über die Grausamkeit jenes asiatischen Reiterstamms berichteten, hatte ganz Europa eine Zeit lang erbeben lassen. Doch bald darauf hatte es den Anschein gehabt, als sei die Gefahr wieder gebannt. Aus unerklärlichen Gründen waren die Mongolen in den Osten zurückgezogen. An die Möglichkeit einer Rückkehr hatte zu diesem Zeitpunkt niemand ernsthaft geglaubt.

Die ersten beiden Jahre in Kiew hatten dann auch all die Hoffnungen und Erwartungen erfüllt, die Francesco und Arabella hegten. Sie waren zu Ansehen und Wohlstand gelangt. Arabella und er hatten schnell Freunde gefunden und begonnen, sich in der fremden Umgebung zu Hause zu fühlen.

Doch vor zwei Jahren war dann ein erneuter Ansturm der Mongolen auf Russland erfolgt. Rjazan, Susdal, Moskau, Wladimir, Jaroslawl, Twer, Nowgorod – eine russische Stadt nach der anderen war den Barbaren aus dem Osten in die Hände gefallen. Und überall hatten die Mongolen bei ihrem Abzug Leichenfelder zurückgelassen. Ihre Grausamkeit den Unterlegenen gegenüber kannte keine Grenzen. Ihre Mordlust machte weder vor Alten und Kranken noch vor Frauen und Kindern halt.

Als bekannt geworden war, dass sich die Goldene Horde von Westen plötzlich nach Süden gewandt hatte, war jedem Bewohner Kiews klar, dass eines ihrer nächsten Ziele ihre Stadt sein würde. Natürlich hatte Francesco daraufhin sofort beschlossen, nach Genua zurückzukehren, hatte sich dann aber schließlich dazu überreden lassen, vorher bei der Verstärkung der Stadtmauern mitzuwirken. Da im Moment keine unmittelbare Gefahr bestand, war Arabella der Ansicht gewesen, dass es ihre Pflicht sei, den neu gewonnenen Freunden in der Not so gut wie möglich beizustehen.

Diese Einschätzung der Situation war selbstverständlich richtig gewesen. Solange keine mongolische Gesandtschaft erschienen war und die Übergabe der Stadt verlangt hatte, drohte keine unmittelbare Gefahr. So waren sie zwar stets reisefertig gewesen, um beim ersten Anzeichen einer bevorstehenden Belagerung zu fliehen, doch als die Zeit dann tatsächlich drängte, war Marie an einer Lungenentzündung erkrankt. Die Ärzte sagten ihren Tod voraus, wenn man sie in ihrem kritischen Zustand der Mühsal einer Reise aussetzte. Daraufhin hatte Francesco Arabella beschworen, allein abzureisen. Er hatte versprochen, mit Marie nachzukommen, sobald sich ihr Zustand gebessert haben würde. Doch Arabella hatte sich geweigert, ihr krankes Kind zu verlassen.

Wehmütig sah Francesco das Bild seiner jungen, schönen Frau für einen Augenblick vor sich, hörte ihr Lachen, das immer so erfrischend auf ihn wirkte. Sie war eine tapfere und mutige Frau. Wie sehr liebte er sie doch. Warum nur hatte sie sich nicht in Sicherheit gebracht, als noch Zeit dazu gewesen war? Nun saßen sie alle drei in einer tödlichen Falle.

Viel schneller als vorhersehbar gewesen war, war das mongolische Heer vor der Stadt erschienen und hatte sie eingeschlossen. Mit diesem Belagerungsring war den Bewohnern Kiews jede Fluchtmöglichkeit genommen worden. Nun hatten sich alle, mit Ausnahme der wehrfähigen Männer, in ihre Häuser verkrochen, um in deren Schutz der drohenden Gefahr vielleicht doch noch zu entgehen. Allein die Verteidiger der Stadt standen trotz klirrender Kälte auf den Zinnen der Stadtmauer, um jederzeit einen feindlichen Angriff abzuwehren.

Lautlos stapfte Francesco durch den frisch gefallenen Schnee. Die Stille, die die sonst immer belebten Straßen und Gassen Kiews einhüllte, wirkte auf ihn gespenstisch. Es war die Stille des herannahenden Todes. Einer plötzlichen Eingebung folgend, beschloss Francesco in die Kirche zu gehen, um zu beten.

In den frühen Morgenstunden des darauffolgenden Tages begann der erwartete mongolische Ansturm auf Kiew. Batu Khan hatte nicht nur die Eroberung, sondern die völlige Zerstörung der Stadt angeordnet. Der Tod der mongolischen Gesandten sollte nicht ungesühnt bleiben, waren blutige Rache und Abschreckung doch seit jeher die wirksamsten Waffen der Mongolen in der Unterwerfung anderer Völker gewesen.

„Es ist der Wille unseres Gottes Tengris, dass der Mongole die Welt beherrscht!" Dieser Ausspruch Dschingis Khans war jedem Mongolen zum Leitspruch geworden. Jedes Volk, das sich diesem gottgewollten Herrschaftsanspruch der Mongolen widersetzte, wurde darum schonungslos vernichtet.

Während die Mongolen von allen Seiten her gleichzeitig auf die Stadt eindrangen, hämmerten ihre Rammböcke beharrlich gegen die Mauern am polnischen Tor. Mit Wurfgeschossen in die Stadt geschleuderte Steine und Pfeilhagel führten bald zu großen Verlusten unter den Verteidigern. Erschwerend für die Verteidigung wirkten sich auch bald die Trompetenstöße aus, die die Mongolen zum Angriff anfeuerten und das wilde Kriegsgeschrei ihrer Reiter. Beides versetzte nicht nur die Stadtbewohner in Angst und Schrecken, sondern machte es den Verteidigern auch immer unmöglicher, sich untereinander zu verständigen. Trotzdem schlugen sich die Bewohner Kiews unter der Führung Dmitris tapfer.

„Wenn wir schon sterben müssen, dann nehmen wir wenigstens so viele von diesen schlitzäugigen Hunden mit uns in den Tod wie irgend möglich", rief Dmitri seinen Männern zu, als den Mongolen am Nachmittag der Durchbruch gelang. Entschlossen zückten die Kiewer ihre Schwerter. Doch dem Druck der wild von ihren kleinen, gelenkigen Pferden auf sie einhauenden Mongolenkriegern konnten sie nicht lange standhalten.

Bis zum Abend waren die umkämpften Straßen mit Leichen übersät. Als die Mongolen sich endlich bei Einbruch der Dunkelheit aus dem Kampf zurückzogen, hatte Dmitri die Hälfte seiner Männer verloren.

„Es ist aussichtslos. Morgen werden wir nicht mehr sein. Diese Stadt wird aufgehört haben zu existieren", prophezeite Dmitri düster.

Erschöpft nickte Francesco, während er die von einem verirrten Pfeil stammende Wunde an seinem Oberarm so gut wie möglich selbst zu verbinden versuchte.

„Ja, es ist aussichtslos. Gerade darum sollten wir unser Leben so teuer wie möglich verkaufen. Wir müssen die Nacht dazu nutzen, um die Kirche herum neue Befestigungen zu errichten."

Seufzend nickte Dmitri. Zwar würde dieser klägliche Versuch nicht viel nützen, doch er würde seine Soldaten wenigstens davon abhalten, zu viel zu grübeln.

„Gut, wir werden es versuchen", stimmte er zu. Und an seine Leute gewandt erteilte er den Befehl: „Sucht Karren, Holz und Steine zusammen, alles was man für eine neue Befestigung brauchen kann. Wir verschanzen uns hier um die Kirche der heiligen Jungfrau Maria herum."

Wie von Dmitri erwartet, lenkte das Errichten einer neuen Befestigung die Gedanken seiner Soldaten von der bevorstehenden Niederlage ein wenig ab. Nur

Francesco, der das Unternehmen leitete, vermochte sich nicht recht auf seine Arbeit zu konzentrieren. Immer wieder kreisten seine Gedanken um Arabella, seine Frau, und Marie, seine Tochter. Was konnte er nur tun, um sie zu schützen? Was, wenn die Mongolen sie nicht nur erschlagen, sondern auch noch quälen und vergewaltigen würden? Francesco wusste, dass diese Barbaren keine Ehre kannten. Es bereitete ihnen Lust, ihre Opfer vor dem Tod so lange wie möglich zu peinigen. In seiner stillen Verzweiflung erwog Francesco es einen Augenblick lang, seine Frau und sein Kind selbst zu töten. Ja, er würde Arabella in die Arme schließen und ihr dann unbemerkt von hinten einen Dolch ins Herz stoßen. Sie würde sterben, ohne es vorher überhaupt bemerkt zu haben. So würde sie nicht leiden müssen. Doch kurz darauf verwarf Francesco diesen Gedanken wieder. Nein, seiner Frau und seinem Kind mit eigener Hand den Tod zu geben, das würde er niemals über sich bringen. Doch was konnte er sonst tun?

Dmitris Hand, die sich plötzlich auf seine Schulter legte, schreckte ihn aus seiner Grübelei auf.

„Wir sind alle in Gottes Hand, Francesco. Sein Wille geschieht."

Müde nickte Francesco, zu erschöpft, um die ihn quälende Frage auszusprechen. Wo war er, dieser Gott? Warum ließ er eine solche Grausamkeit überhaupt zu?

Am frühen Morgen griffen die Mongolen erneut an. Zuerst schwirrten Pfeilhagel durch die Luft. Von ihnen wurden viele der letzten Verteidiger niedergestreckt, die sich hinter der dürftigen Befestigung verschanzt hatten. Dann erschall für einen kurzen Augenblick lang der ohrenbetäubende Kriegsruf der Mongolen. Gleich darauf stürmten die Reiter wie eine Sturmflut auf die Barrikaden zu. Ihre Pferde trampelten alles nieder, was sich ihnen in den Weg stellte. Lanzen und Schilde stießen aufeinander. Schwerthiebe vollendeten schließlich das blutige Werk. Zielstrebig metzelten die Mongolen alles nieder, was ihnen vor die Klinge kam.

Unter den Letzten, die sich noch verzweifelt wehrten, waren Dmitri und Francesco. Trotz der unzähligen Wunden, aus denen sie bluteten, versuchten sie den Eingang zur Kirche der heiligen Jungfrau Maria, in der Frauen und Kinder Schutz gesucht hatten, zu verteidigen.

Mit einem breiten Grinsen im Gesicht verfolgte Berke das abebbende klägliche Ringen des Gegners. Während er von seinem Pferd aus immer neue Mongolenreiter gegen die letzten Verteidiger der Stadt aussandte, erteilte er schließlich den Befehl, die Übriggebliebenen lebend zu ergreifen, um sie vor Batu Khan zu führen.

„Sie wollen uns lebend bekommen!" rief Dmitri seinen Leuten keuchend zu, als ihm klar wurde, dass die Angriffe auf sie nur noch dem Zweck dienten, sie zu überwältigen, nicht aber zu töten. Mit dieser Erkenntnis erfasste die noch wehrfähigen Kiewer panisches Entsetzen, das noch einmal ihre Kräfte mobilisierte, wollte doch keiner von ihnen lebend in die Hände der Barbaren fallen. Sie wussten, dass sie grausame Folter erwartete, wenn sie diesen Kampf überlebten. Doch trotz tapferer Gegenwehr konnten sie es schließlich nicht verhindern, dass ihnen die Schwerter aus den Händen geschlagen wurden, sodass die Mongolen sie niederwerfen und in Ketten legen konnten.

Zufrieden nickte Berke seinen Kriegern zu, als diese die Gefangenen vor ihn führten. Die langgezogenen Augen des Mongolen blitzten einen Augenblick bösartig auf. Flüchtig streifte sein Blick jeden einzelnen Gefangenen, bevor er sich wieder der Kirche zuwandte, in der die Frauen und Kinder angsterfüllt der Dinge harrten, die nun kommen würden.

Francescos Herz schnürte sich zusammen, als auf Befehl dieses kleinen, untersetzten Mongolen die Tore der Kirche geöffnet wurden. Im Innern dieser Kirche befanden sich auch seine Frau und sein Kind. Würde er nun mit ansehen müssen, wie sie abgeschlachtet wurden, bevor ihn sein Schicksal endlich ereilte?

Mit einem lauten Kriegsruf auf den Lippen sprengte Berke auf seinem Pferd ins Innere der Kirche, gefolgt von einigen Kriegern. Hier streifte sein Blick einen Moment lang interessiert über die vor Furcht zitternden Menschen. Gebieterisch deutete er schließlich auf vier Frauen, die es ihm wert schienen, beachtet zu werden.

Ohne ein weiteres Wort verlieren zu müssen, setzten seine Krieger sich in die angegebenen Richtungen in Bewegung. Alles niederreitend, was sich ihnen in den Weg stellte, zerrten sie die vier Frauen auf ihre Pferde. Weder die verzweifelte Gegenwehr der Frauen noch das Schreien der Zurückgelassenen kümmerte sie. Zufrieden betrachtete Berke die zu ihm gebrachte Beute. Dann gab er den Befehl zum Abzug.

Nachdem die Mongolen die Kirche verlassen hatten, wurden auf Berkes Anordnung hin Brandfackeln entzündet und in das Innere des Gebäudes geworfen. Dann wurden die Tore wieder geschlossen. Kurze Zeit später stand die ganze Kirche in Flammen. Die verzweifelten Schreie der im Innern dem Feuer ausgelieferten Menschen durchdrangen die schneidend kalte Luft. Einige der Verbrennenden versuchten das Tor zu öffnen, um so dem Feuertod zu entgehen. Doch den Wenigen, denen es tatsächlich gelang, ins Freie zu entrinnen, dem tobenden Flammenmeer zu entkommen, starben unter den Schwerthieben der Mongolen.

Von fassungslosem Entsetzen erfüllt, starrte Arabella auf die in Flammen aufgegangene Kirche, aus der nun kein Laut mehr drang. Dort drinnen verbrannte ihre Tochter. Verzweifelt versuchte sie eine Zeit lang, sich aus den rohen Barbarenhänden zu befreien, um sich ebenfalls in das Flammenmeer zu stürzen. Doch ihre Befreiungsversuche blieben erfolglos. Der Mann war viel stärker als sie. Brandgeruch mischte sich in ihrer Nase mit dem Körpergeruch dieses schlitzäugigen Ungeheuers, das sie gefangen hielt. Ein entsetzter Aufschrei entrang sich schließlich ihrer Kehle. Es konnten keine Menschen sein, die so etwas taten. Ihre Tochter, ihre kleine Marie, bei lebendigem Leib verbrannt von diesen Bestien. Kläglich wimmernd wandte sie sich von den Flammen ab, nicht fähig, das Entsetzliche länger mit anzusehen. Unstet wanderte ihr Blick umher, bis er endlich bei einem ihr vertraut scheinenden Augenpaar hängen blieb.

„Francesco", stammelte sie ungläubig, während sie in seinem Blick das gleiche erstaunte Erkennen und Begreifen wahrnahm.

Arabellas Gedanken begannen sich plötzlich zu überschlagen. Ihr Mann lebte. Er war gefangen, aber er lebte. Doch ihre Tochter, ihre Marie, sie war tot. Nichts konnte sie mehr lebendig machen. Und Francesco, würde er nicht vielleicht auch bald sterben müssen? Was würde dann aus ihr werden? Jäh wurde ihr klar, warum sie noch lebte. Als sie begriff, was ihr bevorstand, begann sämtliches Leben aus ihrem Körper zu weichen. Wie sollte sie das ertragen können, nachdem, was diese Barbaren mit ihrer Tochter getan hatten. Nein, bevor sie es zuließ, dass eines dieser Tiere sich ihr näherte, wollte sie lieber sterben.

Verzweifelt zerrte Francesco an seinen Ketten. Die Tatsache, dass Arabella noch lebte, verlieh ihm neue

Kräfte. Dennoch gelang es ihm nicht, sich zu befreien. Hilflos musste er mit ansehen, wie seine Frau von diesen Barbaren fortgeschleppt wurde. Wenig später wurde auch er von den Mongolen weggetrieben, einem ungewissen Schicksal entgegen.

Vom Bok, dem Lager der Mongolen, aus konnten die wenigen überlebenden Gefangenen erkennen, wie die ganze Stadt Kiew nach der Plünderung durch die Barbaren in Flammen aufging. Eine lodernde Feuerbrunst färbte den schwarzen Nachthimmel weithin sichtbar taghell.

Als das Feuer endlich erlosch, standen von der ganzen Stadt keine zweihundert Häuser mehr. Zwischen ihnen erhob sich aus den Trümmern, wie durch ein Wunder verschont, die Sophienkirche.

2.

Die Mongolen befanden sich im Siegestaumel. Nicht nur die Männer, auch die Frauen und Kinder, ja selbst die Tiere des Boks schienen in das Jubelgeheul und den Freudentanz der Kämpfer mit einstimmen zu wollen. Die überaus reich ausgefallene Beute war kurz zuvor nach Abzug des Anteils für den Khaqan von den Orloks verteilt worden. Je furchloser und mutiger sich ein Mongole in der Schlacht gezeigt hatte, umso reicher war nun sein Lohn.

Zufrieden schleppten die Krieger ihre hinzugewonnenen Schätze in ihre Jurten. Danach flossen Koumiss und Arkhi in Strömen, zwei mongolische Getränke aus gegorener Stutenmilch. Sie erwärmten nicht nur die von der Kälte steif gefrorenen Glieder der Barbaren, sondern hoben auch die ohnehin schon angeheizte Stimmung im Lager weiter. Überall wurden Feuer entzündet. Schon bald erfüllte der Duft von frisch gebratenem Fleisch die Luft. Gelegentlich drangen die entsetzten, angsterfüllten Schreie einer von den Mongolen verschleppten Frau durch das Lager, die nun vergewaltigt wurde. Doch niemand kümmerte sich darum. Solche Szenen gehörten längst zum Alltag des Lagerlebens.

Frierend lagen die Gefangenen aneinandergekettet im Schnee. Nicht einmal dreihundert Männer der einst blühenden Stadt Kiew hatten die Schlacht überlebt. Angstvoll erwarteten sie nun ihr Schicksal. Keiner von ihnen hoffte darauf, vor den Augen der Sieger Gnade zu finden. Viele hatte bereits der letzte Rest von Lebenswillen verlassen. Die meisten hatten Frauen, Kinder, Eltern oder Geschwister in der Stadt gehabt, die nun tot waren, die entweder den Schwertern der Feinde oder aber der anschließenden Feuerbrunst, die in der Stadt gewütet hatte, zum Opfer gefallen waren. Trauer mischte sich in ihnen mit hilfloser Wut. Was letztlich blieb, war Verzweiflung.

Unter ihnen war Francesco. Zitternd lag er im Schnee und sah immer wieder das Gesicht seiner kleinen Tochter vor sich. Ein unschuldiges, hilfloses, kleines Geschöpf war sie gewesen, das nie irgendjemandem etwas zuleide getan hatte. Warum nur hatte sie auf so grausame Art sterben müssen? Auch wenn es Sünde war, Francesco wünschte sich in diesem Augenblick nichts sehnlicher, als dass er den Mut aufgebracht hätte, sie selbst zu töten, als er noch die Möglichkeit dazu gehabt hatte. Wie viel Leiden hätte er ihr und Arabella dadurch doch ersparen können. Der Gedanke an seine Frau traf Francesco fast noch schmerzlicher. Marie hatte es wenigstens überstanden. Sie hatte ihren Frieden gefunden. Doch was war mit Arabella? Übelkeit überkam Francesco bei der Vorstellung, dass vielleicht gerade in diesem Augenblick eine dieser barbarischen Bestien ihren schlanken, weißen Körper berühren könnte, sich mit Gewalt das nehmen würde, was nur ihm gehört hatte. Tränen traten dem Genuesen in die Augen, die auf seinen Wangen sofort zu Eis gefroren. Wie sollte er in Frieden sterben können, solange seine Frau unter diesen Wilden lebte?

Das Herannahen einiger Mongolenkrieger schreckte die Gefangenen aus ihren trübsinnigen Betrachtungen. Die Gewissheit, dass sich ihr Schicksal nun erfüllen würde, wirkte auf sie beruhigend und Furcht einflößend zugleich. Wen von ihnen würden die Schlächter wohl zuerst hinrichten? Jeder der Gefangenen stellte sich in diesem Augenblick diese Frage. Doch keiner wagte es, sie zu beantworten.

Es war der verwundete Dmitri, den die Mongolen ergriffen, um ihn vor den Khan der Goldenen Horde zu führen. Sich in sein Schicksal ergebend, schritt er, trotz steif gefrorener Glieder, von den Mongolen in die Mitte genommen, hocherhobenen Hauptes voran. Die Blicke der Gefangenen folgten ihm, bis der Befehlshaber der Kiewer Garnison in der im Feuerschein golden glänzenden Jurte des Batu Khan verschwunden war.

Batu Khan saß auf einem vergoldeten, nach Norden ausgerichteten Thron, den Blick nach Süden gewandt, wie es bei den Mongolen Sitte war. Im Norden lag nach Ansicht der Schamanen das Reich der Toten, während im Süden das Reich des Feuers zu finden war. Um aus dem Blick in dieses Feuer Kraft schöpfen zu können, kehrten die Khane dem Totenreich stets den Rücken zu.

Batus ledriges, massiges Gesicht betrachtete den von Dienern auf die Knie gezwungenen Gefangenen eine Weile ausdruckslos. Wie schon sein Großvater Dschingis Khan und sein Vater Dschotschi Khan war auch Batu Khan ein Mann mit eiserner Disziplin. Er hasste jede Art von Feigheit und Verrat. Mut hingegen wusste er zu würdigen. Dass dieser Dmitri, der nun vor ihm auf den Knien lag, ein mutiger Mann war, daran hegte er keinen Zweifel. Dieser Mann hatte genau gewusst, dass die Mongolen die Anführer des Widerstands stets am härtesten zu bestrafen pflegten. Dennoch hatte er nach dem feigen Davonlaufen von Michael von Chernigows freiwillig die Verteidigung der Stadt Kiew übernommen, obwohl deren Lage von vornherein aussichtslos gewesen war und er außerdem damit rechnen musste, dass die Mongolen nun ihn für den Tod ihrer Gesandten verantwortlich machen würden. Dies beeindruckte den Khan der Goldenen Horde.

„Deine Stadt hat es gewagt, die geforderte Unterwerfung zu verweigern. Sie hat ihre gerechte Strafe erhalten. Unterwirf nun wenigstens du dich, und ich werde dir Schonung gewähren."

Eigenwillig schüttelte Dmitri den Kopf, nachdem ihm die Worte des Khans übersetzt worden waren.

„Ich unterwerfe mich nur Gott, dem Allmächtigen. Nur vor ihm beuge ich freiwillig mein Haupt."

Ein herbes, gurrendes Lachen entwich der rauen Kehle des Mongolenkhans, als er die Antwort vernahm.

„Hättest du dich jetzt aus Furcht vor dem Sterben gebeugt, wärst du ein toter Mann. Vor Tapferkeit jedoch habe ich stets große Achtung gehabt. Darum sende ich dich als meinen Boten an den Hof des Ungarnkönigs Bela, an dem sich all jene versammelt haben, deren großem Mundwerk keine großen Taten folgen. Richte diesen Feiglingen von Batu Khan aus, dass die Goldene Horde auf dem Weg zu ihnen ist. Mögen sie sich verkriechen, wo immer sie wollen, sie werden meinem gerechten Zorn nicht entgehen. Und nun geh!"

Einen Augenblick lang war Dmitri wirklich verblüfft. Mit allem hatte er gerechnet, nicht aber mit Schonung. Doch eh er in der Lage war, seine Überraschung und Dankbarkeit in Worte zu fassen, war er von den Untergebenen des Khans bereits wieder aus dem Zelt gedrängt worden.

Erst als Dmitri auf dem Rücken eines Pferdes in die frostklare Nacht hinausritt, begann er richtig zu begreifen, welches Glück er hatte. Einen Augenblick lang gedachte er der zurückgebliebenen Freunde. Wie würde deren Schicksal wohl aussehen? Gewiss würden sie weniger Glück als er haben. Doch darüber durfte er jetzt nicht weiter nachdenken. Durch seine Verletzung war er geschwächt. Wenn er überleben wollte, war es nötig, eine warme Unterkunft zu finden, in der er bleiben konnte, bis er zu neuen Kräften gelangt war.

Allein auf dieses Ziel musste er jetzt sein ganzes Denken und Handeln konzentrieren.

Barsch wurde den übrigen Gefangenen von einigen Mongolenkriegern durch Handzeichen befohlen, sich zu erheben. Drei mongolische Orloks traten zusammen mit einem Perser, der den Mongolen als Dolmetscher diente, schließlich auf die Gefangenen zu. Prüfend schritt der Älteste der drei Orloks die Reihen der aneinandergeketteten Männer ab. Abschätzend musterte er jeden, während er gelegentlich die Frage nach dem Beruf des einen oder anderen Gefangenen stellte. Auf Geheiß dieses Orloks wurden nach und nach einige Männer losgekettet und auf die gegenüberliegende Seite getrieben. Es dauerte nicht lange, bis selbst dem letzten überlebenden Kiewer bewusstwurde, dass hier in diesem Augenblick von diesem Mongolen über Leben und Tod entschieden wurde. So begannen einige der Gefangenen neue Hoffnung zu schöpfen. Bettelnd boten sie dem grobschlächtigen mongolischen Orlok ihre Dienste an. Doch von diesen wandte Subatei sich mit Verachtung ab. Ein richtiger Krieger kämpfte aufrecht und starb ebenso. Bettelnde, winselnde Männer waren in seinen Augen Feiglinge, die den Tod verdienten. Todesverachtender Tapferkeit zollten die Mongolen Respekt, hatte doch selbst Dschingis Khan vor tapferen Gegnern stets Achtung gehabt, auch wenn er sie trotzdem hatte hinrichten lassen. Doch diese winselnden Kreaturen hier waren keine Männer. Darum sollten von ihnen nur jene am Leben bleiben, die kräftig waren und einen Beruf besaßen, der dem mongolischen Heer nützlich sein konnte.

Prüfend blieb Subatei schließlich auch vor Francesco stehen. Der offensichtliche ohnmächtige Hass, der in den Augen seines Gegenübers funkelte, rang dem altgedienten Orlok ein Lächeln ab. Früher hätte er einen so hasserfüllten Mann sofort hinrichten lassen. Doch auf seine alten Tage hin bereitete es ihm gelegentlich Vergnügen, sich einen derart widerspenstigen Mann gefügig zu machen.

„Frag ihn nach seinem Beruf", beauftragte Subatei den Perser.

Für einen Moment war Francesco versucht, die Frage des Mongolen dadurch zu beantworten, dass er ihm ins Gesicht spie. Doch der verzweifelte Hilfeschrei einer Gefangenen, der im gleichen Augenblick an sein Ohr drang, hielt ihn von dieser Tat zurück. Gewiss, er wollte lieber grausam sterben, als Sklave dieser Barbaren zu werden. Doch gab es nicht, solange er lebte, auch Hoffnung? Vielleicht würde es ihm gelingen, Arabella zu finden und mit ihr zu fliehen. Der Gedanke an Arabella erweckte Francesco zu neuem Leben. Tief in seinem Innern spürte er deutlich, dass sie noch lebte und Hilfe brauchte.

„Sage deinem Herrn, dass ich Architekt bin."

Subateis harter, stechender Blick maß den jungen Genuesen noch einmal.

„Architekt", meinte er schließlich. „Nun, dann wird sich dieser Mann wohl nicht nur mit dem Bau von Häusern, sondern auch auf dem Bau von Sturmblöcken und Wurfgeschossen verstehen. Kettet ihn von den anderen ab."

Einen Moment lang folgte Subateis Blick dem Genuesen. Nachdenklich fragte er sich, was dessen offensichtliche Widerspenstigkeit wohl so plötzlich gezähmt hatte. Was auch immer es war, es würde wohl kaum lange im Verborgenen bleiben. Schon aus diesem Grund würde er diesen Mann genau im Auge behalten.

Nachdem Subatei aus den Gefangenen vierzig Männer ausgewählt hatte, die er für brauchbar hielt, gab er den Rest der Gefangenen seinen Leuten zum Abschlachten frei. Ihre Schwerter schwingend, hieben die Mongolen auf die noch immer Aneinandergeketteten ein, bis keiner von ihnen mehr am Leben war.

Fassungslos starrten die restlichen Gefangenen auf das von den Mongolen unter ihren Kameraden veranstaltete Massaker. Von panischer Angst erfüllte Schreie, die keiner der anwesenden Gefangenen je würde vergessen können, übertönten eine Zeit lang sogar den Lärm des Lagers. Doch schon bald wurde es stiller. Abgetrennte Köpfe und Gliedmaßen und verzerrte, erstarrte Rümpfe bedeckten den Boden, wohin das Auge reichte. Der frisch gefallene weiße Schnee verband sich allmählich mit dem Blut der Erschlagenen. Im Schein der Feuer wirkte er wie ein roter Teppich. Ekel und Abscheu verwandelten sich bei den hilflos Zuschauenden in Übelkeit. Einige von ihnen konnten nicht anders. Sie mussten sich übergeben.

Nachdem die Mongolen ihr grausames Spiel beendet hatten, schien für jeden noch Lebenden unwiderruflich festzustehen, dass er sich nicht in der Hand von Menschen, sondern in der von reißenden Bestien befand.

Während Francesco Zeuge der Grausamkeit seiner neuen Herren wurde, starrte Arabella ängstlich auf den breiten, muskulösen Mongolen, der sie durch seine langgezogenen Schlitzaugen wie ein Beutestück betrachtete. Wie sollte sie sich nur gegen diesen bulligen Mann erfolgreich zur Wehr setzen? Sie wusste es nicht. Ihr war nur klar, dass sie es niemals ertragen würde, sich von dem Mörder ihres Kindes berühren zu lassen.

Zufrieden betrachtete Berke seine Beute. Eine Sklavin mit heller Haut, blauen Augen und blonden Haaren war schon ein einmaliger Besitz. Allein um ihretwillen hatte sich die Einnahme Kiews gelohnt. Amüsiert beobachtete er das ängstliche Zurückweichen seines Opfers. Es war immer gut, wenn Frauen Angst hatten.

Das erhöhte die Lust an der Eroberung. Grinsend trat er näher.

Arabella spürte den stinkenden Atem des Mongolen auf ihrem Gesicht, wusste, dass sie ihm gleich hilflos ausgeliefert sein würde. Schon packten seine Hände sie, zerrten an ihren Kleidern. Da fiel Arabellas Blick zufällig auf den Dolch, den der Mongole an seinem Gürtel trug. Wenn es ihr gelang, diesen unbemerkt in die Hände zu bekommen, dann könnte sie diesen Mann töten, der doch der Mörder ihres Kindes war. Widerstandslos ließ sie sich von dem Mongolen betasten, ließ seine Zunge in ihren Mund dringen. Ihre Gedanken konzentrierten sich einzig auf das Ziel, das sie vor Augen hatte. Sie wollte erst diesen Mann und dann sich selbst töten. Als der Mongole sie schließlich zu umarmen begann, hielt sie den richtigen Augenblick für gekommen. Blitzschnell griff ihre Hand nach der Waffe, zog sie heraus und holte aus, um die Klinge dem Mongolen in den Rücken zu stoßen. Doch der wich dem Angriff instinktiv geschickt aus, sodass der Dolch ihn nur noch leicht am Arm verletzte.

Zornig schnaubend schleuderte Berke Arabella durch das Zelt. Einen Augenblick lang erwog er es, sie auf der Stelle zu töten. Doch schließlich siegte seine männliche Besitzgier über seine Wut. Wie viele Weiber hatte er schon unterworfen. Er würde auch diese gefügig machen. Entschlossen griff er nach einer an der Wand seiner Jurte befestigten Reitgerte. Mit der begann er auf die wehrlose, am Boden liegende Frau einzuschlagen, bis aus deren Schreien nur noch ein kaum hörbares Wimmern geworden war. Als er endlich von ihr abließ, drohte sein steifes Glied fast zu zerspringen. Lüstern riss er Arabella die noch verbliebenen Stofffetzen vom Leib und zerrte ihre Schenkel auseinander, um nach zwei kurzen Stößen seinen Samen in ihr Inneres zu ergießen.

3.

Nachdenklich ließ Ogedei seinen Blick vom Dach des Palasts aus über Karakorum schweifen, die von ihm gegründete Hauptstadt des Mongolenreichs. Hatte sein Vater Dschingis es zeit seines Lebens abgelehnt, sich an einem Ort niederzulassen und darum ausschließlich in seinem überall hin transportierbaren Prunkzelt gelebt, so hatte Ogedei sich schon bald nach seiner Herrschaftsübernahme gezwungen gesehen, mit dieser alten Tradition zu brechen.

Das Reich der Mongolen war zu groß geworden, um es länger von einem Zelt aus regieren zu können. Die immer umfangreicher werdende Verwaltung des Reichs sowie die vielen Empfänge von tributpflichtigen Abgesandten und Kaufleuten hatten den Khaqan der Mongolen von der Notwenigkeit überzeugt, das Nomadenleben aufzugeben. Und eigentlich bereute Ogedei diese Entscheidung auch nicht. Anders als sein Vater Dschingis Khan war er dem Wohlleben durchaus nicht abgeneigt. So hatte er bald die Annehmlichkeiten schätzen gelernt, die ein Leben im Palast mit sich brachten. Und schließlich verbrachte er ja auch nicht die ganze Zeit des Jahres über in Karakorum. Eine Tagesreise von der Hauptstadt entfernt hatte Ogedei sich von den moslemischen Handwerkern einen von Teichen umgebenen Pavillon errichten lassen. Dorthin konnte er sich jederzeit zurückziehen, wenn er der von ihm so viel geliebten Jagd frönen wollte. Während der heißen Sommermonate residierte er meist am Orchon. Dort wohnte er in einem für ihn errichteten Prunkzelt. Den Winter pflegte er in seinem Palast am Fluss Ongin zu verbringen. Erst im Frühjahr kehrte er für gewöhnlich nach Karakorum zurück.

Ogedei war mit diesem abwechslungsreichen Leben durchaus zufrieden. Er liebte das Umherreisen. Noch mehr aber liebte er das Weintrinken. Sein Vater hatte ihm wegen dieser Leidenschaft oft Vorwürfe gemacht, schwächte der Genuss von Alkohol doch die Manneskraft. Vielleicht hatte Ogedei deshalb in einem Anflug von Einsicht bei seiner Regierungsübernahme feierlich gelobt, nur noch halb so viele Weinpokale zu leeren wie bisher. Doch schon bald hatte ihn dieses Versprechen gereut. Lange Zeit hatte er nach einem Ausweg aus dieser verfahrenen Situation gesucht, in die er sich selbst gebracht hatte. Die Lösung des Problems hatte sich dann als denkbar einfach erwiesen. Die Weinpokale des Khans aller Khane fasste nun die doppelte Menge. Dies war eines von Ogedeis vielen, kleinen, erfolgreichen Manövern gewesen, das Recht nach seinem Willen zu beugen. Im Gegensatz zu seinem Vater Dschingis, der jede menschliche Schwäche verabscheut hatte und dem das Wort Erbarmen fremd gewesen war, war Ogedei ein durchaus gutmütiger und manchmal sogar milder Herrscher, der nicht nur für seine eigenen Schwächen, sondern auch für die seiner

Mitmenschen großes Verständnis aufzubringen vermochte.

Darum erschien es ihm an diesem Morgen so ungeheuer grausam, gerade im Fall seiner eigenen Tochter unerbittliche Härte walten lassen zu müssen. Aber waren ihm hier diesmal nicht wirklich die Hände gebunden?

Sorgenschwer strich Ogedei sich über seinen langen, spärlichen Bart. Turakina, die nach ihrer Mutter, der ersten Gemahlin Ogedeis, benannt worden war, hätte ein Lichtblick in seinem Leben sein können, stand sie ihrer Mutter doch weder an Klugheit noch an Schönheit nach. Aber bedauerlicherweise hatte Tengris sie mit dem grausamen Fluch belegt, als Krüppel geboren zu sein. Ihr rechtes Bein war von Geburt an lahm. Darum fiel es ihr schwer, aufrecht zu stehen. Laufen konnte sie überhaupt nur mit Hilfe eines Stocks. Ihr Gehinke sorgte stets für Spott, Gekicher, oder schlimmer noch, für mitleidige Blicke. Darum hatte sie es sich bei Hof angewöhnt, gar nicht mehr zu gehen, sondern sich von Sklaven in einem Stuhl tragen zu lassen.

Lächelnd erinnerte Ogedei sich ihres Anblicks beim Empfang zu Ehren der persischen Gesandten letzte Nacht. In ihrem Stuhl hatte sie wie eine Göttin gewirkt. Die Blicke sämtlicher junger Männer hatte sie auf sich gezogen. Doch Ogedei wusste auch, dass dieser Zauber jäh verflogen wäre, hätte sie sich nur einen Augenblick aus diesem Stuhl erheben müssen. Aus der Göttin wäre augenblicklich ein hilfloser Tollpatsch geworden. Hilflos – nun, ganz so hilflos war Turakina trotz ihres Gebrechens auch wieder nicht, floss in ihren Adern doch echtes Mongolenblut. Konnte sie sich auf dem Boden auch nur schwer selbst fortbewegen, so schien sie auf dem Rücken eines Pferdes dahinzuschweben. Das Pferd bildete mit der Reiterin eine Einheit. Es war gerade so, als ob das Tier begriff, dass es das lahme Bein seiner Herrin ersetzen musste. Mit wie viel zäher Verbissenheit hatte Turakina seit ihrer Kindheit an sich gearbeitet, um die Ungeschicklichkeit ihrer Beine durch ihre Reitkünste auszugleichen. Und doch nützte ihr all dies im Grunde genommen wenig. Ogedei wusste, dass kein Mongole seiner Tochter jemals die Stellung bieten durfte, die ihr von Geburt her zustand.

Körperliche Gebrechen wurden von den Schamanen noch immer als böses Omen angesehen. In jedem kranken Körper wohnte ein böser Geist. Sich eine solche Frau als Gattin ins Haus zu holen, bedeutete darum nichts anderes, als den Zorn der Götter herauszufordern. Kaum ein Mongole wäre wohl so töricht, dies zu tun. Doch nicht nur die Schamanen warnten vor Ehen mit behinderten Menschen. Selbst Dschingis Khan verbot in seiner Yassa, dem Gesetzbuch der Mongolen, die Eheschließung mit Krüppeln, um das Blut der Mongolen vor weiterer Unreinheit zu bewahren. Daher hatten die Erzieher der Prinzessin sie auch von Geburt an auf ein Leben voller Entsagungen vorbereitet. Und Turakina hatte sich lange Zeit in dieses

Schicksal gefügt. Aber dann war schließlich doch der Augenblick gekommen, vor dem Ogedei sich immer gefürchtet hatte.

Seit die Söhne seines Bruders Tuli nach Karakorum gekommen waren, hatte seine Tochter sich verändert. Während sie dem jungen Möngke nur wenig Aufmerksamkeit schenkte, flog ihr Herz Kublai ganz offensichtlich entgegen. Wann immer er zu ihr trat, begannen ihre Augen zu leuchten. Dieser Glanz spiegelte eine Hoffnung wider, die niemals Wirklichkeit werden durfte. Als Vater weinte Ogedeis Herz zwar mit der Tochter, hatte er doch bemerkt, dass Kublai das gleiche für seine Tochter zu empfinden schien wie sie für ihn. Als Khaqan jedoch war es seine Pflicht, nun so weise und vorausschauend zu planen, dass weiteres Unheil vermieden wurde.

„Was soll ich tun? Ich weiß es nicht."

Fragend blickte Ogedei zu Yelui Ch`u ts`ai hin, seinem engsten Vertrauten und Berater, der auch der Erzieher seiner Kinder gewesen war und darum seine Nöte am ehesten verstand.

„Bei uns Chinesen wäre dies kein Problem, Herr", erwiderte dieser besonnen. „Unseren Mädchen werden schon kurz nach der Geburt die Füße gebunden, damit sie klein und schmal bleiben. Bei unseren mongolischen Herren hingegen ist eine Einschränkung der Lauffähigkeit ein unheilvoller Makel. Was also kann ich dir anderes raten, als die Zeit zu Rate zu ziehen, die meist die Probleme von selbst löst."

„Wie immer verstehe ich nicht, was du mir eigentlich sagen willst? Ihr Chinesen mit eurer Art, alles mit Nichts zu sagen, könnt einen Mongolen, der die ehrliche, offene Sprache liebt, schon an den Rand der Verzweiflung bringen."

„Verzeih mir, Herr, dass ich deine Geduld wieder einmal auf die Probe gestellt habe. Was ich meine, ist, dass die Prinzessin Arika bald nach Westen aufbrechen wird, um die Gemahlin Berkes zu werden. Gib ihr Prinzessin Turakina als Begleitdame mit auf die Reise. Wenn Prinzessin Turakina aus dem Westen zurückkehrt, wird Kublai sie vergessen haben. Das ist der einzige Ausweg, den ich sehe."

„Ja, vielleicht hast du recht", stimmte Ogedei nach einigem Überlegen zu. „Vielleicht ist das wirklich die beste Lösung. Aber was, wenn sich Kublai meinem Befehl widersetzt? Er scheint mir zu allem entschlossen zu sein."

„Er vielleicht. Junge Herzen sind oft voller Feuer. Sie sehen darum nicht, welches Unheil ein Brand anzurichten vermag. Turakina jedoch besitzt trotz ihrer Jugend die Weisheit des Alters. Rede mit ihr, Herr. Mach ihr klar, welch verhängnisvolle Folgen Kublais Ungehorsam nach sich ziehen würde. Er würde aus der Kuriltai ausgeschlossen und aller seiner Ämter und

Würden enthoben werden. Das kann selbst sie nicht wollen."

„Aber wenn ich die Yassa einfach ändern würde?"

„Das würde dich in den Augen der Mongolen ins Unrecht setzen. Das darfst du nicht tun, Herr. Der Khaqan darf das Gesetz nicht zu seinen Gunsten beugen."

Geschlagen nickte Ogedei. So ungern er es wahrhaben wollte, aber Yelui Ch`u ts`ai hatte ihm auch diesmal einen weisen Rat erteilt. In Turakinas Fall war es für ihn eher hinderlich, der Khan aller Khane zu sein.

Sie sollte Abschied nehmen. Doch Kublai war dazu noch immer nicht bereit. Schweigend blickte er in die grünen, langgezogenen Augen Turakinas, die ihm in den letzten Wochen in Karakorum so vertraut geworden waren. Ihr pechschwarzes, glattes, nach Jinart zu einem Zopf geflochtenes Haar übte noch immer die gleiche Faszination auf ihn aus wie ihre ungewöhnlich feinen Gesichtszüge. Schmerzlich wurde ihm bewusst, dass er dieses Mädchen mehr liebte als irgendeine andere Frau zuvor. Turakina verkörperte für ihn alles, wonach ein Mann sich nur sehnen konnte. Sie war nicht nur schön, sondern auch geistreich und klug, eine Frau mit ungewöhnlichem Scharfsinn und Verstand. Selbst ihr oftmals launisches Temperament hatte ihn sofort fasziniert. Manchmal war sie unterwürfig und weich wie ein scheues Mädchen, dann wieder kam das mongolische Blut in ihr zum Tragen und konnte sie hart und grausam werden lassen. Doch immer stellte sie die Erfüllung seiner geheimen Träume und Sehnsüchte dar. Was spielte da dieses kleine Gebrechen, das sie hatte, für eine Rolle? Ihm war das gleichgültig. Dennoch hatte Ogedei nicht mit sich über Turakina reden lassen.

Als Kublai erfahren hatte, das Turakina die Prinzessin Arika nach Westen zu den Zelten der Goldenen Horde begleiten sollte, war er sofort zum Khaqan gegangen, um ihn darum zu bitten, ihm Turakina zur Frau zu geben. Doch Ogedei hatte seine Bitte strikt abgelehnt mit der Begründung, dass die Yassa eine solche Ehe verbiete. Gewiss stimmte das. Aber was kümmerte ihn die Yassa Dschingis Khans. Gesetze konnten geändert werden, wenn sie falsch waren. Doch darüber hatte Ogedei ebenfalls nicht mit sich reden lassen. Trotzdem war Kublai nach wie vor fest dazu entschlossen, Turakina, auch gegen den Willen des Khans, zu seiner Frau zu machen. Sollten sie es doch versuchen, ihn aus der Kuriltai auszuschließen und ihn seiner Ämter und Würden zu berauben. Mit Turakina an seiner Seite würde er sich schon zu wehren wissen. Und die Zeit würde ihm Recht geben. Wenn erst ihr erstes Kind gesund zur Welt gekommen wäre, würden selbst die ärgsten Zweifler ihr Unrecht eingestehen müssen. Dass Turakina als Krüppel zur Welt gekommen war, war mit Sicherheit nicht das Werk böser Dämonen, sondern allein dem Leichtsinn ihrer Mutter zuzuschreiben, die den Rat der Ärzte missachtet hatte. Aus Angst davor, ihren Einfluss auf Ogedei zu verlieren, hatte sie ihn trotz aller Warnungen hochschwanger auf die Jagd begleitet und war nicht einen Augenblick von seiner Seite gewichen. Beinahe hätte sie deshalb sogar ihr Kind nach einem Sturz vom Pferd verloren. Sollte Turakina nun tatsächlich ein Leben lang für den Leichtsinn ihrer Mutter büßen müssen? Einerseits verbot die Yassa eine Ehe mit ihr, andererseits war sie zu hoch geboren, um die rechtlose Konkubine eines Mongolen zu werden. Doch um ein Leben in Entsagung zu führen, war sie viel zu schön und lebenshungrig. All dies hatte er dem Khan gesagt. Doch dieser hatte sich dennoch unzugänglich gezeigt.

„Manchmal kann ich nicht umhin, die Mongolen wirklich zu verachten", meinte er an Turakina gewandt. „Welche Kultur, fern von solcher Dummheit, besitzt doch das Volk der Chinesen."

Wie immer, wenn er vom Jinreich sprach, begannen Kublais Augen zu glänzen. Die meiste zeit seines Lebens hatte er in China zugebracht. Vielleicht war es darum nicht verwunderlich, dass die grobe, ungehobelte Art der Mongolen ihm im Gegensatz zu der hohen chinesischen Zivilisation immer fremder erschien. Dass gerade auf dieser Einfachheit der Mongolen ihre kämpferische Überlegenheit anderen Völkern gegenüber beruhen sollte, wagte Kublai allmählich zu bezweifeln.

„Es ist immer gefährlich, ein anderes Volk höher zu schätzen als das eigene", warnte Turakina. „Zivilisation macht die Menschen faul und träge."

„Vielleicht", antwortete Kublai. „Aber kann es nicht möglich sein, Kultur und Stärke miteinander zu verbinden?"

„Nein", meinte Turakina fest. „Das ist niemals möglich. Kultur muss immer mit Schwäche bezahlt werden."

Zärtlich blickte Turakina in die braunen Augen Kublais. Wie sehr liebte sie diesen großen Jungen. Gerade darum tat ihr das, was sie tun musste, so weh, dass es ihr fast körperliche Schmerzen bereitete. Aber letztendlich hatte ihr Vater wohl recht. Wenn sie ihn wirklich liebte, dann musste sie auf ihn verzichten. Vor Kublai lag eine große Zukunft. Diese durfte sie ihm nicht durch eine törichte, unüberlegte Heirat zerstören. Wenn er sie heute liebte, morgen würde er sie um dieser Liebe willen vielleicht hassen. Die wahre Stärke eines Menschen zeigte sich wohl in dem Opfer, das er der Liebe zu bringen bereit war. Und sie war bereit, ihm ihre einzig mögliche Chance auf ein kurzes Glück zu opfern. Nun hoffte sie sehnlichst, dass er bereit sein würde, ihr Opfer anzunehmen.

„Es war ein Traum, Kublai, ein kurzer und schöner Traum, den wir geträumt haben. Doch jetzt wird es Zeit, aufzuwachen und die Wirklichkeit zu erkennen. Ich werde Arika zu den Zelten der Goldenen Horde begleiten, und du wirst in dein innig geliebtes China zurückkehren, um dort den letzten Rest von Widerstand gegen die Vorherrschaft der Mongolen zu brechen. Jeder von uns hat seinen Weg zu gehen, und wenn wir uns wiedersehen, dann wollen wir Freunde sein, die über diese dumme Jugendliebe gemeinsam lachen können."

„Fällt es dir wirklich so leicht, die letzten Wochen zu vergessen?"

Ungläubigkeit, gemischt mit einem Schatten von Trauer und Schmerz, huschte über Kublais Gesicht.

„Ja", antwortete Turakina fest, auch wenn die maßlose Enttäuschung in Kublais Gesicht sie einen Moment ins Wanken geraten ließ.

„Nun, dann kann es dir mit unserer Liebe wohl niemals so ernst gewesen sein wie mir."

Flehend und anklagend zugleich bedrängte Kublais Blick sie weiter. Doch Turakina gelang es, festzubleiben. Ruhig hielt sie seinem fordernden Blick stand. Zornig wandte Kublai sich schließlich von ihr ab und stapfte den schmalen, mit Steinquadern belegten Gartenweg zurück zum Palast. Er kam sich wie ein Narr vor. Da war er bereit gewesen, für diese Frau alles zu wagen, und diese brachte es fertig, ihn einfach fortzuschicken.

Lange nachdem Kublai gegangen war, starrte Turakina ausdruckslos vor sich hin. Mehr als alles andere schmerzte es sie, dass sie und Kublai im Zorn auseinandergegangen waren. Als ob der Schmerz für sie nicht auch so schon groß genug war. Allein die Tatsache, dass sie eine Enkelin des Dschingis Khans war, verbot es ihr, zu weinen.

4.

Das Heer der Goldenen Horde hatte sich getrennt. Während Kaidu, ein Enkel des Khaqans Ogedei nach Westen marschiert war, um die Streitkräfte der polnischen Herzöge Boleslaw von Sanwar und Konrad von Masowien anzugreifen, war ein anderer Teil unter Kadan, einem Sohn Ogedeis, in den Süden entsandt worden. Die Hauptstreitmacht der Mongolen aber stürzte sich unter Batu und Subatei auf das mittlere Ungarn. Ziel der Mongolen war die Hauptstadt Gran, wo König Bela IV. einhunderttausend Mann um sich gesammelt hatte.

Mit unglaublicher Geschwindigkeit waren die Mongolen über die Karpaten vorgerückt. Innerhalb von zwei Tagen hatten sie das Gebirge passiert. In weiteren drei Tagen waren sie bis Gran gekommen, wo König Bela mit seinen Truppen stand, um dem Angriff der Mongolen entgegenzutreten. Doch anstatt sich dem Kampf zu stellen, zogen die Mongolen sich überraschenderweise wieder zurück. Siegesgewiss nahm König Bela die Verfolgung auf.

Nach viertägigem Rückzug endlich befahl Subatei Halt. Zwischen zwei Flüssen bezog das Heer der Mongolen Stellung. Ihnen gegenüber schlug Bela sein Lager auf und umgab es mit einer Wagenburg.

Erfüllt von heimlichen Hoffnungen blickten die christlichen Sklaven, die das Heer der Mongolen begleiteten, am Vorabend der Schlacht zur anderen Seite des Flusses hinüber. Jeder von ihnen ahnte, welche weit reichenden Folgen die bevorstehende Auseinandersetzung zwischen Mongolen und Ungarn für das Schicksal ganz Europas haben würde. Gelang es den Mongolen, die Ungarn zu schlagen, so lag für die Barbaren der Weg ins Herz Europas offen. Dies wiederum konnte den Untergang des ganzen Abendlandes nach sich ziehen.

Doch nicht nur das war es, was Francesco und viele andere Sklaven in diesen schicksalhaften Stunden bewegte. Dort drüben, auf der anderen Seite des Flusses, wartete außer einem christlichen Heer vielleicht auch die Freiheit. Wenn es ihnen gelang, auf die andere Seite des Flusses zu entkommen, waren sie zumindest für den Augenblick der Gewalt der Mongolen entronnen. Natürlich war die Chance zu flüchten gering. Wie viele von ihnen hatten Ähnliches versucht und waren wieder gefasst worden. Erbarmungslos hatten die Mongolen jedem ergriffenen Geflohenen vor den Augen der anderen Sklaven von hinten einen Pfahl in den Körper gerammt, um dann genussvoll zuzusehen, wie der Gemarterte stunden -, manchmal sogar tagelang mit dem Tod ringen musste. Keiner der Gefangenen würde je die Schmerzensschreie jener gepfählten Kameraden vergessen können, die allmählich in erschöpftes, klägliches Wimmern überzugehen pflegten. Wie viele der Gepfählten hatten nach Stunden der Qual einen Gnadenstoß erfleht, um endlich von ihren Schmerzen erlöst zu werden. Doch die Mongolen hatten für solche Bitten nur ein höhnisches Lachen übrig, und sie, die Sklaven, hätten es nicht gewagt, dieses Werk der Barmherzigkeit zu vollbringen, aus Furcht davor, dann das gleiche Schicksal erleiden zu müssen. Und auch jetzt war es vor allem die Angst vor dem Pfahl, die die meisten Sklaven davon abhielt, einen Fluchtversuch zu wagen. Der Zorn der Mongolen kannte keine Grenzen. Sie jagten jeden Geflohenen, bis sie seiner habhaft wurden. Selbst wenn es einigen von ihnen also wirklich gelingen sollte, ans andere Ufer zu entkommen, so wären sie in Fall einer Niederlage der Ungarn schließlich doch verloren.

Aber bei Francesco war es nicht nur Angst, die ihn davon abhielt, diesen Fluchtversuch zu wagen. Solange er die berechtigte Hoffnung hegen durfte, dass Arabella noch irgendwo in diesem riesigen Lager war, musste er ausharren, um sie zu suchen. Ohne sie würde er niemals fliehen. Vielleicht war es überhaupt allein die Erinnerung an seine Frau gewesen, die ihm in der Vergangenheit in verzweifelten Situationen die Kraft gegeben hatte, weiter am Leben zu bleiben. Weder Hunger noch Kälte, weder Demütigungen noch Schläge hatten ihn von dem eisernen Vorsatz abbringen können, durchzuhalten, bis er Arabella gefunden hatte. Jedes Mal, wenn er geglaubt hatte, das Leben nicht mehr ertragen zu können, hatte er sich darum im

Gedanken ihr Gesicht, ihren weichen Körper, ihre zärtliche Umarmung und ihre sanfte Stimme vorgestellt. Zwar waren die Erinnerungen an dieses geliebte Geschöpf im Laufe der Zeit wider Willen immer verschwommener und blasser geworden. Dennoch hatte diese Vision noch immer die Macht, ihm seine Kraft und seinen eisernen Willen zurückzugeben. So war er mit der Zeit körperlichen Qualen und Strapazen gegenüber unempfindlich geworden. Er hatte gelernt, dass der Mensch weitaus mehr zu ertragen fähig ist, als er selbst je für möglich gehalten hätte. Ja, eigentlich war es sogar so, dass sich die wahre Stärke eines Menschen erst in der Entbehrung entwickeln konnte. Das beste Beispiel für die Richtigkeit dieser Ansicht waren seine Herren, die Mongolen.

Die Armut und Not, in der sie vor Dschingis Khans aufgehendem Stern gelebt hatten, hatte dieses Volk hart und zäh werden lassen. Dschingis Khan hatte es dann verstanden, diese Zähigkeit und Härte trotz des neu gewonnenen Reichtums zu bewahren, indem er das Nomadenleben aufrechterhalten hatte. Dass in dieser Seßlosigkeit die Überlegenheit der Mongolen anderen Völkern gegenüber lag, hatte Francesco längst erkannt. Ein Mensch, der nicht eingesperrt in Mauern lebte, sondern sein ganzes Habe ständig mit sich herumtrug, hatte den sesshaften Menschen einen entscheidenden Vorteil voraus. Er war nicht an einen Ort gebunden, den er unter allen Umständen verteidigen musste. Diese Flexibilität war eine der großen Stärken der Goldenen

Horde. Eine weitere hatte Francesco in der Vergangenheit kennen und fürchten gelernt. Es war die mongolische Grausamkeit, die fast nie ihre Wirkung verfehlte. Niemand, der gegen eines der mongolischen Gesetze oder Gebote verstieß, durfte auf Gnade hoffen. Mit straffer Disziplin und Strenge herrschten die mongolischen Fürsten über die unterworfenen Völker, ebenso wie über ihr eigenes Volk. Und nichts war in ihren Augen verwerflicher und wurde härter bestraft als Feigheit. Ein mongolischer Krieger musste einfach mutig sein, oder aber er verlor vor seinem ganzen Stamm das Gesicht. Wie einem Mongolen zumute sein musste, der von Frauen und Kindern wegen seiner Feigheit öffentlich immer wieder verhöhnt wurde, konnte Francesco sich in der Zwischenzeit sehr gut vorstellen. Niemand hatte mit einem Feigling Erbarmen. Er war zeit seines Lebens ein von den Kriegern Ausgestoßener, der mit den Frauen arbeiten musste. Dass ein echter Mongole angesichts dieser ihn erwartenden Schmähungen lieber im Kampf fiel, als als Feigling weiterzuleben, war eine weitere Ursache für die Unbesiegbarkeit der mongolischen Heere. Hinzu kam natürlich, dass die mongolischen Knaben schon von klein an ausschließlich auf den Kampf vorbereitet wurden.

Es gab bei den Mongolen eine von Dschingis Khan eingeführte strenge Aufteilung der Pflichten von Männern und Frauen. Kämpfen, Jagen und das Melken der Stuten oblag den Männern, während es zu den

Aufgaben der Frauen gehörte, Felle zu gerben, die Waffen der Männer in Ordnung zu halten, das Essen zuzubereiten und, wenn nötig, sogar selbst in den Kampf einzugreifen. Das machte die Mongolinnen zu mehr als zu einfachen Bettgenossinnen der Männer, es machte sie zu echten Gefährtinnen, die entsprechend der Bedeutung ihrer Stellung auch über weitreichende Freiheiten verfügten.

Diese in der Yassa geregelten Gesetze über das Zusammenleben von Mann und Frau hatte für die Sklaven jedoch keine Geltung. Sie waren Rechtlose, die ebenso Männer- wie Frauenarbeiten verrichten mussten, die Spott und Hohn zu ertragen hatten und deren Leben einzig von dem guten Willen ihres Herrn abhing. So jedenfalls war es die Regel. Natürlich gab es auch hier Ausnahmen. Einigen Sklaven war es in der Vergangenheit gelungen, die Aufmerksamkeit eines Orloks oder mongolischen Fürsten zu erringen und zu Rang und Ansehen aufzusteigen. Doch dies waren wenige im Verhältnis zu den vielen, die ihr Leben nur mühsam und unter großen Entbehrungen fristen konnten.

Seufzend legte Francesco sich zurück ins nasse Gras. Vom nahen Fluss her stieg eine kalte Feuchtigkeit empor, die ihm in sämtliche Glieder drang. Immer wieder stellte er sich die gleiche Frage. Wie würde die morgige Schlacht wohl ausgehen? Würden die Mongolen auch diese Schlacht für sich entscheiden können? Obwohl Francescos Herz für die Ungarn schlug, so ahnte er doch tief in seinem Innern, dass seine Hoffnung auch diesmal enttäuscht werden würde. Die Mongolen waren nicht nur erfahrene Krieger und furchtlose Kämpfer, sondern sie steckten auch voller List und Tücke. Der tagelange Rückzug ihrer Truppen ließ auf eine wohlüberlegte Falle schließen, ebenso die Wahl der Stellung am Ufer dieses Flusses. Doch was mochten sie vorhaben? Welche Teufelei konnten sich ihre Anführer Batu, Berke und Subatei diesmal ausgedacht haben? Francesco wusste es nicht. Doch er hatte inzwischen längst erkannt, dass der wohl Erfahrenste und Begabteste von diesen Dreien der alte Orlok Subatei war, der noch nach den alten, strengen Richtlinien Dschingis Khans zu denken und zu handeln pflegte. Und merkwürdigerweise respektierte der ihm von seiner Stellung her übergeordnete Batu Khan die Ratschläge des alten Mannes immer, gerade als ob die Weisheit Dschingis Khans bei dessen Tod auf Subatei übergegangen wäre. Vielleicht lag dies daran, dass er der einzige noch lebende Kampfgefährte aus der Anfangszeit des ersten mongolischen Großkhans war. Oder aber Subatei war eben einfach wirklich der dem Khan überlegene Militärstratege, dessen Rat Batu Khan nicht entbehren konnte.

Francesco kannte die Antwort auf diese Frage nicht. Aber er wusste, dass er es allein Subatei zu verdanken hatte, dass er noch am Leben war. Einmal, gleich zu Beginn seiner Gefangenschaft, hatte er es gewagt, sich einem der mongolischen Aufseher entgegenzustellen, was ihm fünfzig Peitschenhiebe Strafe eingebracht hatte. Entkräftet wie er war, hätte er diese Strafe niemals überlebt. Es war Subatei gewesen, der ihn nach zwanzig Hieben begnadigt hatte. Ein anderes Mal war er während eines Schneesturms beim Zusammenbauen eines Sturmblocks vor Erschöpfung zusammengebrochen. Wieder war es Subatei gewesen, dessen Eingreifen ihn vor dem Todesstoß einer mongolischen Lanze bewahrt hatte. Warum dieser alte, herbe Mongole ihn ganz offensichtlich schützte, wusste Francesco nicht. Doch dass er es tat, war seit jenem Schneesturm klar. Dennoch konnte Francesco dafür keine Dankbarkeit empfinden, hatte es in der Vergangenheit doch oft genug Augenblicke der Verzweiflung gegeben, in denen er sich wirklich gewünscht hatte, der Mongole hätte ihn sterben lassen. In solchen Momenten half ihm dann nur eins. Er musste in seinen Erinnerungen an Arabella Zuflucht suchen. Dann wusste er erneut, dass er nicht aufgeben durfte, solange er lebte.

Herbe Befehle, in der harten, kehlig klingenden mongolischen Sprache erteilt, rissen die erschöpften Sklaven aus ihrem Dämmerzustand. Was sie bedeuteten, wusste jeder von ihnen. Sie würden diese Nacht wieder einmal nicht schlafen dürfen, würden die ganze Nacht hindurch am Zusammensetzen irgendeiner mongolischen Kriegsmaschine arbeiten müssen. Mühsam erhoben sie sich, um sich von den mongolischen Aufsehern zu ihrem Arbeitsplatz führen zu lassen. Doch zu ihrer Überraschung waren es diesmal nicht nur die üblichen Wurfgeschosse, die sie zusammensetzen mussten, sondern auch merkwürdig aussehende Eisengestelle, die sie niemals zuvor gesehen hatten, sollten von ihnen für den bevorstehenden Angriff am Flussufer in Stellung gebracht werden. Beim Anblick dieser Furcht einflößenden Maschinen begannen die Sklaven Entsetzliches zu ahnen. Waren es diese Maschinen, auf die die Mongolen diesmal bei ihrem Angriff setzten? Allein die Tatsache, dass es die das Heer begleitenden Jin waren, die die Befehle für die Aufstellung erteilten und offensichtlich auch ihre Bedienung leiten würden, ließ Schlimmes vermuten. Die Mongolen waren ein Volk von Kriegern, einfach und gradlinig. Die Chinesen aber waren ein Volk der Denker, hinterhältig und heimtückisch. Was von ihnen stammte, war darum immer als gefährlich einzustufen.

Bis zum Morgengrauen waren Francesco und die anderen damit beschäftigt, die Geräte, die den Angriff der Mongolen auf die Ungarn unterstützen sollten, aufzustellen. Dann, mit den ersten Sonnenstrahlen, überschritten die mongolischen Truppen den Sanjo, um den Angriff auf die Ungarn zu beginnen. Doch noch vor den Mittagsstunden hatten die Ungarn diese erste Angriffswelle erfolgreich zurückgeschlagen. Nun wurde der Einsatz der Wurfgeschosse befohlen. Als diese nur wenig Wirkung zeigten, wies Batu Khan auf die

Eisengestelle, die jetzt benutzt werden sollten. Schwere Metallkugeln, an denen sich eine lange Schnur befand, die angezündet wurde, wurden mit diesen neuen Geräten in die feindlichen Linien geschleudert. Die Wirkung war verheerend. Ihrem Aufprall folgte ein unheimlicher Krach, dann Dampf und Qualm. Nachdem die Sicht wieder frei war, war deutlich zu erkennen, dass alles, was sich vor dem Einschlag jenes schwarzen Geschosses an diesem Ort befunden hatte, in Stücke gerissen worden war.

Panik breitete sich unter den Ungarn aus. Niemals zuvor hatten sie dergleichen gesehen. Doch auch unter den christlichen Gefangenen herrschte plötzlich lähmendes Schweigen. Manche von ihnen bekreuzigten sich, weil sie in dieser neuen mongolischen Errungenschaft ein Werk des Teufels sahen. Die Sachlicheren unter ihnen aber erkannten jäh, dass der Einsatz dieser neuartigen Geschosse die Schlacht wohl zu Gunsten der Mongolen entscheiden würde.

Nachdem die eisernen Geschosse unter den Gegnern genügend Schaden, Vernichtung und Verwirrung angerichtet hatten, erfolgte der zweite Angriff der Mongolen. Diesem konnten die sich nur mühsam aus ihrer Panik lösenden ungarischen Truppen nicht mehr standhalten. Als sich die Mongolen am Abend vom Kampffeld zurückzogen, waren die Ungarn bereits so gut wie geschlagen. Dennoch wollte Subatei ganz sicher gehen. So sammelte er in der Nacht zwei Toumans um sich, mit denen er in aller Heimlichkeit in einiger Entfernung vom Lager unbemerkt den Fluss überquerte und in einem scharfen nächtlichen Ritt einen weiten Bogen um die Ungarn schlug, um sie von hinten zu überfallen, während Batu Khan im Morgengrauen erneut den Angriff über den Fluss befahl. Doch obwohl sie nun von zwei Seiten bedrängt wurden, wehrten sich die Ungarn noch immer mit dem Mut der Verzweiflung. So griff Subatei schließlich zu einer sich in der Vergangenheit bewährten mongolischen Kriegslist. Er täuschte einen Rückzug vor, der die eingeschlossenen Ungarn aus ihrer sicheren Stellung lockte. Die den vermeintlich Flüchtenden Folgenden wurden von den sich plötzlich zum erneuten Angriff sammelnden Mongolen erbarmungslos niedergemäht.

Am Abend dieses Tages war der Boden, auf dem die Schlacht getobt hatte, mit Blut getränkt. Kein feindliches Lebewesen, dessen die Mongolen hatten habhaft werden können, überlebte die Nacht. Die wenigen, denen die Flucht gelungen war, mussten schon bald erkennen, dass sie von mongolischen Reitern verfolgt wurden. Diese ruhten erst, nachdem sie den letzten Flüchtenden ergriffen hatten, um an ihm Rache zu üben. Auch König Bela kam auf der Flucht ums Leben.

Nicht nur Francesco war in der der Schlacht folgenden Nacht von Entsetzen gepackt. Es waren so viele, die diesen Tag mit ihrem Leben bezahlt hatten. Die Luft war erfüllt vom Geruch ihres Blutes. Ihre Geister schienen im Dunkel der Nacht noch ruhelos über die Ebene zu tanzen, auf der ihre toten Körper von den siegreichen Barbaren gerade ausgeplündert wurden. Es war beinahe so, als riefen ihre leblosen Leiber nach Rache und Vergeltung. Doch wer sollte nun noch die tödliche Gefahr aus dem Osten bannen können? War nun nicht ganz Europa verloren? Doch das durfte nicht sein. Dies schien die letzte Botschaft der Toten an die Lebenden zu beinhalten.

Erst mit dem Aufgehen der Sonne wurde der Spuk endlich beendet. Was blieb, waren tote Körper, deren Knochen schon bald in der Sonne bleichen würden.

Schweißgebadet und erschöpft lag Arabella in einer durch einen Teppich vom restlichen Teil von Berkes Jurte abgetrennten Ecke. Um Mitternacht hatten bei ihr die Wehen eingesetzt. Nun brach der Morgen heran, und die beiden Mongolinnen, die bei ihr knieten, gaben ihr durch ein lächelndes Nicken zu verstehen, dass es nun jeden Augenblick soweit sein würde. Der Schamane, den man aus Aberglauben beim Einsetzen der Wehen ebenfalls gerufen hatte, verbrannte neben den Frauen duftende Kräuter und sang beschwörende Lieder, um die bösen Geister fern zu halten.

Arabella spürte deutlich, wie ihr Leib sich aufbäumte und das aus ihr drängende Etwas energisch der Freiheit entgegenstrebte. Dieses Kind! Dieser Teufel! Dieses geliebte, kleine Geschöpf!

Arabella erinnerte sich noch genau daran, wie entsetzt sie gewesen war, als ihr klar wurde, dass sie von diesem Mongolen, den sie nun Herr nennen musste und der ihr mehr angetan hatte, als ein Mann einer Frau antun durfte, ein Kind erwartete. Wie sehr hasste sie Berke doch. Er hatte sie geschlagen und mit Gewalt genommen. Dennoch hatte sie sich ihm nicht unterworfen. Zornig über ihren nicht zu brechenden Widerstand und seiner Unfähigkeit ihre Liebe zu gewinnen, hatte er schließlich grausame Rache an ihr genommen. Wenn ihre Leidenschaft schon nicht ihm gehören konnte, so sollte sie auch nie wieder einem anderen gehören können. Als Moslem, der Berke war, war es sein Recht, seine Frauen beschneiden zu lassen. Und so hatte er ihr in einem Anflug von Zorn von einem persischen Arzt nach Art der Moslems ihren Lustpunkt aus ihrem Geschlecht entfernen lassen. Seither wusste Arabella, dass sie für den Rest ihres Lebens dazu verdammt war, ein hohles, empfindungsloses Gefäß zu sein. Diese Tatsache, der sie sich hatte stellen müssen, hatte es ihr von da an unmöglich gemacht, noch länger an Francesco zu denken.

Hatte sie sich in der ersten Zeit ihrer Gefangenschaft oft an ihn erinnert und die Hoffnung gehegt, dass er leben und sie finden könnte und es ihnen gemeinsam gelingen würde, zu fliehen, so war dieser Traum vom

Tag ihrer Beschneidung an endgültig vorüber. Sie war keine vollwertige Frau mehr. Selbst wenn Francesco also noch lebte, was konnte sie ihm nun noch geben? Einen toten, gefühllosen Körper – mehr nicht. Um ihrer gemeinsamen Vergangenheit Willen wollte sie ihn darum niemals wiedersehen. Niemals sollte er die grausame Wahrheit erfahren.

Dann war sie schwanger geworden von jenem Tier, das ihr all ihre Hoffnungen auf eine mögliche Zukunft zerstört hatte. Zuerst hatte sie das Kind, das sie bekommen sollte, natürlich gehasst. Doch allmählich, als es in ihr zu leben begann, sie seine Bewegungen spüren konnte, hatte sich ihre Einstellung zu ihm plötzlich geändert. Vielleicht war dieses Kind das einzige Glück, das ihr das Leben noch bieten konnte. Außerdem war es ja nicht nur Berkes Kind. Es war auch ihr Kind. Und als solches musste sie es einfach lieben, auch wenn sein Vater ein mongolisches Scheusal war. Bereit, sich endlich in ihr Schicksal zu fügen und das Geschenk, das Gott ihr in ihrem trostlosen Dasein zu schenken bereit gewesen war, anzunehmen, traf sie der nächste Schicksalsschlag, der in der Ankündigung Berkes bestand, ihr das Kind gleich nach der Geburt wegzunehmen. Zum ersten Mal in ihrem Leben hatte Arabella sich freiwillig erniedrigt, hatte sich vor dem verhassten Mann zu Boden geworfen und darum gebettelt, ihr das nicht anzutun. Und der Mongole hatte es sichtlich genossen, ihren Stolz zerrinnen zu sehen. Doch geantwortet hatte er ihr nicht.

Nun lag sie in den Wehen, sehnte sich danach, dieses kleine Geschöpf, das aus ihrem Körper begehrte, in die Arme schließen zu können. Und gleichzeitig befürchtete sie, dass diese erste Begegnung zugleich den endgültigen Abschied bedeuten könnte. Was aus ihr und ihrem Kind werden würde, hing allein von Berke ab. Arabella war klar, dass er sie damit für immer in der Hand hatte, sie zu einem gefügigen Werkzeug seines Willens machen konnte. Dennoch war sie bereit, dieses Opfer für ihr Kind zu bringen. Ja, es war ihr Kind, und das sollte es bleiben.

Ein erneuter, heftiger Schmerz, stärker als alle anderen zuvor, schien für einen Augenblick ihren Körper in zwei Stücke zu reißen. Dann ließ der Schmerz abrupt nach. Das kleine Wesen hatte sich seinen Weg in die Freiheit gebahnt.

„Es ist ein Sohn", verkündete eine der Frauen stolz. „Ich werde gehen und dem Herren die frohe Botschaft überbringen."

Nachdem die Frau ihr das Kind in die Arme gelegt hatte, verließ sie die Ecke, um dem Bruder des Kahns der Goldenen Horde die Neuigkeit zu überbringen. Kurze Zeit später erschien Berke selbst, um seinen Sohn zu betrachten. Zitternd reichte Arabella ihm das kleine Bündel, wohl wissend, dass er mit einem einzigen Wort ihren ganzen neugewonnenen Lebenswillen zerstören konnte. Doch sich zu weigern, bedeutete mit Sicherheit, die Schlacht gegen diesen harten, grausamen Mann schon verloren zu haben.

Ein zufriedenes, raues Lachen entwich der Kehle des Mongolen, als er das kleine Wesen betrachtete. Versuchsweise streckte Berke dem Säugling einen seiner Finger hin. Als das Kind nach ihm griff und ihn festzuhalten versuchte, gluckste er selbstgefällig: „Man merkt, dass in diesem Kind das Blut eines Mongolen fließt. Der Kleine weiß schon jetzt, dass ein echter Mann das, was er erst einmal besitzt, nie wieder herausgibt."

Dann blickte er mit zusammengekniffenen, funkelnden Augen zu Arabella hinunter. Diese konnte ihre Furcht nicht länger verbergen. Tränen stiegen ihr in die Augen. Wieder lachte Berke. Doch diesmal war es das überhebliche Lachen eines Siegers. Demütig senkte Arabella den Blick. Auch sie wusste in diesem Augenblick, dass sie den Kampf gegen Berke endgültig verloren hatte. Er hatte sie in die Knie gezwungen, wie es seine Absicht gewesen war. Doch was bedeutete das schon, wenn sie dafür ihr Kind behalten durfte.

5.

Von Karakorum aus wandte sich der Hochzeitszug der mongolischen Prinzessin Arika nach Süden. Das Tangutenland durchquerend, erreichte er schließlich Tung-huang, das östliche Tor der Seidenstraße, auf der der Zug seine Reise fortzusetzen beabsichtigte. Da in dieser Gegend Buddha besonders verehrt wurde und deshalb Abbilder überall am Wegrand aufgestellt waren, kam der Zug nur langsam voran, denn Arika bestand darauf, dass an jeder Buddha Statue ein Opfer für den glücklichen Ausgang ihres Unternehmens dargebracht wurde.

Im gesamten Herrschaftsbereich der Mongolen herrschte seit der Zeit Dschingis Khans Religionsfreiheit. Niemals hatten die Mongolen versucht, einem unterworfenen Volk ihren Glauben aufzuzwingen, sondern waren eher dazu bereit gewesen, die hinzugekommenen neuen Gottheiten ebenfalls in ihre Verehrung mit einzubeziehen. So war es im Laufe der Jahre nicht nur dazu gekommen, dass die unterschiedlichsten Glaubensrichtungen im gesamten Mongolenreich relativ friedlich nebeneinander existierten, sondern die Mongolen selbst hatten begonnen, verschiedenen Glaubensrichtungen anzuhängen. Natürlich hatten die Vertreter der einzelnen Glaubensbekenntnisse ein berechtigtes Interesse daran, den herrschenden Khan oder eines von dessen Familienmitgliedern von der Richtigkeit der durch sie vertretenen Lehren zu überzeugen. Zwar konnten sie bei Gelingen nicht damit rechnen, dass der Khan die anderen Glaubensrichtungen in seinem Machtbereich verbot, waren die mongolischen Führer doch klug genug, zu wissen, dass durch eine solche Maßnahme ihr riesiges Reich in absehbarer Zeit auseinanderbrechen würde. Doch immerhin konnte die Gruppe, der es gelang, den mongolischen Adel für sich einzunehmen, mit erheblichen Vorteilen rechnen.

Arika, die eine überzeugte Anhängerin Buddhas war, blickte trotz der allen zugesicherten Religionsfreiheit nicht ohne Sorge in die Zukunft. Ihr zukünftiger Ehemann Berke galt als ein überzeugter Verfechter des muslimischen Glaubens, der für andere Glaubensbekenntnisse wenig Verständnis aufzubringen vermochte. Schon deshalb fürchtete Arika sich vor der Ehe mit dem als jähzornig und unduldsam geltenden Bruder des Khans der Goldenen Horde. Gewiss genoss die Prinzessin als mongolische Fürstentochter einen besonderen Schutz, den auch Berke in seinem Umgang mit ihr beachten musste. Dennoch gab es Tage, an denen Arika ihre Angst vor der Zukunft kaum noch bezwingen konnte. Schon deshalb zögerte sie ihre Reise nach Westen zu den Jurten der Goldenen Horde so lange wie möglich hinaus und bestand darauf, an jeder Statue Buddhas ein Opfer zu bringen.

„Warum hast du dich nicht einfach geweigert, Berke zu heiraten, wenn du dich vor dieser Ehe so sehr fürchtest?", fragte Turakina die Tochter ihres Onkels Tschaghatai eines Abends, als die beiden nebeneinander auf dem Nachtlager ruhten. Im Verlauf der Reise hatte Turakina zu verstehen begonnen, welche Sorgen und Ängste Arika quälten.

„Wie hätte ich mich weigern können?", erwiderte Arika tonlos. „Es war der Wille meines Vaters, dass ich Berke heirate. Und eine gute Tochter hat nun einmal dem Wunsch der Familie zu gehorchen. Was hätte ich auch gegen diese Ehe einwenden können, nachdem Berke mir zugesichert hat, meinen Glauben zu respektieren?"

„Nun, wenn er das hat, warum sorgst du dich dann?", fragte Turakina, als sie plötzlich Tränen über Arikas rundes Gesicht kullern sah.

„Weil ich Berke nicht traue", flüsterte sie. „Man sagt, er sei ein Fanatiker, der nicht einmal davor zurückschrecken würde, für seinen muslimischen Glauben einen Bruderkrieg zu führen. Wie soll man zu einem solchen Mann Vertrauen haben?"

„Aber du bist doch nicht ohne Schutz", versuchte Turakina sie zu beruhigen. „Der Khan der Goldenen Horde ist Batu. Und Batu hält, soviel ich weiß, noch immer an dem alten Glauben unseres Volkes fest. Sollte

Berke dich also bedrängen, wende dich einfach an Batu. Er wird dir Schutz gewähren."

„Du sagst das so leicht dahin", flüsterte Arika. „Aber im Grunde genommen weißt du genauso gut wie ich, wie wenig Möglichkeiten mir wirklich bleiben werden, bin ich erst einmal Berkes Frau. Dann habe ich mich ihm zu unterwerfen, oder er wird mich mit Missachtung strafen und lieber das Bett einer Sklavin aufsuchen als das meine. Was aber kann für eine frisch vermählte Frau schlimmer sein als das? Mein Körper ist jung, gesund und voller Verlangen. Ich möchte Kinder haben, kräftige Söhne, die einmal das stolze Erbe der Mongolen an ihre Söhne weitergeben werden. So viel ich weiß, hat Berke bereits einen Sohn. Er braucht mich also nicht aus dem gleichen Grund wie ich ihn. Die Ehe mit mir dient ihm doch nur zu dem Zweck, sich Verbündete zu schaffen. Es wird gewiss nicht ohne Grund behauptet, dass Berke ein Mann voller Ehrgeiz ist, der nach immer mehr Macht strebt."

Nachdenklich strich Turakina eine Haarsträhne, die sich aus ihrem Zopf gelöst hatte, aus dem Gesicht. Auch ihr war bereits mehrmals zu Ohren gekommen, dass Berke ein vom Ehrgeiz besessener Mann war. Vielleicht fürchtete Arika ihn darum zurecht. Doch andererseits war die Tatsache, dass Berke die Verbindung zu den Khanen Turkestans suchte und vielleicht auch brauchte, gewiss ein Schutz für Arika.

„Hör auf, dir unnötige Sorgen zu machen", beschwor Turakina Arika darum. „Berke kann es sich gar nicht leisten, dich schlecht zu behandeln, wenn er die Freundschaft deines Vaters sucht. Vergiss nicht, du bist eine mongolische Prinzessin und nicht irgendeine Sklavin, mit der er nach Belieben verfahren kann."

„Vielleicht hast du recht, Schwester. Vielleicht mach ich mir unnötige Sorgen. Ich…"

Jäh hielt Arika inne, denn die Eingangsplane der Jurte, in der die beiden Frauen sich befanden, wurde plötzlich zurückgeschlagen. Beide Frauen blickten ein wenig verstört zum Eingang, denn keine von ihnen erwartete zu dieser späten Stunde noch einen Diener.

„Kuyuk!"

Ein Leuchten erhellte plötzlich Turakinas Gesicht, als sie in dem Eindringling ihren Bruder erkannte.

„Ich bin auf dem Rückweg nach Karakorum. Vater hat mich aus irgendeinem Grund zurück in die Hauptstadt beordert. Als ich aus der Ferne eure Jurten sah und erfuhr, dass du bei der Gesandtschaft Arikas bist, wollte ich es trotz der offensichtlichen Dringlichkeit des Befehls nicht versäumen, dich vor meiner Weiterreise zu begrüßen."

„Auch ich freue mich, dich wiederzusehen", erwiderte Turakina bewegt, auch wenn ihr die plötzliche Zurückberufung ihres Bruders nach Karakorum ein wenig Sorgen bereitete. Sollte es am Ende stimmen, was am Hof hinter vorgehaltener Hand über ihren Vater Ogedei gemunkelt wurde? Sollte der Khaqan tatsächlich kranker sein, als er öffentlich einzugestehen bereit war? Welchen anderen Grund konnte die plötzliche Zurückberufung ihres Bruders aus dem Westen haben? Turakina erinnerte sich mit einem Mal wieder genau an den müden Gesichtsausdruck ihres Vaters bei der offiziellen Verabschiedung Prinzessin Arikas. Hatte sie diesen damals für einen Ausdruck der Überarbeitung gehalten, so sah sie ihn nun in einem ganz anderen Licht. Hatten die Ärzte Ogedei nicht seit langem davor gewarnt, weiter in dem gleichen Maß wie bisher dem Alkohol zuzusprechen? Sollten sich nun die Folgen der Missachtung zeigen? In Kuyuks Gesicht blickend, wurde Turakina bewusst, dass ihn der gleiche Gedanke quälte.

„Vielleicht machen wir uns ja unnötig Sorgen", sagte sie, während sie versuchte unbekümmert zu lächeln. „Wenn es wirklich so schlecht um seine Gesundheit stünde, hätte er mich gewiss nicht mit Arika fortgeschickt. Ihm schien sogar viel daran zu liegen, dass die Ehe zwischen Berke und Arika schnell zustande kommt. Wenn er ernstlich krank wäre, könnte ihm an dieser Verbindung wenig gelegen sein, würde sie deine Aussichten doch verringern, auf der Kuriltai eine Mehrheit für deine Wahl zum neuen Khaqan zu erhalten. Dein härtester Rivale wird Batu Khan heißen. Und Arikas Verbindung mit seinem Bruder Berke wird ihm die Stimmen von Tschaghatai und seinen Söhnen sichern."

Ein verlegenes Lächeln huschte über Arikas Gesicht, hinter dem sie ihr Wissen zu verbergen suchte. Es schien ihr nicht ratsam, Turakina in ihr Geheimnis einzuweihen. Und ein rasch gewechselter Blick mit Kuyuk zeigte ihr, dass dieser ihre Meinung teilte.

Arika war eine von vielen Mongolenprinzessinnen, die zusammen mit den Kindern des Khaqans am Hof von Karakorum erzogen worden waren. Auch sie hatte bei Yelui Ch'u ts'ai Lesen und Schreiben gelernt, weil sie einmal die Frau eines hochgestellten persischen Stadthalters hatte werden sollen. Solche Ehen trugen nach Ansicht der Mongolen dazu bei, ihre Macht in den eroberten Gebieten zu festigen. Doch der Mann, dem Arika versprochen gewesen war, war kurz vor der geplanten Hochzeit wegen Verrats am Khaqan hingerichtet worden. In der darauffolgenden Zeit, in der Arika ohne Bindung gewesen war, hatte Kuyuk die Reize der Prinzessin zu entdecken begonnen. Eigentlich hatte er das Mädchen, das er seit seiner Kindheit kannte, nur trösten wollen. Doch wider Willen war bald mehr daraus geworden. Und Arika war dem Werben Kuyuks durchaus nicht abgeneigt gegenübergestanden. Doch diese Entwicklung war weder von Ogedei noch von Tschaghatai begrüßt worden, denn Kuyuk hatte bereits eine Hauptfrau. Als Nebenfrau jedoch wollte Tschaghatai seine Tochter nicht sehen. Um weiteren

Verwicklungen aus dem Weg zu gehen, war Kuyuk darum vom Khaqan als Befehlshaber über ein Touman nach Westen gesandt und Arika kurz darauf mit Berke verlobt worden. Wenige wussten von diesen Zusammenhängen. Und das war nach Ansicht der Väter auch gut so, denn ein Bekanntwerden dieser kurzen Liebschaft hätte die Heiratsaussichten Arikas erheblich vermindert.

So war auch Turakina völlig ahnungslos. Dennoch entging ihr das stumme Einvernehmen dieser beiden Augenpaare nicht. Und aus irgendeinem nicht näher zu bestimmenden Gefühl heraus begann sie plötzlich unruhig zu werden. Es war ihre Aufgabe, dafür zu sorgen, dass Arika sicher zu den Zelten der Goldenen Horde gelangte. Darum schien es ihr geraten, Kuyuk so schnell wie möglich zur Weiterreise zu bewegen. Doch andererseits verboten Gastfreundschaft und Wiedersehensfreude es ihr, den Bruder zur sofortigen Weiterreise zu drängen.

„Du siehst müde aus. Wo hast du die letzten Nächte geschlafen?"

„Ich saß jetzt über zwei Tage und Nächte im Sattel. Die letzte Rast habe ich vorgestern in einer Poststation gemacht, weil ich das Pferd wechseln musste."

„Nun, dann werde ich einen Diener anweisen, dir für die Nacht ein Lager in einer unserer Jurten zu richten und dir noch etwas zu essen zu bringen."

Mühsam humpelte Turakina durch die Jurte. Einen Augenblick lang war Kuyuk versucht, die Schwester zu stützen. Aber dann hielt er sich doch zurück, weil er wusste, dass seine Hilfe vor einem Dritten den Stolz Turakinas verletzt hätte. Ein wenig wehmütig blickte er ihr nach, als sie sich, auf einen Stock gestützt, schwerfällig zum Ausgang bewegte. Welch ein entsetzliches Schicksal, dachte er bedrückt. Abgesehen von ihrer Behinderung war seine Schwester eine bemerkenswerte Frau. Gewiss gehörte sie zu den schönsten und klügsten Mongolinnen, die er kannte. Warum nur hatten die Götter sie mit diesem Makel behaften müssen, der ihr ganzes Leben beeinträchtigen würde?

Nachdem Turakina die Jurte verlassen hatte, wandte Kuyuk sich erneut Arika zu. Als er in ihren Augen das gleiche unausgesprochene Verlangen entdeckte, das sein Inneres aufwühlte, konnte er nicht länger leugnen, dass sie der eigentliche Grund war, der ihn dazu getrieben hatte, seine Reise zu unterbrechen.

„Warum bist du gekommen?", brach Arika schließlich das Schweigen. „Wir waren uns doch einig, dass wir uns nie wiedersehen dürfen."

„Ich konnte nicht anders. Ich musste dich noch einmal sehen. Irgendwie konnte ich es nicht glauben, dass du diesen fanatischen, vom Ehrgeiz besessenen Orlok Berke wirklich heiraten wirst."

Die plötzliche, stumme Trauer in Arikas Augen schien Kuyuks Vermutung zu bestätigen. Auch Arika war wohl über die Wahl ihres künftigen Ehemanns nicht gerade glücklich.

„Meine Diener haben alles für dich bereitgestellt, Bruder."

Die Stimme Turakinas zerriss jäh das stumme Einvernehmen, das für einen Augenblick zwischen Arika und Kuyuk geherrscht hatte. Mühsam löste Kuyuk sich von der jungen Prinzessin und wandte sich dem Ausgang zu.

„Ich danke dir für deine Gastfreundschaft, Schwester, und wünsche euch beiden eine gute Nacht."

Noch lange nachdem Kuyuk gegangen war, lag Turakina wach auf ihrem Lager. Die böse Ahnung, dass Unheil drohte, wollte einfach nicht aus ihren Gedanken weichen. Neben ihr hörte sie Arika sich unruhig hin und her wälzen. Turakina vermutete, dass auch sie keinen Schlaf finden konnte.

„Es ist die Nacht des Mondes, in der das Verlangen des Körpers nach Schlaf am geringsten ist", seufzte Arika, nachdem sie bemerkt hatte, dass Turakina noch wach war.

„Ja", murmelte diese versonnen. „Es ist die Nacht des Mondes und der Lust, die den Körper plagt. Es ist eine gefährliche Nacht."

Ein Schmerz, über den sie längst hinweg zu sein glaubte, erwachte von neuem. Während sie das geliebte Gesicht Kublais vor sich sah, erwachte in Turakina eine wohlbekannte Sehnsucht, die sie einen Augenblick lang zu überwältigen drohte. Doch es durfte nicht sein. Mit dieser Selbstermahnung schlief sie endlich ein.

Lange nachdem Turakina eingeschlafen war, erhob Arika sich schließlich von ihrem Lager. Längst hatte sie die Hoffnung aufgegeben, in dieser Nacht Ruhe finden zu können. So trat sie leise vor die Jurte, um in der klaren Nachtluft ihren erhitzten Körper abzukühlen. Nur mit einem feinen, losen Seidenhemd bekleidet betrachtete sie eine Weile nachdenklich die volle Mondscheibe am Himmel, während der aufkommende Wind mit ihrem langen, einem schwarzen Teppich gleichenden, über ihre Schultern herabfallenden Haaren zu spielen begann.

Erschreckt fuhr Arika zusammen, als plötzlich zwei starke Hände ihre Hüften umfingen. Doch sogleich verwandelte sich ihr Schreck in Zufriedenheit. War es nicht das, was sie in dieser Nacht hier herausgetrieben hatte – die Hoffnung auf ein letztes ungestörtes Zusammensein mit dem Mann, den sie trotz aller Verbote noch immer heimlich liebte?

„Dieser letzte Blick, er war ein Versprechen, nicht wahr?", meinte Kuyuk, den Körper Arikas zu sich herumdrehend.

Einen Augenblick lang zögerte Arika. Doch dann nickte sie entschlossen.

„Ja", flüsterte sie zustimmend, während ihre schmalen, braunen Augen zu glänzen begannen. „Was immer das Schicksal für mich an Berkes Seite bereithalten mag, es kann mir diese Nacht, die nur uns beiden gehören wird, niemals mehr nehmen. Ja, ich will noch einmal dir gehören, bevor ich für immer Berke gehören muss."

Seufzend, von einem wonnigen Schauer durchflutet, gab Arika sich Kuyuks Liebkosungen hin. Seine Küsse brannten wie Feuer auf ihren Lippen. Die Erregung, die die Berührungen des jungen Mongolenprinzen in ihr erzeugten, spannten ihren Körper bald bis zum Äußersten an. Wie sehr sehnte sie sich in diesem Augenblick nach der Befriedigung ihres Verlangens. Als Kuyuk sie endlich zu Boden drückte und sich über sie beugte, war sie mehr als nur bereit, ihn zu empfangen. Ihr Körper drängte sich dem seinen entgegen.

„Hör zu, Arika! Ich wollte es vor Turakina nicht sagen, aber ich befürchte, dass mein Vater im Sterben liegt. Darum zögere die Hochzeit mit Berke solange wie möglich hinaus. Wenn ich zum neuen Großkhan gewählt werde, muss ich auf die Sippe meiner jetzigen Gemahlin keine Rücksicht mehr nehmen. Ich werde sie zurück zu ihrer Familie schicken und dich zu meiner ersten Gemahlin machen", flehte Kuyuk, nachdem sie sich endlich voneinander gelöst hatten.

Um die Harmonie der Stunde nicht zu zerstören, nickte Arika zustimmend. Doch sie wusste genau, dass die vergangenen Stunden einem gestohlenen Traum entsprungen waren, den die Wirklichkeit schon bald auslöschen würde.

In der Morgendämmerung trennte Arika sich endlich mit einem innigen Kuss von Kuyuk, in dem all ihre schmachtenden Sehnsüchte verborgen lagen, bevor sie lautlos wie eine Katze in ihre Jurte zurückschlich. Als Turakina erwachte, erinnerte nichts mehr an ihren nächtlichen Ausflug. Doch auch in der nächsten Nacht traf sie Kuyuk noch einmal heimlich. Dann setzte der Brautzug seinen Weg nach Westen in Richtung Wüste fort, während Kuyuk den Weg nach Karakorum einschlug.

Dreißig Tage dauerte die Reise durch die singende Wüste. Es war ein langer und beschwerlicher Marsch für Mensch und Tier. Bei Tag brannte die Sonne erbarmungslos vom Himmel herab, während in den Nächten eisige Kälte herrschte. Verschlimmert wurde das Durchqueren der Wüste noch durch den immer wiederkehrenden Wassermangel. Von den vierundzwanzig Wasserstellen, die den Weg der Karawanenstraße säumten, enthielten einige nur salziges, bitteres Wasser, das für Mensch und Tier ungenießbar war.

„Ich fürchte diese Wüste, deren geisterhafte Stimmen ich nachts deutlich hören kann", gestand Arika Turakina eines Abends. „Fast scheint es so, als wollten die Geister der hier Gestorbenen die Lebenden, die es wagten, ihren Herrschaftsbereich zu betreten, vom Weg abbringen, um sie dem gleichen grauenhaften Tod zu überantworten, den sie erleiden mussten."

„Das ist doch Unfug", entgegnete Turakina lächelnd. „Ich gestehe, zuerst hat mir diese singende Wüste auch Furcht eingeflößt. Doch Li-Ping hat mir erklärt, dass die Geräusche, die die Wüste von sich gibt, eine ganz natürliche Ursache haben. Das Singen wird durch die Abkühlung der Sandmassen hervorgerufen."

„Glaubst du das wirklich?", fragte Arika beklommen, die wie die meisten Mongolen sehr abergläubisch war.

„Ja", sagte Turakina fest. „Außerdem werden wir in wenigen Tagen die große Oase Tschentschen erreicht haben. Von dort an wird der Weg weniger beschwerlich sein."

Nachdenklich begegnete Arikas Blick dem Turakinas. Sie wusste nicht, ob sie sich über das rasche Vorankommen ihrer Karawane freuen sollte oder nicht. Jedes Stück, das ihre Reisegruppe hinter sich brachte, führte sie näher zu Berke und entfernte sie weiter von Kuyuk. Was sollte nur aus ihr werden, wenn sie erst die Zelte der Goldenen Horde erreicht hatten?

6.

Das Zischen, das die durch die Luft wirbelnden Lederriemen der Peitsche erzeugten, bevor sie erneut krachend auf den Rücken des Gepeinigten niedersausten, gingen dem Russen Michael wie allen anderen Gefangenen, die dieser Bestrafung beiwohnen mussten, durch Mark und Bein. Schon das geringste Vergehen eines Sklaven gab den Mongolen Anlass dazu, eine derartige Bestrafung anzuordnen. Fast jeder der Gefangenen hatte darum bereits Auspeitschungen hinter sich. Doch dass Francesco diese Folterung drei Abende hintereinander würde ertragen müssen, kam in Michaels Augen einem Mordbefehl gleich. Kein Mensch konnte eine solche Misshandlung drei Tage hintereinander über sich ergehen lassen, ohne dabei seine letzten Kraftreserven zu verbrauchen. Und das alles nur, weil er in den Augen der Mongolen Schuld daran trug, dass einer der Sturmblöcke beim Transport kaputtgegangen war. Dabei war Francesco eigentlich unschuldig. Es war eindeutig einer dieser Jinkulis gewesen, die das mongolische Reiterheer begleiteten, der den Block vor dem Transport nicht richtig auf dem Karren befestigt hatte. Nur deshalb hatte sich der Sturmblock während der Fahrt auf einer Bergstraße plötzlich gelöst und war einen Abhang hinuntergestürzt. Doch obwohl man den Schuldigen kannte, wurde Francesco bestraft, da er von Subatei für die Sturmblöcke die Verantwortung übertragen bekommen hatte.

Michael war Francescos Freund geworden, seit dieser den Russen, der auf dem Plünderungsmarsch der Mongolen durch das unterworfene Ungarn vor Erschöpfung zusammengebrochen war, tagelang teils getragen, teils mit sich gezogen hatte, um ihn vor den tödlichen Lanzenstößen der Mongolen zu bewahren. Manchen wunderte diese Freundschaft, denn zwei unterschiedlichere Menschen als Francesco und Michael konnte man sich kaum vorstellen. Im Gegensatz zu dem gebildeten, aus gutem Haus stammenden Genuesen war Michael nichts weiter als der Leibeigene eines russischen Großgrundbesitzers gewesen, bevor er in die Knechtschaft der Mongolen geriet, die sich kaum von seinen harten Lebensbedingungen als Bauer unterschied. Trotzdem war der Tag gekommen, an dem die Kräfte des hünenhaften Mannes nicht mehr ausgereicht hatten. Die Tatsache, dass ausgerechnet der viel schmächtigere Francesco ihm in dieser ausweglosen Situation geholfen hatte, würde er nie vergessen. Sie erfüllte ihn seither nicht nur mit Dankbarkeit, sondern auch mit Schuldgefühlen. Gerade darum empfand Michael es in diesem Augenblick besonders schlimm, der harten Bestrafung Francescos hilflos zusehen zu müssen.

Endlich ließ der eigentlich eher feingliedrige, chinesische Folterknecht, der bereits oftmals bewiesen hatte, dass er trotz seines schmächtigen Körperbaus sein Handwerk beherrschte, die Peitsche sinken und überließ den Geschundenen der Fürsorge der anderen Gefangenen. Noch während Michael einen der Lederriemen, mit denen Francesco zwischen zwei Pfählen festgebunden worden war, zu lösen begann, kam ihm wieder einmal zu Bewusstsein, dass ihnen allen nur eine Möglichkeit blieb, ihr Leben zu erhalten. Sie mussten fliehen. Doch dies war kein neuer Gedanke. Wie oft schon hatte er mit Francesco in der Vergangenheit die Möglichkeiten einer Flucht erwogen. Solange die mongolischen Truppen in Europa standen, waren die Chancen zu entkommen gewiss am größten. Das hatte auch Francesco eingesehen. Doch hatte er sich immer geweigert, einen Versuch zu wagen. Er schien von der Idee besessen, erst seine Frau finden zu müssen, um dann mit ihr gemeinsam zu fliehen. Dass er bereits über ein Jahr vergeblich im Lager nach ihr gesucht hatte, überzeugte Michael jedoch davon, dass Arabella sich längst nicht mehr im Ordu aufhalten konnte. Entweder war sie damals von den Mongolen an einen anderen Ort verschleppt worden, oder aber sie war längst gestorben, was Michael für wahrscheinlicher hielt. Dennoch weigerte Francesco sich beharrlich, diese Möglichkeit in Betracht zu ziehen. Noch immer war er fest dazu entschlossen, nur mit seiner Frau zu fliehen oder in der mongolischen Gefangenschaft zugrunde zu gehen.

Ein klägliches Stöhnen entrang sich Francescos Kehle, als sein Körper, von den Fesseln befreit, zu Boden sackte. Dankbar nahm er den ihm von einem anderen Gefangenen gebotenen hölzernen Schöpflöffel mit Wasser an, um seinen trockenen, ausgedörrten Mund damit zu benetzen.

„Steh auf, du Hund!"

Der von dem Gefangenenaufseher in dem kehlig klingenden Mongolisch erteilte Befehl, ließ Francesco einen Augenblick später erneut erstarren. Er wusste, dass er am Ende seiner Kräfte angelangt war. Selbst wenn es ihm jetzt gelingen sollte, auf die Beine zu kommen, was sollte morgen aus ihm werden? Schließlich hatte er erst zwei der drei Auspeitschungen hinter sich.

„Komm! Ich helfe dir."

Michaels rechter Arm schob sich unter den linken Arm des Freundes, um ihm auf die Beine zu helfen. Wankend gelang es Francesco schließlich, allein zu stehen. Jeder Teil seines Körpers schmerzte ihn, doch er achtete in diesem Augenblick nicht darauf. Starr vor Angst begegnete sein Blick dem des auf seinem Pferd sitzenden und zu ihm herabschauenden Mongolen. Die zwei langgezogenen, blitzenden Augen seines Gegenübers funkelten ihn kalt an. Der Blick des Mongolen gab Francesco deutlich zu verstehen, dass er kein Mitleid erwarten durfte. Wenn er sich morgen nach der Bestrafung nicht wieder aus eigener Kraft auf den Beinen halten konnte, dann würde er sterben. Aber Francesco wusste in diesem Augenblick auch, dass er die gleiche Kraft morgen unter keinen Umständen noch einmal würde aufbringen können. Er war körperlich und seelisch am Ende. Warum also wartete dieser Mann noch? Er musste doch sehen, dass er zu den Todeskandidaten gehörte. Warum das Leiden noch verlängern? Einen Augenblick lang schien der mongolische Aufseher den gleichen Gedanken zu hegen. Seine Augen blitzten gefährlich auf. Aber schließlich wandte er sich doch ab. Er wollte sich das Schauspiel der morgigen Auspeitschung wohl doch nicht entgehen lassen.

„Verfluchte Ratte", zischte Michael dem Mongolen leise nach. „Der sieht doch genau, dass du den morgigen Tag niemals überstehen kannst."

„Lass nur", flüsterte Francesco, während er sich von Michael zu seinem Nachtlager bringen ließ. Hier erwarteten die Gefangenen bereits chinesische Kulis, die sie aneinanderketteten. Erst dann durften sie sich anstellen, um ihr karges Abendessen entgegenzunehmen, das aus einem Stück Brot und einer Schüssel Gurt, einer aus Stutenmilch gekneteten, nahrhaften, aber geschmacklosen Masse bestand.

„Du musst essen", mahnte Michael, als er sah, dass Francesco sein Essen unberührt beiseiteschob.

„Ich habe keinen Hunger."

„Wie willst du wieder zu Kräften kommen, wenn du nicht isst?"

„Oh, Michael." Mühsam gelang es Francesco, ein wenig zu lächeln. „Du weißt ebenso gut wie ich, dass es mit mir aus ist. Ich kann nicht mehr."

„Wie kannst du das sagen? Du wirst mich doch jetzt nicht im Stich lassen. Nimm bitte zur Kenntnis – ich lasse dich nicht so einfach sterben. Du darfst nicht aufgeben. Denke doch an deine Frau. Wenn sie noch lebt, wartet sie vielleicht sehnsüchtig auf dich."

Dass Michael daran nicht glaubte, tat im Augenblick nichts zur Sache. Es war jetzt wichtig, Francescos Lebenswillen zu stärken. Nur wenn er leben wollte, konnte er es schaffen.

Der Gedanke an Arabella versetzte Francesco einen Stich ins Herz. Doch selbst die Erinnerung an sie besaß nicht mehr die Kraft, seinen Lebenswillen zu wecken. Trotzdem nickte er zustimmend, um Michael nicht zu enttäuschen, bevor er sich bemühte, einzuschlafen, um seine Schmerzen nicht länger ertragen zu müssen.

Verzweifelt betrachtete Michael das matte Gesicht des schlafenden Freundes. Er wusste nicht wie, aber es musste ihm einfach gelingen, Francesco vor dem Tod zu bewahren. Und dann, dann würde er mit ihm fliehen.

Ungehalten über die späte Störung überlegte der Khan der Goldenen Horde einen Augenblick lang, ob er den eben eingetroffenen Pfeilreiter an diesem Abend überhaupt noch empfangen sollte. Was konnte es in Karakorum schon so Wichtiges geben, dass es nicht bis zum Morgen warten konnte. Diese Nachricht aus der Hauptstadt würde doch gewiss nur neue Instruktionen für das weitere Vorrücken der mongolischen Heere nach Europa beinhalten. Doch auf eine solche Bevormundung konnte Batu Khan gewiss verzichten. Vor Ort war die Lage weitaus besser einzuschätzen als von Karakorum aus. Zwar waren die mongolischen Pfeilreiter die schnellsten Boten der Welt. Dennoch benötigten sie für die riesige Entfernung, die sie innerhalb des mongolischen Herrschaftsbereichs mittlerweile zurückzulegen hatten, einfach zu lange, um dem Khaqan an schnellen Entscheidungen mitwirken lassen zu können.

Trotz Batus Widerwillen gegen die immer wiederkehrenden, oftmals unsachgemäßen Einmischungen des Großkhans in seine Kriegsführung, rang er sich schließlich dazu durch, den Reiter vorzulassen. Auch wenn der Großkhan weit entfernt war, war es doch nicht ratsam, ihn durch eine Missachtung seines Eilboten zu verärgern.

Unterwürfig fiel der noch vom Schweiß und Staub seines langen Rittes bedeckte Mongolenkrieger vor dem Khan der Goldenen Horde zu Boden, bevor er aus seinem Überwurf ein versiegeltes Schreiben hervorzog, das er Batu überreichte. Einen Augenblick lang stutzte der Khan, als er das Siegel betrachtete. Es war nicht das Siegel Ogedeis, das das Dokument verschloss, sondern das seiner ersten Gemahlin Turakina. Was mochte das wohl bedeuten? Was hatte er mit dieser schlauen Füchsin Turakina zutun, die gewiss nicht ohne Grund von den Schamanen verdächtigt wurde, mit den bösen Dämonen einen Bund geschlossen zu haben. Hatte Tengris sie für ihr ränkesüchtiges Treiben nicht bereits mit einer verkrüppelten Tochter gezeichnet? Doch diese Strafe schien nicht ausgereicht zu haben. Noch immer mischte sie sich in weitreichende, politische Entscheidungen ein, war die dunkle Macht hinter Ogedeis Thron, die die wichtigsten Beschlüsse des Großkhans nach ihrem Willen lenkte. Wie dies möglich war, konnte Batu sich nur mit Zauberei erklären.

Obwohl Ogedei sich schon vor Jahren körperlich von Turakina abgewandt hatte und sein Vergnügen bei jüngeren, mondgesichtigen, chinesischen Mätressen gesucht hatte, besaß diese Frau noch immer auf rätselhafte Weise Macht über den Khaqan. Dies konnte nur durch die magischen Formeln und Beschwörungen der Zauberer möglich gemacht worden sein, die die erste Frau des Staates ständig umgaben. Eine andere Erklärung fand Batu dafür nicht.

Zögernd begann der Khan schließlich das Siegel aufzubrechen, das Schreiben zu entfalten und es seinem anwesenden chinesischen Schreiber zum Vorlesen zu überreichen, da Batu selbst weder des Lesens noch Schreibens mächtig war. Nachdem er die letzten Worte des Briefs vernommen hatte, ließ sich Batu schwerfällig auf den in seiner Jurte stehenden Thron sinken. Ogedei, der Khaqan der Mongolen, war tot. Turakina, die erste Gemahlin des Großkhans, hatte auf Wunsch Ogedeis die Regentschaft übernommen, bis die Kuriltai in Karakorum zusammengekommen war und einen neuen Großkhan gewählt hatte. Wie weitreichend die Folgen dieser Nachricht waren, begann Batu erst langsam zu begreifen.

Der Yassa des Dschingis Khans entsprechend war es seine Pflicht, sofort nach Karakorum zurückzukehren, um an der Wahl eines neuen Großkhans mitzuwirken. Andererseits lag nach der gewonnenen Schlacht gegen die Ungarn und der Niederlage des deutschen Ritterordens gegen Kaidu bei Wahlstatt ganz Europa offen vor den mongolischen Streitkräften. Ein Rückzug zu diesem Zeitpunkt würde alle hart erkämpften Vorteile seiner Reitertruppen zunichtemachen. Wie sollte der Khan der Goldenen Horden sich in dieser Situation verhalten? Nach kurzem Zögern entschloss Batu sich dazu, diese Entscheidung nicht allein zu fällen, sondern seinen Sohn Sartak, seinen Bruder Berke und den altgedienten Orlok Subatei mit in die Entscheidung einzubeziehen.

Als sich kurze Zeit später die führenden Männer der Goldenen Horde in Batus Jurte zur Beratung versammelt und Batu seine Bedenken geäußert hatte, war es Subatei, der als erster das Wort ergriff.

„Es ist zwar richtig, dass wir einen entscheidenden Vorteil verschenken, wenn wir uns jetzt aus Europa zurückziehen. Trotzdem ist es unsere Pflicht, sofort unser Hab und Gut sowie unsere Beute zusammenzupacken und ins Kernland zurückzukehren. Dies hat Dschingis Khan in der Yassa nicht ohne Grund so bestimmt. Die Stärke der Mongolen beruht seit jeher auf ihrer Einigkeit. Darum soll immer ein Großkhan herrschen, der von allen zum mongolischen Führer gewählt und anerkannt wurde. Willst du die Weisheit dieser Bestimmung tatsächlich einem militärischen Vorteil zugunsten verwerfen? Das kann nicht dein Ernst sein, Batu. Bevor du endgültig befiehlst, vergiss auch Folgendes nicht. Du bist einer der mächtigsten Khane der Mongolen. Deine Chancen, der neue Großkhan der Mongolen zu werden, stehen darum nicht schlecht. Willst du diese Möglichkeit verstreichen lassen, nur um ein paar Meter mehr Boden zu erobern? Land besitzen die Mongolen inzwischen genug. Was ihnen im Augenblick aber fehlt, ist ein starke Hand, die in der Lage ist, das Reich auf lange Sicht zusammenzuhalten und zu verteidigen."

Subateis Meinung traf Batu an der richtigen Stelle, sprach sie doch seinen Ehrgeiz an. Ja, es war wirklich nicht ausgeschlossen, dass der Kuriltai ihn zum neuen Großkhan wählen würde. Nur ein ernstzunehmender Gegner stand diesem Ziel im Weg – Turakina, die Frau des Ogedei. Sie würde gewiss alle ihr zur Verfügung stehenden Mittel einsetzen, um ihren Sohn Kuyuk auf den Mongolenthron zu bringen. Und sie hatte natürlich den entscheidenden Vorteil, dass sie vor Ort bereits ihr Spinnennetz weben konnte, während er fernab von Karakorum nur wenige Möglichkeiten besaß, sich ihren Plänen in den Weg zu stellen.

„Vielleicht hast du recht", meinte Batu schließlich. „Wahrscheinlich ist es wirklich wichtiger, einen neuen, starken Großkhan zu wählen, als ein paar Meter Boden mehr zu plündern und zu brandschatzen. Wir werden darum im Morgengrauen den Rückmarsch antreten, um so schnell wie möglich nach Karakorum zu gelangen. Ladet die Beute auf die Wagen. Kettet die Sklaven aneinander, damit keiner fliehen kann. Mein Einzug in die Hauptstadt mit reicher Beute wird für sich sprechen. Außerdem sendet einen Boten an die Toumans von Kaidu und Kadan. Auch sie haben sich sofort auf den Rückmarsch zu begeben. Das sind meine Befehle. Ihr seid entlassen. Bis auf dich, Berke. Mit dir möchte ich noch einen Augenblick unter vier Augen sprechen."

Nachdem die anderen gegangen waren, wandte Batu sich vertrauensvoll an seinen Bruder.

„Wie schätzt du meine Chancen ein, neuer Großkhan zu werden?"

„Sich gegen Kuyuk durchzusetzen, wird nicht leicht sein. Man darf die Macht und den Einfluss der Regentin nicht unterschätzen. Wir werden einige der Khane auf unsere Seite ziehen müssen."

„Wen, glaubst du, könnten wir für uns gewinnen?"

„Auf Kadan und Kaschin, die Söhne Turakinas, können wir gewiss nicht zählen. Wie sich die Söhne Tulis entscheiden werden, bleibt abzuwarten, entstammen sie doch einem Familienzweig, der allmählich selbst Ehrgeiz zu entwickeln beginnt. Wenn sie jedoch einsehen müssen, dass dieser Ehrgeiz nicht befriedigt werden kann, halte ich es für möglich, dass sie sich auf deine Seite schlagen. Wie Tschaghatai und seine Söhne abstimmen werden, lässt sich ebenfalls nicht voraussagen. Die Chance, dass sie sich für dich entscheiden, dürfte allerdings nicht gering sein, wenn Arika bis zur Kuriltai meine Frau geworden ist."

Zustimmend nickte Batu.

„Ja, wenn diese Ehe bis zur Wahl vollzogen ist, werden sich Tschaghatai und seine Söhne gewiss für meine Seite entscheiden. Sieh also zu, dass Arika so schnell wie möglich in deine Jurte kommt. Es soll dein Schaden nicht sein, wenn ich der neue Großkhan werde."

Ein Lächeln huschte über Berkes Gesicht.

„Du weißt, dass du dich auf mich verlassen kannst. Ich werde Arika entgegenziehen. Bevor der Kuriltai zusammentritt, wird sie meine Frau sein, und, so Allah, der Allmächtige, will, wird sie meinen Sohn in sich tragen."

„Abgemacht!", entschied Batu. „Aber", fügte er warnend hinzu, „vergiss nicht, dass sich ein doppeltes Spiel nicht lohnt. Ich kenne deinen Ehrgeiz, Bruder. Versuchst du mich zu hintergehen, werde ich dich vernichten."

„Wie kannst du so etwas auch nur denken", antwortete Berke gespielt gekränkt, bevor er schmunzelnd das Zelt verließ.

Gleich nachdem Berke gegangen war, sandte Batu noch einmal nach Subatei. Mochte Berke ihm auch seine Loyalität versichern, aus irgendeinem Grund traute er seinem Bruder dennoch nicht. Es gab eigentlich nur einen Mann, dem er bedingungsloses Vertrauen schenken konnte, dem alten Orlok Subatei. Ihn würde er Berke zur Seite stellen, um so jede Eigenmächtigkeit des Bruders zu unterbinden.

Prüfend schritt Berke im Morgengrauen die Reihen der aneinandergeketteten Sklaven ab. Was er suchte, war ihm durchaus klar – vier hellhäutige, exotisch aussehende, kräftige Sklaven, die er, zu Eunuchen verschnitten, seiner zukünftigen Frau zum Hochzeitsgeschenk machen würde. Forschend blieb er vor dem einen oder anderen stehen, hieß ihn sich zu entkleiden, um ihn von dem ihn begleitenden chinesischen Arzt untersuchen zu lassen. Schließlich hatte Berke gemeinsam mit dem Arzt vier Männer ausgewählt, als ihm plötzlich der Gedanke kam, der Arika begleitenden Prinzessin Turakina das gleiche Geschenk als Dank für die Mühen und Strapazen, die sie während der Reise auf sich genommen hatte, zu überreichen. Dennoch sollten sich ihre Eunuchen von denen Arikas erheblich unterscheiden. Es sollten schmächtige Männer sein, die zu einem Krüppel wie ihr passten. Dieser offensichtliche Unterschied in der Qualität der Geschenke würde nicht nur eine Beleidigung der Prinzessin darstellen, sondern auch für deren Mutter und Kuyuk.

„Ihr Chinesen seid doch ein besonderes Volk", wandte er sich voll Spott an den Arzt. „Obwohl ihr klein von Wuchs seid und euch in der Schlacht unter den Röcken eurer Weiber verkriecht, versteht ihr euch doch hervorragend auf alle nur erdenklichen Grausamkeiten. In der Folterung ebenso wie in der Verstümmelung von Menschen seid ihr wahre Meister. Höre also. Suche weitere vier Gefangene aus, doch dieses Mal schmale und schmächtige Burschen, die diesen Eingriff jedoch ebenfalls überstehen können. Brenne ihnen das Zeichen der Prinzessin Turakina ins Fleisch, denen, die ich ausgewählt habe, eins der Prinzessin Arika. Hast du verstanden?"

„Ja, Herr", antwortete der Jin. „Und wann soll die Operation ausgeführt werden?"

„Erst dann, wenn wir auf den Zug der Prinzessin gestoßen sind. Wenn die Sklaven diesen Eingriff überleben sollen, brauchen sie, soviel ich weiß, nach der Operation Ruhe. Ich habe jetzt jedoch nicht die Zeit, ihnen Ruhe zu gönnen. Wir brechen noch am Vormittag auf."

Gehorsam nickte der Chinese, bevor er noch einmal schweigend die Reihen abschritt und prüfend die Körper der Sklaven betrachtete.

„Als ob ein starker, breiter Körperbau ein sicheres Zeichen für Mut und Geschicklichkeit darstellen würde", zischte er zornig vor sich hin. Wie sehr war der Jin die Demütigungen und Beleidigungen Berkes doch leid. Aber dem Bruder des Khans offen zu widersprechen, wagte er dennoch nicht. Vielleicht hatte dieser sogar recht. Vielleicht waren die Chinesen alle Feiglinge, wie sonst konnten sie ihre Kunstfertigkeit in den Dienst dieser Barbaren stellen. Nachdenklich blieb er schließlich vor einem Mann stehen, dessen Körper zwar nicht besonders breit und muskulös war, dessen Augen aber trotz des erschöpften körperlichen Zustands nichts von ihrer Kraft eingebüßt zu haben schienen.

„Was ist mit ihm? Warum ist er in einem so schlechten Zustand?"

„Er ist zur dreimaligen Auspeitschung verurteilt. Zwei hat er bereits hinter sich gebracht", antwortete der Mongolenaufseher. Huia-san benötigte nur einen Augenblick, um mit ärztlichem Sachverstand festzustellen, dass dieser Sklave eine weitere Auspeitschung gewiss nicht überleben würde. Mit einer gebieterischen Handbewegung befahl er einem der mongolischen Aufseher, den Sklaven zu entkleiden. Zufrieden nickte der Chinese.

„Vielleicht wird es dir nicht gefallen, was mit dir geschehen wird, aber immerhin wird es dir das Leben retten. Du solltest mir also dankbar sein."

Auf Befehl Huia-sans wurde Francesco losgekettet und zu den anderen Sklaven gebracht, die angstvoll auf das warteten, was ihnen nun widerfahren würde. Unter ihnen befand sich auch Michael, der Russe. Als sie schließlich acht waren, wurden sie fortgeführt zu einem Platz, an dem über einem Feuer zwei Brandeisen heißgemacht worden waren. Kräftige Hände packten die ersten beiden Sklaven, rissen ihnen die Kittel über den Schultern auf, bis die Oberarme entblößt waren und drückten sie dann auf die Knie. Das glühende Eisen wurde aus dem Feuer genommen und in das Fleisch der sich verzweifelt Wehrenden gedrückt. Einen Augenblick später mischten sich entsetzte, schmerzerfüllte Schreie mit dem Geruch von verbranntem Menschenfleisch. Achtlos überließen die Mongolen die ersten beiden ihren Schmerzen, während sie die nächsten ergriffen, um auch sie zu brandmarken. Erst als auf jedem Sklavenarm ein Zeichen prangte, gab Huia-san den Befehl, die Brandwunden mit einer Salbe zu bestreichen und dann zu verbinden.

Halb wahnsinnig vor Schmerzen erhaschte Francesco einen kurzen Blick auf den Mann, der den Auftrag zu dieser grausamen Behandlung angeordnet hatte und der ganz ohne Frage die Absicht hatte, sie noch weiter zu verstümmeln. Genussvoll hatte er aus einiger Entfernung der Quälerei zugesehen. Es war jener Mann, der einst den Tod seiner Tochter befohlen und der seine Frau verschleppt hatte. Einen Augenblick später fiel Francesco in eine erlösende Ohnmacht.

7.

Vom verhangenen Planwagen aus konnte Arabella ihren Mann Francesco jeden Tag angekettet auf einem offenen Karren sitzen sehen. Obwohl er in greifbarer Nähe war, befand er sich für sie doch in unerreichbarer Ferne. Sie beide trennten inzwischen Welten. Und trotzdem fühlte sie sich ihrem Mann immer noch verbunden. Das Wissen um das, was ihm beim Erreichen des Reiseziels widerfahren würde, quälte und verfolgte sie. War es nicht genug, dass man ihren Körper für immer verstümmelt hatte? Sollte Francesco nun das gleiche Schicksal beschieden sein? Täglich umgeben von Eunuchen, die die einzigen männlichen Wesen waren, die sich den Frauen Berkes nähern durften, wusste Arabella nur allzu genau, was es für einen Mann bedeutete, seiner Männlichkeit beraubt zu sein. Die zu Fettsucht neigenden, aufgeschwemmten, geschlechtslosen Wesen mit ihren Fistelstimmen erschreckten sie noch immer wie am ersten Tag. Dass Francesco nun ebenfalls zu einem solchen Wesen gemacht werden sollte, erschien ihr einfach unvorstellbar. Ganz gleich wie, sie musste einen Weg finden, das zu verhindern.

Eine Zeit lang hatte sie mit dem Gedanken gespielt, bei Berke für Francesco zu bitten. Doch diesen Gedanken hatte sie schnell wieder verworfen. Würde Berke jemals erfahren, dass Francesco einmal ihr Mann gewesen war, würde er wahrscheinlich noch weitaus Schlimmeres erleiden müssen als das, was ihm nun bevorstand. Nein, an Berke durfte sie sich unter keinen Umständen wenden. So blieb ihr nur noch eine Möglichkeit. Es musste ihr gelingen, Francesco zur Flucht zu verhelfen. Je länger sie über diese Möglichkeit nachdachte, umso klarer wurde sie sich darüber, dass ihr dies nicht ohne fremde Hilfe gelingen würde. Doch einen anderen in ihre Pläne mit einzubeziehen, vergrößerte natürlich die Gefahr der Entdeckung. Hinzu kam, dass sie schnell handeln musste, sollte die Flucht gelingen. Nur noch wenige Tagesritte trennten sie von dem Brautzug der Prinzessin Arika, mit dem sie in der Nähe der Stadt Balkh zusammentreffen sollten.

Nachdem der Zug Berkes die große Salzwüste im Eiltempo hinter sich gelassen hatte, zog er nun schon seit Tagen durch ein eintöniges Hochplateau, dessen weite Grasflächen nur gelegentlich von ein paar Pistazienbäumen, Weiden und Nadelbäumen aufgelockert wurden. Je mehr sie sich dem Kernland der Mongolen näherten, umso geringer wurden die Chancen, dass eine Flucht Aussicht auf Erfolg haben könnte. Immer häufiger stieg in Arabella darum Verzweiflung auf. Sie musste jetzt handeln. Aber sie wusste nicht wie, ohne sich dabei selbst und ihren Sohn in Gefahr zu bringen. Da kam ihr eines Abends der Zufall zu Hilfe.

Von ihrer Jurte aus beobachtete Arabella eine junge Frau, die den Gefangenen heimlich Wasser reichte. Die Tatsache, dass es sich bei der Frau um keine Asiatin handelte, überzeugte Arabella davon, dass sie zu einem der Gefangenen eine Bindung haben musste. War dieses Mädchen vielleicht die Gelegenheit, auf die sie gewartet hatte? Ohne lange zu überlegen, ließ sie das Mädchen von einem der Eunuchen ergreifen und zu sich bringen.

„Ich habe dich dabei beobachtet, wie du die Sklaven heimlich mit Wasser versorgt hast. Ist dir denn gar nicht klar, dass das verboten ist?"

Das Mädchen, dessen plumpe Gesichtszüge sich plötzlich vor Arabellas Augen vor Angst verzerrten, begann verlegen zu stammeln: „Verzeih, Herrin, ich bitte dich! Ich werde es gewiss nicht wieder tun."

„Wieso hast du es überhaupt getan?" fragte Arabella hart.

„Einer der Gefangenen ist mein Bruder. Du weißt sicher, Herrin, was mit den Gefangenen geschehen soll. Und da habe ich mir gedacht, dass er wahrscheinlich weitaus größere Chancen hat, diese gefährliche Operation zu überstehen, wenn sein Körper kräftig ist."

„Wenn einer von ihnen dein Bruder ist, wieso hast du den anderen dann auch Wasser gebracht? Leugne es nicht. Ich habe es gesehen."

„Sicher hätten sie mich verraten, wenn ich ihnen nichts gegeben hätte."

Nachdenklich musterte Arabella das Mädchen eine ganze Weile. Ganz ohne Frage hatte sie ein dummes, einfältiges Bauerngeschöpf vor sich.

„Wer ist dein Herr?"

Erschrocken fuhr das Mädchen zusammen.

„Ich habe keinen Herrn", stotterte sie ängstlich. „Der Orlok Tarik hat mich den Männern seines Toumans geschenkt. Jeder, der mich will, darf mich haben. Bitte, Herrin", fügte das Mädchen schließlich stockend hinzu, „verrate Tarik nicht, was ich getan habe. Er würde mich totschlagen."

„Bist du gerne bei den Männern Tariks?"

„Nein, Herrin", antwortete das Mädchen sofort. „Sie sind grausam. Wenn sie Lust dazu haben, schlagen sie mich. Erst vor kurzem haben sie einer von uns mit dem Messer die Ohren abgeschnitten, einfach nur, weil es ihnen Spaß gemacht hat. Ich fürchte mich vor ihnen."

Arabellas Entschluss stand nunmehr fest.

„Ich werde meinen Herrn Berke bitten, dich mir zur Dienerin zu geben. Ich denke, er wird mir diesen Wunsch erfüllen. Die Gelegenheit ist günstig. Die bevorstehende Hochzeit mit der Prinzessin Arika hat ihn für den Augenblick großzügig gemacht."

„Das willst du wirklich für mich tun, Herrin?"

Der stumpfe, ausdruckslose Blick des Mädchens erhielt plötzlich Farbe. Vor Überraschung glänzten ihre Augen einen Augenblick lang auf, bevor sie wieder ihre vorherige Mattigkeit erhielten.

„Und was erwartest du dafür von mir?"

„Wie meinst du das?" fragte Arabella überrascht.

„Meine Mutter hat mich gelehrt, dass es keinen Menschen gibt, der grundlos zu einem anderen gut ist."

Nun war Arabella doch ein wenig überrascht. So dumm und einfältig dieses Wesen vor ihr auch scheinen mochte, eine gewisse Bauernschläue schien man ihm dennoch nicht abstreiten zu können.

„Du hast recht", antwortete Arabella nach kurzem Überlegen. „Ich tue dies nicht ohne Grund. Ich möchte, dass diese Männer dort draußen, denen du heute heimlich Wasser gegeben hast, fliehen können. Da ich mich als eine von Berkes Frauen aber im Lager nicht frei bewegen kann, brauche ich deine Hilfe."

„Und warum willst du ihnen bei der Flucht helfen, Herrin?" fragte das Mädchen ungläubig.

„Weil auch ich einen Bruder unter ihnen habe", log Arabella, „dem ich das Schicksal, das ihm zugedacht ist, ersparen möchte. Du kannst mir also helfen oder aber hinausgehen und mich verraten. Doch dann würdest du dich auch selbst verraten. Wenn du mir jedoch hilfst, so helfe ich auch dir. Wie ist überhaupt dein Name?"

„Malika."

„Gut, Malika. Dann lass uns ans Werk gehen. Zuerst werde ich Berke meine Bitte unterbreiten. Ich werde ihm erzählen, wie sehr auch der kleine Timur von dir angetan ist. Das wird ihn gewiss überzeugen, denn seinen Sohn liebt Berke über alles."

Die Stadt Balkh, einst eine blühende Handelsstadt, war im Jahr 1220 dem ersten Ansturm der Horden Dschingis Khans zum Opfer gefallen. Die Mongolen waren herangestürmt, hatten geplündert, die Bewohner der Stadt erschlagen und die Stadt anschließend niedergebrannt. Noch immer waren die Spuren dieser Verwüstung deutlich zu erkennen. Die Stadt glich an vielen Stellen einem Trümmerhaufen, in dem sich die Bewohner nur notdürftig eingerichtet hatten.

Die Gedanken, die Turakina beim Anblick des verwüsteten Balkh durch den Kopf gingen, waren äußerst zwiespältig. Überall auf ihrem Weg hierher war sie auf Spuren der Verwüstung, auf menschliches Elend und Not gestoßen. Dennoch konnte sie nicht leugnen, dass sie dabei auch häufig Stolz auf die Macht und Kampfkraft der mongolischen Truppen empfunden hatte. Auf jeden Fall bereute sie es nicht länger, diese

Reise angetreten zu haben. Erst durch sie hatte Turakina begonnen, sich darüber Gedanken zu machen, was außerhalb der geschützten Palastmauern von Karakorum eigentlich täglich geschah. Krieg war für sie früher immer nur ein Wort gewesen. Nun hatte dieses Wort für sie ein Gesicht bekommen. Krieg war weit mehr als nur eine Schlacht, die gewonnen oder verloren wurde. Er bestand aus einem Bündel menschlicher Schicksale, die die Großen dieser Welt, die die Kriege führten, niemals aus den Augen verlieren sollten. Einer, der dies wohl schon lange vor ihr erkannt hatte, war ihr Vater gewesen.

Seit Turakina die Nachricht vom Tod ihres Vaters erhalten hatte, erfüllte sie Trauer. Erst jetzt wurde ihr bewusst, wie sehr sie an Ogedei gehangen hatte. Trotz ihres körperlichen Gebrechens hatte er sie immer als vollwertigen Menschen akzeptiert, wie sonst außer ihm nur noch ihr Bruder Kuyuk, ihre einstmaligen Lehrer Subatei und Yelui Ch'u ts'ai, sowie natürlich Kublai. Wie viel ärmer war die Welt für sie durch diesen Verlust geworden. Eine Zeit lang hatte Turakina mit dem Gedanken gespielt, ihre Reise abzubrechen und nach Karakorum zurückzukehren. Doch schließlich hatte die Einsicht gesiegt, dass dies gewiss nicht im Sinn ihres Vaters gewesen wäre. Eine einmal begonnene Sache musste zu Ende geführt werden. Das war stets einer der Grundsätze ihres Vaters gewesen.

Die Botschaften, die sie aus den Lagern Tschaghateis und Berkes nach der Todesnachricht erhalten hatte, hatten sie in dieser Meinung dann noch bestärkt. Sowohl Berke wie auch Tschaghatai wollten, dass die Hochzeit trotz der Staatstrauer stattfinden sollte, die bis zur Wahl eines neuen Großkhans im ganzen Reich der Mongolen herrschen würde. So war Turakinas Meinung nach wohl jedem gedient, wenn die letzte Aufgabe, die ihr ihr Vater übertragen hatte, so schnell wie möglich zu einem guten Ende gebracht wurde.

Allein Arika war offensichtlich von dem Verlauf der Ereignisse nicht besonders angetan. Noch immer schien sie sich vor der Ehe mit Berke zu fürchten. Manchmal hatte Turakina sogar den Eindruck, dass sich hinter Arikas Zögern noch andere Gründe verbargen. Vielleicht vermied sie es gerade darum, eine Aussprache mit Arika herbeizuführen. Sie wollte im Augenblick gar nicht mehr wissen als unbedingt nötig.

Am Ufer des Flusses Takhta schlug der Brautzug Arikas schließlich sein Lager auf. Hier wollte man die Ankunft von Berkes Zug erwarten. Die ausgesandten Kundschafter konnten dann auch schon bald berichten, dass Berke in wenigen Tagen zu ihnen stoßen würde. Zufrieden über den Verlauf, der Turakina eine rasche Rückkehr nach Karakorum versprach, wo ihre Mutter gewiss jede Unterstützung nötig hatte, um die Wahl Kuyuks zum Großkhan durchzusetzen, entschloss Turakina sich dazu, die Zeit bis zur Ankunft des Orloks

Berke dazu zu nutzen, auf die Jagd zu gehen. Dies war eine der Leidenschaften, die sie immer mit ihrem Vater geteilt hatte. Und sie war eine gute Jägerin, hatte sie doch einen so erfahrenen Krieger wie Subatei zum Lehrmeister gehabt. Er hatte ihr gezeigt, wie man den Bogen spannte und sicher das Ziel traf. Er hatte ihr beigebracht, wie ein Mongolenkrieger zu reiten. Ihm hatte sie es zu verdanken, dass sie heute auf dem Rücken eines Pferdes ihre Unzulänglichkeit zu Fuß ausgleichen konnte. Wie sehr freute Turakina sich deshalb darüber, dass Subatei Berkes Zug begleitete. Schon bald würde sie ihren alten Lehrmeister in die Arme schließen können, mit ihm zusammen in ihrer Jurte sitzen und wie in früheren Zeiten gemeinsam Arkhi trinken können. Vor allem aber wusste Turakina, dass sie in Subatei einen Menschen finden würde, der ihre Trauer um den verstorbenen Vater aufrichtig teilte und darum das ganze Ausmaß ihres Kummers verstehen würde.

„Du willst ausreiten?", fragte Arika überrascht, als sie Turakina in einem einfachen Filzgewand mit einer dicken Pelzmütze auf dem Kopf erblickte.

„Ja", antwortete Turakina. „In der Gegend hier soll es sehr viel Wild geben. Bevor die Feierlichkeiten beginnen, möchte ich darum ein wenig jagen."

„Ich werde mit dir reiten."

Die Entschlossenheit in Arikas Stimme überraschte Turakina ein wenig.

„Solltest du nicht lieber hierbleiben und auf das Eintreffen des Bräutigams warten?"

„Lass mich noch einmal mit dir reiten, bevor ich für immer die Freiheit verliere, über meinen Körper selbst entscheiden zu dürfen."

Turakina verstand, was Arika meinte. Bei den Mongolen war es Brauch, dass eine Frau solange frei war, solange sie ledig war. Im Gegensatz zu anderen Völkern, die auf die Keuschheit ihrer Frauen größten Wert legten, konnte eine Mongolin sich vor ihrer Eheschließung durchaus einen Liebhaber nehmen, wenn sie wollte. Erst mit der Heirat ging ihr Körper in den Besitz ihres Mannes über. Auch wenn der Ehemann sich beim Umgang mit seiner Frau an die Gesetze der Yassa halten musste, hatte er von nun an doch große Macht über sie. Dass Arika darum den Wunsch verspürte, noch einmal ihre Freiheit ungezwungen zu genießen, verstand Turakina durchaus. Ein Blick in Arikas Augen ließ Turakina jedoch ahnen, dass sich hinter deren Wunsch, sie zu begleiten, möglicherweise noch andere Gründe verbargen.

„Nun gut", meinte Turakina nach kurzem Zögern. „Lass uns reiten. Ich nehme zwei chinesische Diener mit. Und du solltest…"

„Ich brauche keine Begleiter", entschied Arika. „Mir genügt deine Gesellschaft."

„Wie du meinst", antwortete Turakina verwundert.

Kurze Zeit später sprengten die beiden Prinzessinnen aus dem Lager, nur von Turakinas beiden chinesischen Dienern begleitet, die Mühe hatten, den beiden Frauen auf ihren flinken Ponys zu folgen.

Auf dem Rücken ihres Pferdes spürte Turakina wie so oft auf der Jagd ein Gefühl der Freiheit in sich aufsteigen. Bar der kostbaren, steifen Gewänder, die sie im Lager zu tragen hatte, empfand sie eine ungemeine Übereinstimmung mit sich und der Natur. Arika, die selbst auf der Jagd nicht auf den üblichen Prunk einer Prinzessin hatte verzichten wollen, blickte während des scharfen Ritts immer wieder forschend zu Turakina hinüber. Sie musste einfach innerhalb der nächsten Stunden einen Weg finden, mit dieser zu sprechen. Turakina musste die Wahrheit erfahren, musste wissen, wie nahe Kuyuk und sie sich standen. Wenn es einen Menschen gab, dem sie in dieser Angelegenheit Vertrauen schenken durfte, dann ihr.

Als Turakina durch einen Pfeilreiter die Nachricht von Ogedeis Tod erhalten hatte, hatte Arika zuerst angenommen, dass ihr Zug ohnehin nach Karakorum zurückkehren und ihre Hochzeit mit Berke auf unbestimmte Zeit verschoben werden würde. All ihre heimlichen Probleme schienen damit gelöst. Doch schon bald hatte sie feststellen müssen, dass sich ihre Hoffnung nicht erfüllen würde. Turakina lehnte es ab, nach Karakorum zurückzukehren, bevor sie die ihr von Ogedei gestellte Aufgabe erfüllt hatte. Seither wusste Arika nicht recht, wie sie sich weiter verhalten sollte. Hätte Turakina sich zur Rückkehr entschlossen, wäre alles so einfach gewesen. Sie und Kuyuk hätten die Entscheidung der Kuriltai abgewartet. Als Khaqan hätte er sie dann ohne Weiteres zu seiner ersten Frau machen können, musste doch selbst ihr Vater sich dann den Wünschen des Großkhans unterwerfen. Doch durch ihre Weiterreise war alles viel schwieriger geworden. Nun mussten Rücksichten genommen werden. Weigerte sie sich, Berke Kuyuks wegen zu heiraten, würde sie Kuyuks Ansehen in der Kuriltai erheblich schaden. Niemand würde einen Mann zum Großkhan wählen, der um einer Frau Willen Unstimmigkeit unter den Mongolenstämmen säte. Arika wusste darum nicht mehr ein noch aus. Was sie brauchte, war der aufrichtige Rat einer Freundin.

Tagelang hatten sie an ihren Ketten mit den Werkzeugen gefeilt, die ihnen Malika heimlich zugesteckt hatte. Nun endlich war es so weit. Sie waren frei. Und am Rand des Lagers standen gesattelte Pferde für sie bereit. Dennoch zögerten einige von ihnen. War es nicht besser, als Eunuch ein sattes Leben zu führen, als als entlaufener Sklave gefasst und gepfählt zu werden? Die Chance, dass ihre Flucht gelang, war gering. Dennoch waren fünf von ihnen, darunter Francesco und Michael, fest dazu entschlossen, es zu versuchen.

„Es muss heute Nacht geschehen", flüsterte Michael leise. „Morgen werden wir auf den Zug der Prinzessin Arika stoßen. Dann wird es zu spät sein."

„Dann flieht. Versucht euer Glück. Doch ich werde bleiben, auch wenn ich mich vor dem, was mir bevorsteht, fürchte."

„Entweder wir fliehen alle oder keiner", erwiderte Michael streng. „Wenn ihr nicht mit uns geht, bleiben euch nur zwei Möglichkeiten. Entweder ihr verratet uns, oder die Mongolen werden ihre Wut über unsere Flucht erst einmal an euch auslassen."

Eine Zeit lang herrschte betretenes Schweigen. Schließlich erhob Michael noch einmal die Stimme. „Allein die Tatsache, dass ihr beim Auffeilen der Fesseln mitgemacht habt, wird ihnen genügen, euch zu töten. Es gibt jetzt kein Zurück mehr. Wir müssen alle fliehen, oder sie werden uns hinrichten."

„Und wenn sie uns auf der Flucht stellen?"

„Ich weiß, was ich dann tun werde", antwortete Michael ruhig. „Lieber töte ich mich selbst, als ihnen die Möglichkeit zu geben, mich zu Tode zu quälen. Also, was ist mit euch? Macht ihr mit? Oder sollen wir euch lieber die Hälse umdrehen, bevor wir uns davonmachen?"

Michaels Worte verfehlten ihre Wirkung nicht.

„Gut", flüsterte der Pole, der sich zuvor noch geweigert hatte. „Fliehen wir, und beten wir zu Gott, dass er uns die Möglichkeit gibt, uns rechtzeitig zu töten, bevor diese Höllenhunde uns ergreifen."

„Was ist mit den beiden Wächtern?", fragte der Russe Iwan.

„Wir werden sie erledigen müssen, damit niemand vor dem Morgengrauen unsere Flucht bemerkt."

Michael nickte zustimmend.

„Das nächste Mal, wenn sie hier vorbeikommen, greift sich jeder von uns beiden einen und erwürgt ihn mit seiner Kette. Aber es muss schnell und lautlos vor sich gehen, sonst kommen wir nicht einmal lebendig aus dem Lager", meinte er an Iwan gewandt.

Spannungsgeladen lauschten die Gefangenen in das Dunkel der Nacht hinein. Endlich waren Schritte zu vernehmen. Die beiden mongolischen Wächter näherten sich auf ihrem Rundgang dem Karren. Einen flüchtigen Blick auf die Gefangenen werfend, blieben sie einen Moment vor dem Karren stehen, um aus ihren Lederbeuteln einen Schluck Koumiss zu sich zu nehmen, der ihre Glieder wärmen sollte. Es war eine kalte, ungemütliche Nacht. Ein eisiger Wind pfiff über die gräserne Ebene. Frost hatte den Boden erstarren lassen. Zufrieden aufstoßend band der erste Mongole gerade seinen Lederbeutel wieder an seinen Gürtel, als Michael das Zeichen zum Überraschungsangriff gab. Gleichzeitig stürzten Iwan und er sich auf je einen Mongolen und drückten diesem mit der Kette die Gurgel zu. Nach wenigen Augenblicken erlahmte der Widerstand der beiden Mongolen. Schlaff glitten ihre Körper zu Boden.

Einen Augenblick lang starrten Michael und Iwan sich forschend an. Hatten sie vor wenigen Minuten noch die Möglichkeit gehabt, ihre Fluchtpläne zu vergessen, so gab es nun keinen Weg mehr zurück. Den Tod ihrer beiden Krieger würden die Mongolen in jedem Fall grausam rächen.

„Nehmen wir ihnen die Waffen ab", flüsterte Iwan leise. „Man kann nie wissen, wozu wir sie noch brauchen können."

Wenige Augenblicke später schlichen die acht leise durch das Lager. Es gelang ihnen, unbemerkt zu der von Malika angegebenen Stelle zu gelangen, an der das Mädchen sie mit gesattelten Pferden erwartete. Die Beine der Pferde hatte Malika mit Filz umwickelt. Auf diese Weise konnten sie nun die Pferde geräuschlos aus dem Lager führen, ehe sie sie in ausreichender Entfernung vom Ordu bestiegen und in die Nacht hinaussprengten.

Eifrig sammelten die beiden chinesischen Diener Brennholz zusammen. Das Feuer, das sie bei Einbruch der Dunkelheit entfachen würden, musste die ganze Nacht über brennen, um die wilden Tiere vom Lager der beiden mongolischen Prinzessinnen fernzuhalten. Es war die zweite Nacht, die Arika und Turakina nun schon unter freiem Himmel verbrachten. Eigentlich hatte Turakina vorgehabt, nur eine Nacht außerhalb des Boks zu verbringen. Doch die Weite der Steppe, die in Turakina ein Gefühl von Ungezwungenheit und Freiheit hervorgerufen hatte, hatte sie letztendlich so sehr in den Bann geschlagen, dass sie noch einen Tag mehr daran zu fügen bereit gewesen war. Und Arika hatte sich nur zu gerne damit einverstanden erklärt.

Bei Einbruch der Nacht saßen die beiden Prinzessinnen nebeneinander am Feuer, eingehüllt in Zobelfelle, die sie vor der schneidenden Kälte schützten, und aßen das von ihnen erlegte und von den Dienern zubereitete Wildbret. Die beiden Chinesen hatten sich in einiger Entfernung von den beiden Prinzessinnen niedergelassen, wo sie ebenfalls ihr Abendmahl verzehrten.

„Eine herrlich klare, kalte Nacht", bemerkte Arika, einen Knochen, den sie gerade abgenagt hatte, von sich werfend. „Ich wünschte, ich könnte für immer hier draußen bleiben. Die Landschaft um uns herum wirkt so beruhigend auf mich."

„Fürchtest du dich noch immer vor der Ehe mit Berke?"

Einen Augenblick lang zögerte Arika mit der Antwort. War dies nicht die Gelegenheit, auf die sie gewartet hatte? Wenn sie Turakina jetzt nicht in ihr Geheimnis einweihte, würde es vielleicht niemals wieder eine Möglichkeit geben. Doch welchen Sinn konnte das jetzt überhaupt noch haben? In den letzten zwei Tagen, die Arika zusammen mit Turakina in der Wildnis zugebracht hatte, war sie schweren Herzens zu der Einsicht gelangt, dass es für eine Umkehr in jedem Fall zu spät war. Selbst wenn Turakina es wirklich wollte, sie konnte ihr jetzt nicht mehr helfen. Hätte sie sich ihr gleich nach der Todesnachricht von Ogedei anvertraut, wäre eine Rückkehr nach Karakorum denkbar gewesen. Niemand hätte es der trauernden Tochter des Khaqans übelnehmen können, wenn sie an das Grab ihres Vaters geeilt wäre. Damals hatte Arika es nicht gewagt, Turakina in ihrer Trauer um den Vater auch noch mit ihren Sorgen zu belasten. Und nun war es zu spät. Warum also sollte sie aussprechen, was jetzt besser ungesagt blieb? Sie würde Berkes Frau werden. Daran konnte auch Turakina nichts mehr ändern.

„Ich habe früher nie verstanden, was Großvater damit meinte, dass das Weltreich der Mongolen nur vom Sattel aus regiert werden kann", wechselte Turakina jäh das Thema, denn tief in ihrem Innern widerstrebte es ihr eigentlich, mit Arika über Berke zu sprechen. Warum dies so war, konnte sie sich selbst nicht richtig erklären. „Nun aber verstehe ich Dschingis Khan. Die Steppe und das Wanderleben schenken den Mongolen die Freiheit, die sie niemals aufgeben dürfen. Das Leben eines Städters gleicht dem eines Gefangenen. Eingesperrt in enge Mauern, macht er sich zum Sklaven seines Besitzes. Er verlernt, was Freiheit bedeutet, wird unfähig, sich der Herausforderung der Natur zu stellen. Das macht ihn schwach und verwundbar. Dieser Tatsache haben wir Mongolen es zu verdanken, dass wir heute die Welt beherrschen. Wollen wir diese Herrschaft behalten, dürfen wir uns nicht ändern."

„Wie kommst du plötzlich auf diesen Gedanken?", fragte Arika verwundert.

„Weil ich hier draußen in der Natur eine Kraft in mir spüre, die ich in Karakorum niemals empfunden habe. Kublai hat einmal zu mir gesagt, dass die Welt zwar vom Sattel aus erobert werden müsse. Aber um sie auf Dauer regieren zu können, müsse der Mongole sesshaft werden. Schon damals hegte ich Zweifel an der Richtigkeit dieser Annahme. Heute weiß ich, dass sie falsch ist. Gewiss, unser Volk kann viel von den Chinesen und anderen unterworfenen Völkern lernen. Doch es sollte niemals versuchen, so wie sie zu werden. Dschingis hat dies zeit seines Lebens beherzigt. Mein Vater Ogedei jedoch hat mit dieser Tradition gebrochen. Er war der Ansicht, dass ein so gewaltiges Reich wie das unsere eine Hauptstadt brauche. Darum hat er Karakorum errichten lassen. Dennoch ist er zeit seines Lebens ein Nomade geblieben, der zwischen seinen Palästen hin - und herzog. Wie wird der neue Großkhan der Mongolen wohl beschaffen sein? Wird er Kublais Ansicht teilen oder die Dschingis Khans?"

„Du denkst noch oft an Kublai?", fragte Arika mitfühlend.

Natürlich war ihr nicht verborgen geblieben, warum Ogedei ausgerechnet Turakina zu ihrer Begleiterin bestimmt hatte. Dennoch berührte es Arika merkwürdig, dass Turakina ausgerechnet in diesem Augenblick zum ersten Mal mit ihr darüber sprach.

„Ja", antwortete diese nachdenklich. „Aber es tut nicht mehr so weh wie früher. Ich habe mittlerweile begriffen, wie recht Buddha mit seinen Worten hat: Alles Leiden dieser Welt hat seinen Ursprung im Begehren. Warum können wir nicht lieben, ohne gleichzeitig zu begehren? Wie weit ist der Mensch doch noch von seiner Vervollkommnung entfernt? Doch entschuldige bitte, Schwester, ich wollte dich mit meinen Betrachtungen nicht langweilen."

Seltsam bewegt wandte Arika den Kopf beiseite. Unwissentlich hatte Turakina ihr die Antwort auf ihre Frage gegeben. Niemand konnte ihr verbieten, Kuyuk weiter zu lieben, auch wenn sie bald Berkes Frau sein würde. Sie wollte ihn weiter lieben, ohne ihn jedoch weiter zu begehren. Erfüllte sie damit nicht das Gebot Buddhas?

8.

Bei einbrechender Dunkelheit hatten sie den Takhtafluss überquert, um ihre Spuren zu verwischen und ihre Verfolger dadurch für eine Weile in die Irre zu führen. Doch der Fluss hatte sich als gefährlicher erwiesen, als es auf den ersten Blick den Anschein gehabt hatte. In der reißenden Strömung waren zwei von ihnen ertrunken. Außerdem hatten sie das meiste des ihnen von Malika mit auf den Weg gegebenen Proviants und vier Pferde verloren, die zwar das andere Ufer erreicht, sich dort aber auf und davon gemacht hatten. Nun standen sie durchnässt und frierend am anderen Ufer, von einer Ratlosigkeit erfasst, die sie die Ausweglosigkeit ihrer Situation deutlich erkennen ließ.

„Wir können es nicht wagen, ein Feuer anzuzünden, um uns zu wärmen und unsere Kleider zu trocknen. Man würde das Feuer schon aus großer Entfernung sehen können."

„Nein", schloss Francesco sich Iwan an. „Wir dürfen jetzt sowieso unter keinen Umständen eine Rast einlegen. Wir müssen weiter. Das ist unsere einzige Chance."

„Fast beneide ich die, die im Fluss ertrunken sind", meinte der Pole, der der Flucht von Anfang an kritisch gegenübergestanden hatte. „Gott allein weiß, was ihnen dadurch alles erspart geblieben ist."

„Jammern hilft uns jetzt auch nicht weiter", schnauzte Iwan ihn an. „Du kannst dir selbst ein Messer in die Rippen stoßen oder aber weiter mit uns kommen. Eine andere Möglichkeit bleibt dir nicht."

„Mit klatschnassen Kleidern, vier Pferden und kaum Proviant", gab der Pole zurück.

„Willst du lieber hier am Ufer sitzen bleiben und darauf warten, dass diese Höllenhunde kommen, um dir einen Pfahl in deine Eingeweide zu treiben? Nein! Nun, dann sind wir uns ja einig", meinte Michael. „Zwei werden von nun an zu zweit auf einem Pferd reiten. Wir werden unterwegs immer wieder abwechseln, damit die Tiere nicht zu schnell erlahmen. Und nun vorwärts. Wenn wir noch lange zögern, können wir gleich hierbleiben und darauf warten, dass die Mongolen kommen."

Schweigend folgten die Männer Michaels Befehl. Doch die tiefe Niedergeschlagenheit, die sich in ihrem Innern ausgebreitet hatte, wollte nicht mehr weichen. Jeder von ihnen ahnte, dass es nur eine Frage der Zeit war, bis die Mongolen sie finden und zurückbringen würden. Der Verlust der Pferde und des Proviants war ein zu schwerer Rückschlag, um ihn überwinden zu können. Heimlich stellte sich darum nun jeder die Frage, ob er wohl den Mut aufbringen würde, sich im rechten Augenblick selbst zu töten, bevor die Mongolen seiner habhaft werden konnten.

„Siehst du den Feuerschein dort vorne?", fragte Michael plötzlich, sein Pferd zügelnd.

Auch die anderen blickten, aufmerksam geworden, forschend in die angegebene Richtung.

„Das wird ein mongolischer Spähtrupp sein", meinte Iwan. „Meist besteht er aus nur drei bis vier Mongolen."

Michael nickte zustimmend.

„Und meist führt ein solcher Trupp nicht nur gute und schnelle Pferde mit sich", fuhr Iwan fort, „sondern auch Proviant und Waffen. Da das Gebiet der Mongolen als sicher gilt, haben sie höchstens eine Wache aufgestellt. Worauf warten wir also noch? Wir haben ohnehin nichts mehr zu verlieren."

„Einverstanden", schloss Michael sich Iwan an. „Wir werden die Pferde zurücklassen, uns durch das hohe Gras anschleichen und sie niederstechen. Besser, wir erledigen sie heute Nacht, als ihnen morgen früh die Möglichkeit zu bieten, uns zu erledigen."

Lautlos banden sie ihre Pferde an einen Baum, ließen sich zu Boden gleiten und robbten sich vorsichtig durch das Gras dem Feuerschein entgegen.

„Es scheinen nur vier zu sein. Und sie fühlen sich anscheinend so sicher, dass sie nicht einmal Wachen aufgestellt haben. Das wird eine leichte Beute sein", meinte Iwan beim Näherkommen zähnefletschend. „Ihr drei kümmert euch um die dort drüben. Der Rest nimmt sich mit mir die anderen beiden vor."

Sein Messer zwischen die Zähne klemmend, schlich Iwan davon, gefolgt von zwei anderen.

Michael nickte Francesco und dem Ungarn Stefan kurz zu. Dann schoben sie sich vorsichtig in die andere Richtung, das Messer griffbereit in der Hand.

Lautlos näherten Michael und Francesco sich den Schlafenden, während Stefan zögernd zurückblieb. Blitzschnell umschlang jeder von ihnen mit einem Arm die Kehle des Opfers, während die andere Hand zum tödlichen Schnitt ausholte. Doch der Anblick, der sich Michael und Francesco bot, lähmte ihre Entschlossenheit.

„Das sind ja Frauen", stammelte Michael sprachlos, in die vor Schreck geweiteten Augen Arikas blickend. Unsicher ließ er seinen Dolch sinken, während er mit dem anderen Arm Arikas Kehle noch immer fest umklammert hielt. Auch Francesco hatte beim Anblick der ihn fragend ansehenden, grünen Augen Turakinas seinen Dolch fallen gelassen. Die Intensität dieses Blicks, in dem keine Angst, sondern nur maßloses Erstaunen zu finden war, hatte ihn bis tief in sein Innerstes erschüttert. Niemals zuvor hatte er in solche Augen geblickt.

„Und, alles klar?"

Die Stimme Iwans löste Francesco und Michael aus ihrer Erstarrung. Michael war der erste, der seine Sprache wiederfand.

„Ja und nein", antwortete er, mit der einen Hand die sich plötzlich wehrende Arika fester als zuvor niederdrückend. „Die beiden hier sind Mädchen, vermutlich eine hochstehende Mongolin mit ihrer Dienerin."

Neugierig geworden traten nun auch die anderen näher. Iwan zog schließlich die kostbaren Felle der Frauen beiseite, in die sie sich zum Schutz vor der Kälte eingewickelt hatten. Gierig glitt dabei sein Blick über die Frauenkörper.

„Nun, dann werden wir uns wenigstens ein wenig amüsieren können, bevor wir die beiden ins Jenseits befördern. Ich nehme die Rechte. Ich hatte schon immer eine Schwäche für hochgestellte Frauen."

„Dann nehme ich die Linke. Ihr anderen müsst euch anstellen."

„Ihr Narren", zischte Michael, nachdem er einen kurzen Blick mit Francesco gewechselt hatte. „Erstens haben wir für solche Späße jetzt gewiss keine Zeit. Und zweitens scheint ihr nicht recht zu begreifen, was das hier für uns bedeuten kann. Die eine von ihnen scheint eine hochgestellte Mongolin zu sein. Wenn wir sie als Geisel nehmen, haben wir jetzt vielleicht wirklich eine echte Chance, ungeschoren aus diesem Abenteuer herauszukommen."

Einen Augenblick lang herrschte Schweigen. Eine seit langem nicht mehr gespürte Lust durchflutete Iwan. Die Gier war deutlich in seinen Augen zu lesen. Doch schließlich siegte für den Moment die Vernunft.

„Geht ihr zurück und holt die restlichen Pferde. Und dann lasst uns so schnell wie möglich von hier verschwinden.", ergriff Michael erneut das Wort. „Wir kümmern uns inzwischen um die beiden Gefangenen."

„Für den Augenblick erscheint es mir vernünftig, was du sagst. Aber glaube nur nicht, dass ich mir von dir mein Vergnügen rauben lasse."

Mit diesen Worten machte Iwan sich auf den Weg, gefolgt von zwei anderen Männern.

„Verdammt", zischte Michael, als Iwan außer Hörweite war. „Diesem Kerl wird sein Verstand bald in die Hose rutschen. Dann wird er sich nicht so leicht überzeugen lassen."

Nachdenklich nickte Francesco, den Griff um Turakinas Hals lockernd.

„Glaubst du wirklich, dass die beiden uns nützlich sein können?"

„Vielleicht", erwiderte Michael gelassen. „Vielleicht bringen sie uns aber auch nur Ärger. In jedem Fall müssen wir sie mitnehmen oder umbringen. Doch eine Frau umzubringen, ich weiß nicht…"

„Nein", pflichtete Francesco ihm bei. „Eine solche Tat würde uns zu den gleichen Barbaren machen, wie diese Mongolen welche sind. Aber sollten wir die beiden nicht lieber laufen lassen, als sie mit uns herumzuschleppen?"

„Möglicherweise wäre das besser", antwortete Michael. „Vielleicht aber auch nicht. Es ist in jedem Fall ratsam, herauszubekommen, wer sie sind. Wer weiß? Mag sein, dass wir doch einen guten Fang gemacht haben, der uns tatsächlich noch nützlich sein kann. Und wenn nicht, müssen wir die anderen wenigstens in diesem Glauben lassen." An Arika gewandt, fuhr Michael fort: „Du verstehst mich doch, Mädchen? Also sage mir deinen Namen."

Verängstigt starrte Arika den breitgebauten, blonden Russen an.

„Nun", wiederholte dieser seine Frage. „Wie ist dein Name?"

Zögernd öffnete Arika den Mund.

„Du sagst nichts! Hörst du, Schwester! Kein Wort!", kam Turakina ihr zuvor. „Diese entlaufenen Sklavenhunde können uns quälen und töten. Aber sie werden von uns nichts erfahren. Gar nichts!"

Die Ermahnung Turakinas verschloss Arika augenblicklich den Mund. Turakina war immer klüger und vorausschauender als sie gewesen. Wenn sie ihr gebot zu schweigen, so hatte sie gewiss einen guten Grund.

„Versteh doch", begann Francesco nun das Wort zu ergreifen. „Wir wollen euch nichts tun. Aber wir müssen wissen, wer ihr seid."

Eisiges Schweigen war die einzige Antwort, die er erhielt. „Lass uns die beiden binden und dann die Beute zusammensammeln. Was wir wissen wollen, können wir auch noch später erfahren", schlug Francesco resignierend vor.

Jeder von ihnen zog eines der Mädchen empor und drehte ihr die Hände auf den Rücken, um sie dort mit einem Lederband zusammenzuschnüren.

„Dort hinüber zu den Pferden mit euch."

Energisch stieß Francesco die beiden Frauen vor sich her, während Michael das Lagerfeuer austrat.

Nur mühsam gelang es Turakina, den heftigen Stoß Francescos abzufangen und nicht hinzufallen. Schwerfällig humpelte sie mit ihrem lahmen Bein vorwärts. Nie zuvor in ihrem Leben hatte sie ihre körperliche Schwäche mehr verwünscht als in diesem erniedrigenden Augenblick. Gefangen und gedemütigt von dahergelaufenen Sklaven, denen sie nun auch noch ihr körperliches Gebrechen offenbaren musste. Zornig blickte sie dem entflohenen Sklaven ins Gesicht, der es gewagt hatte, sie vorwärts zu stoßen. In der Gewissheit, dass sie ihn seinen Hohn noch bitter büßen lassen würde, begegnete ihr Blick dem seinen. Doch sie fand weder Spott noch Abscheu in seinen Augen, sondern nur maßloses Erstaunen, das sich langsam in Bedauern wandelte.

Erschöpft ließen Arika und Turakina sich aus dem Sattel heben. Eine Nacht und einen Tag lang waren sie ununterbrochen geritten. Nun mussten ihre Entführer eine Pause einlegen, wenn sie nicht das Risiko eingehen wollten, dass die Pferde unterwegs zusammenbrachen.

Die vergangene Nacht hatte Turakina immer wieder nackte Verzweiflung in sich aufkommen gefühlt. Wie nur sollte sie der Situation, in die Arika und sie geraten waren, begegnen? War es nicht ein Fehler gewesen, von nur zwei schwächlichen, chinesischen Dienern begleitet, auszureiten? Und wenn es ein Fehler gewesen war, dann war es allein ihr Fehler. Ihrem Leichtsinn hatte Arika es zu verdanken, dass sie in dieser misslichen Lage steckten. Doch andererseits musste Turakina zu ihrer Entschuldigung anführen, dass wohl niemand dergleichen auf mongolischem Herrschaftsgebiet für möglich gehalten hätte. Jeder Kaufmann vertraute inzwischen darauf, dass er auf mongolischen Handelsstraßen absolut sicher reiste, dass er ein Vermögen mit sich führen konnte, ohne befürchten zu müssen, überfallen und ausgeraubt zu werden. Wie hätte sie angesichts dieser Tatsache mit einem solchen Überfall rechnen sollen? Wussten diese Männer denn nicht, dass es unmöglich war, zu entkommen? Dieses Wissen ängstigte Turakina am meisten. Was würden diese Männer wohl mit Arika und ihr tun, wenn sie erkannten, dass sie niemals der Rache der Mongolen entkommen würden?

Mit dem Hereinbrechen der Dämmerung wurde Turakina endlich etwas ruhiger. Die Einsicht, dass ihr und Arika Panik im Augenblick am wenigsten Nützen würde, hatte sich schließlich durchgesetzt. Wie auf der Jagd galt es, einen kühlen Kopf zu bewahren, den Gegner zu beobachten, um seine Reaktionen voraussehen zu können. Genau dazu hatte Turakina dann auch den ganzen Tag über ausreichend Gelegenheit gehabt. Es waren grobe, derbe Bauernburschen, die sie entführt hatten. Doch während der Mann, den sie Iwan nannten, und zwei seiner Kumpane zu jenen Menschen gehörten, die keine Skrupel kannten, war der vierte von ihnen ganz offensichtlich ein Feigling, während der fünfte, den sie Michael nannten, zwar gewiss ebenfalls ein Bauer war, den anderen aber geistig überlegen schien. Das machte ihn im Augenblick zum Anführer. Doch es war zu erwarten, dass dieser Iwan ihm den Anspruch streitig machen würde, sobald er sich in Sicherheit wähnte. Der Einzige, der in Turakinas Augen irgendwie nicht zu dieser Gruppe zu passen schien, war Francesco. Er hatte weder das plumpe Gesicht eines Bauern, noch ließ seine Haltung auf eine solch niedrige Abstammung schließen. Wie nur mochte dieser Mann zwischen die anderen geraten sein? Je länger Turakina ihn prüfend beobachtete, umso mehr begannen sie die Augen dieses Mannes zu faszinieren. In ihnen lag eine Schwermut, die sie niemals zuvor bei einem Menschen gesehen hatte. Vielleicht erschien er Turakina gerade darum als der Verlässlichste von allen, war er doch offensichtlich ein Mensch, der trotz all der Schicksalsschläge, die hinter ihm lagen, nicht gefühllos geworden war.

Nachdem Turakina und Arika von zwei entflohenen Sklaven auf den Boden gedrückt, gefesselt und dann allein gelassen worden waren, begann in Turakina allmählich ein Plan zu reifen. Während die Männer sich gierig über den Proviant hermachten und keine von ihnen beobachteten, flüsterte Turakina Arika leise zu: „Unsere Brüder werden uns suchen und finden. Daran besteht kein Zweifel. Doch was bis dahin geschehen wird, lässt sich nur schwer vorhersagen. Darum musst du versuchen zu fliehen und Hilfe zu holen. Wenn sie schlafen, rückst du ganz nah an mich heran. Ich werde versuchen, deine Fesseln zu lösen. Gelingt es mir, läufst du so schnell wie möglich zu den Pferden, machst sie alle los, setzt dich auf eines und jagst die anderen mit dir davon. Das wird sie daran hindern, dir zu folgen."

„Wir werden beide fliehen", antwortete Arika entschlossen.

„Nein", erwiderte Turakina bestimmt. „Ein Fluchtversuch von uns beiden wäre von vornherein zum Scheitern verurteilt. Ich mit meinem Bein bin viel zu schwerfällig. Du musst allein fliehen. Das ist unsere einzige Chance, die ganze Sache zu einem schnellen Ende zu bringen."

„Und wenn sie dich töten?" fragte Arika ängstlich. „Wenn es mir wirklich gelingt, die Pferde fortzutreiben und zu entkommen, werden sie gewiss sehr zornig sein. Und sie werden ihren Zorn an dir auslassen."

„Sie werden trotzdem nicht so dumm sein, mich zu töten. Glaub mir. Du musst mir jetzt vertrauen und genau das tun, was ich sage. Ich weiß, was ich tue."

„Gut", erwiderte Arika nach kurzem Zögern. „Aber versprich mir, dass du auf dich aufpasst. Ich werde mich beeilen. Schon bald werden diese Frevler wie Hunde vor uns liegen und winseln."

„Ihr habt sicher Hunger. Ich habe euch etwas zu essen mitgebracht."

Es war Francesco, der plötzlich vor den beiden mongolischen Prinzessinnen stand. Doch weder Arika noch Turakina würdigten ihn eines Blicks. Beide lehnten sie voll Verachtung Brot, Fleisch und Wasser ab.

„Euer Stolz wird schon noch vergehen." Mit diesen Worten beugte Francesco sich zu Arika hinunter, um ihre Fesseln zu lösen. Doch noch bevor er sie berühren konnte, fühlte er ihren Speichel in seinem Gesicht.

„Wage es nicht, mich anzufassen, du Sohn einer Hündin", zischte sie zornig. „Warte es nur ab. Schon bald werde ich um deinen Kadaver herumtanzen. Doch vorher werde ich es genießen, dich tagelang vor Schmerzen schreien zu hören. Den Tod der tausend Schnitte sollst du mit deinen Kumpanen erleiden."

Vor Zorn bebend blitzte Arika ihn an. Im ersten Augenblick war Francesco versucht, ihr ihre Demütigung mit einem Schlag ins Gesicht zu vergelten. Doch gleich darauf ließ er seine Hand, die bereits zum Schlag ausgeholt hatte, wieder sinken. Jäh traf ihn die Einsicht, dass Arika mit ihrer Voraussage wahrscheinlich recht behalten würde. Diese Erkenntnis lähmte ihn einen Augenblick lang. Ihm wurde klar, dass diese beiden Frauen voll Genuss zuschauen würden, wie man sie hinrichtete. Keine von ihnen würde Mitleid empfinden, wenn sie, vor Schmerzen wimmernd, um den Tod flehten. Trotzdem versuchte Francesco es, seine in ihm aufsteigenden Hass- und Rachegefühle zu unterdrücken, denn trotz allem waren es Frauen und keine Krieger.

„Ihr Mongolen habt mir bereits alles angetan, was man einem Mann nur antun kann. Mein Kind habt ihr getötet, meine Frau verschleppt, vergewaltigt und vielleicht auch getötet. Gedemütigt habt ihr mich und geschlagen, frieren und hungern lassen, und schließlich auch noch gebrandmarkt wie ein Stück Vieh. Zuletzt wolltet ihr mich nun noch kastrieren. Der Tod kann nach all dem nur eine Erlösung sein. Also tötet mich und weidet euch an meinem Todeskampf. Aber fragt euch wenigstens ein einziges Mal, ob ihr überhaupt Menschen seid."

„Vor allem glaube ich nicht, dass ihr unseren Tod erleben werdet. Ihr werdet uns vorausgehen. Darauf, meine Schönen, könnt ihr euch verlassen."

Es war Michael, der plötzlich hinter Francesco getreten war.

„Lass sie hungern, dursten und frieren, wenn sie es nicht anders wollen. Vielleicht begreifen sie so am ehesten, wie tief ein Mensch in seiner Not sinken kann. Ihr Stolz wird schon noch zerbrechen."

„Sicher hast du recht", meinte Francesco, während er sich langsam erhob. Für einen kurzen Moment streifte sein Blick dabei den Turakinas. Fast glaubte er für den Bruchteil eines Augenblicks so etwas wie Mitleid darin zu finden. Doch gleich darauf war der Anflug von Milde aus den jadegrünen Augen der Mongolin wieder gewichen. Nichts, als die unergründliche, schimmernde Tiefe des Ozeans blieb zurück. Fassungslos fragte Francesco sich, wieso ihn der Blick dieses armen, bedauernswerten Krüppels so betroffen machen konnte.

Endlich war in das kleine Lager Ruhe eingekehrt. Die sechs entflohenen Sklaven schliefen. Mühsam war es Turakina und Arika gelungen, sich Rücken an Rücken zu legen. Verzweifelt versuchte Turakina nun, mit ihren steifgefrorenen Fingern die Fesseln Arikas zu lösen. Als es ihr endlich gelungen war, atmete sie erleichtert auf.

„Nun mach schnell, Arika. Löse meine Fesseln und dann schleiche hinüber zu meinem Pferd. An ihm hängt noch immer mein Bogen und mein Köcher mit Pfeilen. Bringe beides zu mir. Dann schleiche zurück, löse die Stricke der Pferde, schwing dich in den Sattel des besten Pferdes und treibe die anderen mit dir davon.“

„Du musst mitkommen“, flüsterte Arika ängstlich. „Wenn ich entkommen kann, werden sie dich umbringen. Und wenn du einen von ihnen tötest erst recht.“

„Das werden sie nicht“, erwiderte Turakina fest. „Glaube mir. Ich weiß, was ich tue. Nur dir allein kann die Flucht gelingen. Mit meiner Behinderung wäre ich eine unnötige Last für dich. Und nun kriech leise zu den Pferden hinüber und hol mir meinen Bogen und ein paar Pfeile.“

Seufzend gehorchte Arika. Sie wusste, dass Turakina sich für sie opfern wollte. Doch sie war eben auch nicht mutig genug, dieses Opfer auszuschlagen. Lautlos kroch sie über den gefrorenen Boden zu Turakinas Pferd, nahm deren Bogen und Köcher an sich und kroch zurück.

„Hier", flüsterte sie am ganzen Körper zitternd. „Willst du es dir nicht doch noch einmal überlegen?"

Entschlossen verneinte Turakina.

„Du musst dich jetzt beeilen, wenn deine Flucht gelingen soll. Am wichtigsten ist, dass du alle Pferde mit dir forttreibst. Wenn sie die Möglichkeit haben, dich zu verfolgen, dann werden sie dich wahrscheinlich wieder fangen. Und nun los. Viel Glück und einen guten Weg, Schwester."

„Auch dir einen guten Weg, Schwester."

Nachdem Arika davongeschlichen war, begann Turakina ihre Pfeile aus dem Köcher herauszuholen und griffbereit neben sich zu legen. Sie war fest dazu entschlossen, so viele der entflohenen Sklaven zu töten, wie sie nur konnte, bevor sie sie überwältigen und töten würden. Schließlich war sie eine geschickte Jägerin.

Angespannt horchte Turakina in die Nacht hinaus. Plötzlich erschall der Ruf Arikas. Pferdegetrappel wurde laut. Im Galopp sprengte Arika davon.

Erleichtert atmete Turakina auf. Dann blickte sie suchend in die Nacht, an deren Dunkelheit sich ihre Augen inzwischen gewöhnt hatten. Fluchende Gestalten sprangen auf, die einige Augenblicke benötigten, um sich vollends aus dem Schlaf zu lösen und zu erfassen, was geschehen war. Deutlich konnte Turakina in der Dunkelheit die massige Gestalt Iwans ausmachen. Zielsicher spannte sie den Bogen. Einen gurrenden Laut von sich gebend, sackte der Russe getroffen zusammen. Blitzschnell legte Turakina einen zweiten Pfeil ein und spannte erneut den Bogen. Und wieder traf sie ihr Ziel. Als sie den dritten Pfeil eingespannt hatte, stand ihr Francesco gegenüber. Er war der erste gewesen, der begriffen hatte, woher die tödliche Gefahr drohte. Doch er war nicht schnell genug gewesen, Turakina vor dem erneuten Spannen des Bogens zu erreichen. Nun blickte er auf die auf ihn gerichtete, todbringende Waffe und empfand fast so etwas wie Erleichterung. Sollte sein Leben nun also zu Ende sein? Gott allein wusste, wozu dies gut war.

Starr saß Turakina da, ihren Gegner genau im Visier. Doch aus irgendeinem Grund zögerte sie. Es wollte ihr nicht gelingen, den Pfeil abzuschießen. Der Blick ihres Gegners hielt sie gefangen, seine Worte vom Abend, die in ihr Gedächtnis zurückkehrten, stimmten sie auf seltsame Weise erneut betroffen. Hatte er nicht das ausgesprochen, was ihr auf ihrer Reise durch die von den Mongolen eroberten Gebiete immer wieder selbst durch den Kopf gegangen war? War Grausamkeit denn wirklich der einzige Weg, sich die Welt zu unterwerfen? Turakinas Zögern nutzend, gelang es Michael, sich ihr von hinten zu nähern und den Bogen aus der Schussrichtung zu bringen. Zischend bohrte sich ihr Pfeil vor Francesco in den Boden.

„Du verfluchte, mongolische Hündin", zischte Michael aufgebracht. „Es war wohl doch ein Fehler, euch nicht gleich umzubringen. Deine Herrin ist mit unseren Pferden auf und davon, und du hast zwei von uns umgebracht. Es wird Zeit, dass ich dir den Hals umdrehe."

Michaels starke Hände legten sich um Turakinas Kehle. Zornig drückte er zu.

„Nicht, Michael! Bitte! Tu es nicht!"

Ohne über das nachzudenken, was er tat, stürzte Francesco sich auf den Freund, bis dieser schließlich von seinem Opfer abließ, das keuchend nach Luft rang.

„Was soll das, Francesco? Sie hätte dich eben beinahe umgebracht. Zwei von uns hat sie kaltblütig ermordet."

„Sie hätte auch mich umbringen können. Aber sie hat es nicht getan. Lass sie leben."

„Und was ist mit Iwan und Georgie? Die hat sie umgebracht."

„Aber wir waren es, die mit dem sinnlosen Morden begonnen haben. Ohne Grund haben wir zwei wehrlose

Jin im Schlaf erstochen, und das, obwohl wir ohnehin bereits verloren waren. Eigentlich waren wir von Anfang an verloren. Mit dem Verlust der Pferde ist unser Ende nur noch ein wenig beschleunigt worden."

„Eben drum. Dann können wir die da wenigstens mit uns nehmen."

„Und damit so werden, wie diese Mongolen es sind? Nein, Michael. Wenn ich schon vor meinen Schöpfer treten muss, dann möchte ich dies wenigstens reinen Gewissens tun können. Ich führe keinen Krieg gegen Frauen, schon gar nicht gegen wehrlose Krüppel. Du weißt doch ebenso gut wie ich, was geschehen wäre, wenn sie Iwan nicht zuerst umgebracht hätte. Wäre Iwan noch am Leben, wäre sie jetzt tot. Er hätte sich an ihr für die Flucht der anderen gerächt."

„Sie hätte ja auch fliehen können, anstatt unsere Männer umzubringen."

„Wie denn? Mit ihrem Bein? Ich nehme nicht an, dass sie gerne zurückgeblieben ist. Dieser arme Krüppel hielt es wohl für seine Pflicht, sich für die Herrin zu opfern."

„Bezeichnest du die etwa als armen Krüppel? Francesco, ich begreife dich wirklich nicht. Auf wessen Seite stehst du eigentlich? Aber bitte. Ich bin dir noch immer etwas schuldig. Du sollst deinen Willen haben. Sie gehört dir. Tu mit ihr, was du willst. Doch passe gut auf sie auf. Diese verkrüppelte Katze ist gefährlicher als ein reißender Wolf. Ich werde sehen, dass die anderen euch nicht vor lauter Wut beide umbringen."

Noch immer nach Luft ringend, starrte Turakina den Mann an, der ihr soeben das Leben gerettet hatte. Wieso mochte er das nur getan haben? Für diese Handlungsweise gab es in ihren Augen keinen vernünftigen Grund. Diese hellhäutigen, großäugigen Menschen waren doch wirklich sonderbare Wesen.

Für einen kurzen Augenblick begegnete Francescos Blick dem Turakinas. In diesem Moment fühlte er deutlich tief in seinem Innern einen schmerzhaften Stich. Was war das nur für eine Macht, die diese Frau über ihn ausübte? Allmählich begann er selbst an seinem Verstand zu zweifeln.

9.

Subatei selbst hatte die Verfolgung der Entflohenen übernommen. Dies tat er nicht nur, weil bei der Flucht der Sklaven einer seiner besten Bogenschützen umgebracht worden war, sondern auch, um der Gesellschaft Berkes für einige Zeit zu entfliehen.

Subatei war ein überzeugter Anhänger des altmongolischen Schamanismus. Wie einst Dschingis Khan vertraute auch er mehr der Aussagekraft geworfener Schafsknochen als den neumodischen Glaubensformen, die den alten Götterglauben der Mongolen zu untergraben versuchten. Besonders kritisch stand er vor allem jenen Glaubensrichtungen gegenüber, die es für sich beanspruchten, die einzige Wahrheit zu vertreten. In seinen Augen gab es viele Wahrheiten, und nur wenige göttliche Geheimnisse hatten die Menschen bisher zu lüften vermocht. Die Ausschließlichkeit, mit der Berke jenem den Mongolen fremden Propheten folgte, erschien Subatei darum mehr als bedenklich. Sosehr er Batu schätzte, so kritisch stand er dessen Bruder Berke gegenüber. Fanatismus war nie ein guter Ratgeber, konnte er doch zum Zwist der Mongolen untereinander führen. Lag die Macht erst einmal in den Händen von Fanatikern, so war die Einheit der mongolischen Stämme in Gefahr. Darum hatte Subatei sich schließlich nach langem Bedenken auch dazu durchgerungen, in der Kuriltai nicht die Seite Batus zu unterstützen, sondern Kuyuks. Zwar würde Batu in seinen Augen den Anforderungen eines neuen Khaqans durchaus gerecht werden. Doch Batu könnte einst Berke folgen. Und das würde sich in Subateis Augen für die Sache der Mongolen verhängnisvoll auswirken.

In den Mittagsstunden hatte er mit seinen Reitern den Takhtafluss erreicht, wo sich die Spuren der Flüchtigen zunächst verloren. Deshalb hatte Subatei seine Reiter in alle Richtungen ausgesandt. Schließlich war die Leiche von einem der Geflohenen aus dem Wasser gezogen und dem alten Orlok gebracht worden.

„Der Tote lässt darauf schließen, dass sie den Fluss überquert haben. Folgen wir ihnen."

Schnell hatten sie am anderen Ufer die Spur wiedergefunden und waren ihr dann zu der Stelle gefolgt, an der Arika und Turakina von den Geflohenen überfallen worden waren. Mit grimmiger Miene hatte Subatei die Leichen der beiden Jin betrachtet. Es gab für ihn keinen Zweifel. Er kannte die beiden. Beide waren Turakinas Diener gewesen. Mit ziemlicher Sicherheit handelte es sich also um Ogedeis Tochter, die hier überfallen worden war. Doch die Spuren deuteten auf vier Leute hin, die hier gelagert hatten. Wer mochte wohl die vierte Person gewesen sein? Und was war aus den beiden geworden? Da keine weitere Spur zu finden war, musste Subatei davon ausgehen, dass die Entflohenen die beiden verschleppt hatten. Dem alten Feldherrn schnürte es bei dem Gedanken das Herz zusammen. Mit Turakina, die er früher immer liebevoll Jadeprinzessin genannt hatte, verband ihn ein ganz besonderes Verhältnis. Sie war ihm so lieb wie eine eigene Tochter geworden während der langen Zeit, in der er ihr Lehrer gewesen war. Er liebte und schätzte die behinderte und darum besonders verletzliche Prinzessin, die trotz ihres Leidens immer wieder zähe Ausdauer, ebenso wie eine ganz besondere Feinfühligkeit und Klugheit bewiesen hatte. Durch sie hatte er erkennen gelernt, dass Menschen mit körperlichen Gebrechen dafür von den Göttern mit anderen Gaben ausgestattet worden waren, die den Gesunden fehlten. In ihrer Bewegungsfreiheit eingeschränkt hatte Turakina eine viel genauere und schärfere Beobachtungsgabe entwickelt als andere Menschen sie für gewöhnlich besaßen. Nicht zuletzt deshalb war Subatei die Tochter Ogedeis ans Herz gewachsen, auch wenn die Schamanen behaupteten, dass ein böser Geist in ihrem Körper wohne. Daran glaubte der Orlok nicht.

„Weiter", schrie er seinen Männern zu. „Wir müssen uns beeilen."

Ohne Pause setzten sie die Verfolgung fort.

Am nächsten Mittag traf der Reitertrupp auf die erschöpfte Arika, deren kurzer Bericht Subateis Befürchtungen weiterwachsen ließ. Nach ihrer Schilderung der Ereignisse war wohl kaum damit zu rechnen, dass Turakina noch am Leben war. Dennoch ließ Subatei nur drei Männer bei Arika zurück und setzte dann mit seinen übrigen Reitern die Verfolgung fort.

In der Nacht stießen sie auf das letzte Lager der geflohenen Sklaven. Zwei von ihnen lagen tot am Boden. Die todbringenden Pfeile Turakinas steckten noch in deren Brust. Doch von der Prinzessin selbst war keine Spur zu entdecken. Das gab Subatei ein wenig Hoffnung zurück. Nachdenklich strich er sich über den dünnen Bart.

„Wir legen bis zum Morgengrauen eine Pause ein. Im Dunkeln lassen sich die Spuren nur schlecht verfolgen. Es scheint möglich, dass Turakina noch bei ihnen ist. Wenn sie lebt, müssen wir mit Umsicht handeln. In jedem Fall aber werden die vier, die noch am Leben sind, den Tag bedauern, an dem sie geboren wurden."

Mühsam schleppte Turakina sich weiter. Sie konnte nicht mehr, war am Ende ihrer Kräfte. Ihr steifes Bein war geschwollen und brannte. Trotzdem gab sie keinen Klagelaut von sich.

„Nun macht schon! Wir müssen weiter. Treibe deine mongolische Hexe an, oder stich sie endlich nieder."

Seit sie die Pferde verloren hatten, waren sie nur langsam vorangekommen. Der anderthalbtägige Marsch hatte Turakina, die Laufen nicht gewohnt war, am meisten mitgenommen. Tapfer versuchte sie die

Schmerzen, die ihr ihr Bein verursachte, zu bekämpfen. Doch das fiel ihr von Augenblick zu Augenblick schwerer. Schließlich stolperte sie und fiel hin.

„Steh auf", schnauzte Michael sie an. „Wir haben keine Zeit für Pausen."

Müde lehnte Turakina sich zurück und schüttelte den Kopf. Sie hätte es nie für möglich gehalten, dass sie einmal in die Situation kommen würde, in der ihr alles egal war. Doch genau dies war nun der Fall. Sollten sie sie doch endlich töten. Sie würde jedenfalls unter keinen Umständen einen Schritt weitergehen.

Schließlich beugte Francesco sich zu ihr herab. Wortlos reichte er ihr den Lederbeutel mit Wasser. Als Turakina es ablehnte, ihn zu nehmen, führte er ihn selbst an ihren Mund.

„Trink! Und dann lass uns weitergehen. Ich werde dich stützen."

„Das hilft auch nicht. Ich kann nicht mehr."

„Da hörst du es. Sie kann nicht mehr", murrte Stanislav, der nur auf den geeigneten Zeitpunkt wartete, den Tod seiner beiden Freunde, die diese Mongolin umgebracht hatte, zu rächen. Es wurde langsam Zeit, dass er seinen Spaß bekam, bevor er ihr die Kehle durchschneiden würde.

„Leg deinen Arm über meine Schulter, und dann lass uns weitergehen."

Entschlossen packte Francesco Turakina, schob ihren einen Arm über seine Schulter, während er mit einem seiner Arme ihre Hüfte umfing und sie auf diese Weise fest umklammert mit sich schleifte.

„Was soll das, Francesco?", meinte Michael verständnislos. „Auf diese Weise kommst du auch nicht mehr weit. Du bist doch selbst fast am Ende deiner Kräfte."

„Wir kommen ohnehin nicht mehr sehr weit. Oder glaubst du tatsächlich, dass wir noch eine Chance haben?"

„Nun, dann kann es dir doch erst recht egal sein, was aus dieser Mongolin wird. Es sei denn…" Ein Leuchten erhellte plötzlich Michaels grobe, aber gutmütige Gesichtszüge. „…nun, es sei denn, dir haben es diese grünen Katzenaugen angetan. Ja, das ist es. Du hast dich in diesen Krüppel verguckt. Gib es zu. Deshalb spielst du hier den Beschützer. Du Narr! Ist dir denn immer noch nicht klar, dass sie mit Vergnügen dabei zusehen wird, wie sie uns zu Tode quälen?"

„Ach, halt den Mund!", schnaubte Francesco verächtlich. Doch tief in seinem Innern musste er sich eingestehen, dass Michael mit seiner Vermutung nicht ganz Unrecht hatte. Er konnte es sich selbst nicht erklären. Vielleicht lag es nur daran, dass dieses Mädchen ein Krüppel war? Irgendwie erinnerte ihn ihre Hilflosigkeit auf den Beinen an seine eigene Hilflosigkeit dem Schicksal gegenüber. Kämpften sie nicht beide einen aussichtslosen Kampf?

Deutlich spürte Turakina den Arm, der sie umklammert hielt und mit sich zerrte, der sich wider alle Vernunft dem Schicksal entgegenzustellen versuchte. Francescos keuchender Atem drang ihr durch alle Glieder. Mit seiner Körperwärme, die sie deutlich fühlte, schien sich ihr auch sein Innerstes zu offenbaren. Er gab ihr, wonach er selbst sich sehnte, Schutz in einer Welt, die kein Erbarmen kannte.

Erschöpft streckte Francesco seine Beine von sich. Er war hungrig. Doch er war zu müde, um zu essen.

Nachdenklich betrachtete Turakina eine Weile das ebenmäßige Gesicht des Genuesen.

„Warum hast du das für mich getan?" fragte sie plötzlich. „Warum versuchst du mein Leben zu retten, wo du doch selbst schon so gut wie tot bist? Sie werden euch in Stücke reißen, wenn sie euch finden."

Einen Moment lang starrte Francesco sie erstaunt an. Schließlich gelang es ihm, trotz seiner Erschöpfung zu lächeln.

„Ich habe zwei Jahre bei euch Mongolen als Sklave gelebt. Ich weiß, dass ihr kein Erbarmen kennt."

„Warum tust du es dann?"

„Vielleicht hat Michael recht? Vielleicht tue ich es, weil mir deine grünen Augen so gefallen? Vielleicht ist das der Grund?"

„Warum nimmst du dir dann nicht, was dir gefällt? Du hast doch sicher schon lange keine Frau mehr gehabt?"

Die Direktheit von Turakinas Frage verblüffte Francesco.

„Das ist wohl kaum der Augenblick und die Zeit, an derlei Dinge zu denken."

„Wann sonst? Morgen kann es dazu bereits zu spät sein."

Ungläubig schüttelte Francesco den Kopf.

„Was willst du? Soll ich über dich herfallen, wie Iwan und Georgie es gewiss getan hätten? Damit sie es nicht mehr tun können, deshalb hast du sie doch erschossen. Oder irre ich mich da?"

„Nein, du irrst dich nicht", antwortete Turakina trocken. „Ich habe dich auch nur gefragt, weil ich versuche, dich zu verstehen. Aber so sehr ich mich auch bemühe, es gelingt mir nicht ganz."

„Nun", erwiderte Francesco, „ich verstehe euch Mongolen auch nicht."

Der Schatten eines Menschen, der plötzlich aus der Dunkelheit aufgetaucht war, ließ Francesco jäh zusammenzucken. Noch eh er begriff, wie ihm geschah, stürzte Stanislav mit einem Messer auf ihn zu.

„Es wird Zeit, dass wir endlich klare Verhältnisse schaffen. Dieses Weib wird sterben. Doch vorher wird sie mir gehören."

Mit Wucht versuchte er Francesco seinen Dolch ins Herz zu stoßen. Doch bevor ihm dies gelang, sackte er, von einem Pfeil tödlich getroffen, auf Francesco nieder. Wenige Augenblicke später hatten die Mongolen die übrigen drei entflohenen Sklaven überwältigt. Der Überraschungsmoment, den Subatei vollständig zu nutzen verstanden hatte, hatte den Entflohenen jede Gegenwehr unmöglich gemacht.

Besorgt stürzte der alte Orlok noch während des kurzen Scharmützels auf Turakina zu.

„Ist alles mit dir in Ordnung, meine Jadeprinzessin?"

Eine unglaubliche Erleichterung bemächtigte sich Turakinas, als sie Subatei erkannte.

„Du glaubst gar nicht wie froh ich bin, dich zu sehen, Bruder."

„Ist wirklich alles mit dir in Ordnung?" fragte Subatei noch einmal.

„Ja", bestätigte Turakina ihm erschöpft lächelnd. „Außer dass mein Bein wund ist und schmerzt, ist mir nichts geschehen. Aber das werde ich gewiss überleben."

„Nun, dann bin ich ja beruhigt. Ich hätte es mir wohl kaum jemals verzeihen können, wenn ich zu spät gekommen wäre."

„Was soll mit den drei Gefangenen geschehen, Herr?", fragte einer von Subateis Männern, auf die inzwischen gefesselt am Boden liegenden Sklaven deutend. Einen Augenblick lang überlegte Subatei, ob er ihre Hinrichtung auf der Stelle befehlen sollte. Fragend blickte er Turakina an.

„Willst du das Vergnügen, diese Frevler sterben zu sehen, schon jetzt auskosten, oder soll der ganze Ordu an diesem Schauspiel teilhaben?"

„Sorge dafür, dass sie unversehrt ins Lager zurückgebracht werden. Dort werde ich selbst über sie richten."

„Ihr habt den Befehl der Prinzessin Turakina gehört. Sorgt dafür, dass er ausgeführt wird."

Während Turakina sich schwerfällig erhob, die Schmerzen, die ihr geschwollenes Bein verursachte, mühsam unterdrückend, suchte ihr Blick den Genuesen. Wie den beiden anderen waren ihm die Hände so straff auf dem Rücken gezogen und mit den Beinen verbunden worden, dass es schmerzen musste. An seinem Arm klaffte eine Wunde, die von dem Dolch des zu Tode getroffenen Stanislav verursacht worden war. Als Turakina mit einer Fackel in der Hand nähertrat, um die Gefährlichkeit der Wunde besser einschätzen zu können, erfasste sie plötzlich ungläubiges Erstaunen. Wie war es möglich, dass dieser Mann ihr Brandmal trug? Er war ihr doch niemals zuvor begegnet. Und doch war es ihr Zeichen, das er trug. Daran bestand kein Zweifel. Turakina begann zu ahnen, dass es vieles gab, was sie aufklären musste, bevor sie sich ein Urteil bilden konnte.

„Löst ihm die Fessel zwischen Armen und Beinen, und verbindet diese Wunde. Mir ist daran gelegen, dass sie alle das Lager lebend erreichen."

Während einer der Mongolen Francesco aufrichtete, um seine Wunde zu versorgen, streifte dessen Blick flüchtig Turakina. Erschreckt zuckte er zusammen. Es war eine ausdruckslose, starre Maske, in die er blickte.

Seit Tagen wurde in beiden Zeltlagern, die sich vereinigt hatten, alles für die Hochzeit zwischen Berke und Arika vorbereitet. Alle Mongolen freuten sich auf dieses Fest, das eine willkommene Abwechslung im täglichen Einerlei des Lagerlebens zu werden versprach. Allein Turakina zeigte wenig Interesse an dem bevorstehenden Ereignis. Noch immer beschäftigten sie die vergangenen Geschehnisse. Wie sollte sie Richter sein über einen Mann, der zwar eindeutig gegen mongolische Gesetze verstoßen hatte, dem sie aber andererseits ihr Leben zu verdanken hatte? Konnte es ihr in seinem Fall überhaupt gelingen, gerecht zu urteilen? Dann wieder fragte sie sich plötzlich, warum sie sich überhaupt so viele Gedanken machte. Nach dem Gesetz der Yassa war dieser Fall eindeutig. Diese Männer hatten einen grausamen Tod verdient. Doch hatte nicht selbst ihr verstorbener Vater Ogedei zuweilen die Richtigkeit der in der Yassa geregelten Richtersprüche in Zweifel gezogen?

Turakina erinnerte sich noch genau an einen Fall, der seinerzeit in Karakorum für viel Aufsehen gesorgt hatte. Die Yassa verbot es bei Todesstrafe, in einem Bach zu baden. Nun hatte ein Bauer einen anderen genau bei dem Übertreten dieses Gebots ertappt und angezeigt. Ihr Vater wäre gezwungen gewesen, den Bauern zum Tod zu verurteilen. Doch das widerstrebte seiner Rechtsauffassung. Dennoch konnte er nicht einfach über das, was in der Yassa geschrieben stand, hinweggehen. So griff er zu einer List. In der Nacht vor der Verhandlung ließ er von einem seiner Diener eine Goldmünze in den Bach werfen an der Stelle, an der der Bauer gebadet hatte. Dem Bauern aber ließ er ausrichten, er solle aussagen, dass er nicht habe baden wollen, sondern lediglich ins Wasser gestiegen war, um sein Gold zu suchen. Nach der Aussage des Bauern ließ Ogedei im Bach nach dem Gold suchen. Natürlich wurde die Münze an der angegebenen Stelle gefunden. Darauf sprach ihr Vater den Bauern nicht nur frei, sondern ließ ihn auch für die zu Unrecht erlittene Inhaftierung eine zweite Goldmünze überreichen.

Turakina hatte diesen Vorfall, der natürlich nicht lange geheim geblieben war, nie vergessen. Der Urteilsspruch ihres Vaters gab ihr auch jetzt wieder zu denken. Recht, das pauschal aus einem Buch gesprochen wurde, bedeutete nicht unbedingt Gerechtigkeit.

Schweigsam starrte die Prinzessin in das Feuer, das in der Mitte ihrer Jurte brannte. Schließlich befahl sie einem ihrer Diener, den Schamanen zu holen.

„Schlachte ein Schaf und wirf für mich dessen Knochen. Ich möchte wissen, welche Zukunft du in den Knochen liest."

Nachdem der Schamane gegangen war, starrte Turakina ihm eine Weile abwesend nach. Sie wusste selbst nicht genau, warum sie den alten Medizinmann um diesen Dienst gebeten hatte. Eigentlich glaubte sie nicht an die Kraft der Knochen. Doch in einer so verfahrenen Situation wie der ihren, in der ihre Gefühle mit ihrem Verstand stritten, war vielleicht jeder Hinweis dienlich.

Es war bereits spät am Abend, als der Schamane ihr das Ergebnis seiner Knochenbeschau mitteilte.

„Die Knochen deuten von Westen nach Osten. Etwas Fremdes wird von dort in dein Leben treten und es verändern. Ob es gute oder schlechte Veränderungen sein werden, wage ich nicht zu sagen. Die Zukunft liegt noch offen."

„Etwas wird aus dem Westen kommen, sagst du?", fragte Turakina verblüfft. „Ist das alles, was du mir sagen kannst?"

„Ja, Prinzessin", antwortete der Schamane, sein Misstrauen gegen Turakina nur mühsam verbergend. Wenn etwas aus dem Westen das Leben der Prinzessin verändern konnte, dann waren die Befürchtungen, dass die Prinzessin von einem bösen Geist besessen war, nur zu begründet gewesen. Aus den fremden Ländern des Westens kam gewiss nichts Gutes.

„Ich danke dir für deine Mühe. Ich werde dir einen entsprechenden Lohn durch meinen Diener zukommen lassen. Du kannst gehen."

Doch der Schamane dachte noch nicht daran zu gehen.

„Vielleicht würde eine entsprechende Beschwörung helfen, das drohende Unheil aus dem Westen abzuwenden?"

„Wieso sprichst du plötzlich von Unheil?", fragte Turakina rasch.

„Weil alles, was aus dem Westen kommt, nur Unheil bedeuten kann. Ich habe heute für Prinzessin Arika auf deren Wunsch ebenfalls ein Schaf geschlachtet und in die Zukunft geblickt. Ihr droht deutlich Unheil, das aus dem Westen kommt. Daher ist es naheliegend, dass du von den gleichen bösen Geistern bedroht wirst, Prinzessin."

„Aber es ist nicht sicher?"

„Nein, sicher ist es nicht."

„Nun, dann danke ich dir für deine Dienste."

Sichtlich beleidigt über die Ablehnung seines Angebots, verbeugte sich der Schamane kurz, bevor er die Jurte Turakinas verließ. Noch nachdenklicher als zuvor blieb Turakina allein zurück.

„Hole Subatei zu mir. Sage ihm, dass ich dringend seinen Rat benötige", befahl Turakina schließlich einem ihrer Diener.

Als der alte Orlok kurze Zeit später durch den Verschlag ihrer Jurte trat, fühlte Turakina plötzlich Erleichterung in sich aufsteigen. Sie wusste, Subatei würde ihr helfen, endlich Klarheit in ihr verworrenes Inneres zu bringen.

„Sei gegrüßt, Schwester. Ich habe dich bei den Vorbereitungen für das Fest vermisst. Darum freue ich mich, dich wohlauf zu sehen."

„Ich gestehe, ich habe meine Pflicht ein wenig vernachlässigt. Aber es gibt so vieles, was mir im Augenblick durch den Kopf geht. Ich weiß nicht mehr, was richtig und was falsch ist. Setze dich zu mir, Bruder, und trinke einen Becher Arkhi. Der Arkhi soll schon oft dabei geholfen haben, die Gedanken zu ordnen."

Schweigend folgte Subatei der Aufforderung Turakinas. Wortlos leerten beide den ersten Becher.

„Auf meinem Weg hierher habe ich viel gesehen, Subatei", brach Turakina schließlich das Schweigen. „Dass die Gebiete, durch die ich reiste, heute alle dem Khaqan unterstehen, hat mich mit Stolz erfüllt. Doch ich habe auch viel Leid und Elend gesehen, unbestellte Felder, verbrannte Erde, zerstörte Städte. Und immer wieder habe ich mir die Frage gestellt – muss das so sein? Sind Terror und Vernichtung der Preis, den wir für unsere Macht bezahlen müssen?"

„Ja", erwiderte Subatei fest. „Das muss so sein, Turakina. Macht muss errungen werden. Der Kampf um sie fordert immer Opfer. Ein Krieger kann nur Sieger oder Besiegter sein. Dazwischen gibt es nichts."

„Aber warum können wir den Besiegten gegenüber keine Milde walten lassen? Warum all diese Blutopfer? Warum all diese Zerstörung?"

„Jetzt spricht die Frau aus dir, Turakina. Ein Krieger weiß, dass nur absolute Härte den Unterlegenen gegenüber eine sichere Zukunft garantiert. Manche nennen diese Härte Grausamkeit. Doch das ist sie nicht. Sie ist eine Notwendigkeit, die das Überleben sichert. Lässt du einem geschlagenen Gegner gegenüber Milde walten, wird er sich erneut gegen dich erheben, sobald du ihm den Rücken gekehrt hast, denn er ist davon überzeugt, dass er mit dem Verrat durchkommen wird. Ein neuer Kampf wird nötig, der auch das Blut der eigenen Leute kostet. Solchen Rückschlägen kann man nur aus dem Weg gehen, indem man von vornherein klare Entscheidungen fällt. Das war eine der Weisheiten, die dein Großvater Dschingis Khan zeit seines Lebens beherzigt und der er gewiss einen großen Teil seines Erfolgs zu verdanken hat. Unterwirft sich ein Gegner kampflos, ist er zwar ein Feigling, doch vor einem Feigling braucht man sich nicht zu fürchten. Wehrt er sich allerdings tapfer, ist wohl auch in Zukunft damit zu rechnen, dass er sich auflehnen wird. Nur seine Vernichtung kann diese Gefahr bannen."

„Ist das wirklich richtig, Subatei, die Feiglinge leben, die Mutigen aber sterben zu lassen? Ich weiß, mein Großvater hat Feiglinge immer verachtet. Wieso hat er dann so gehandelt?"

„Zwei Starke können niemals friedlich nebeneinander existieren. Darum war die schonungslose Vernichtung unserer Gegner der einzige Weg, um aus dem kleinen Nomadenvolk der Mongolen eine wirkliche Macht zu machen, die in der Lage ist, die Welt zu beherrschen. Trotzdem hast du recht. Dein Großvater hat Feiglinge immer verachtet. Mutige Männer hingegen fanden vor seinen Augen manchmal selbst dann Gnade, wenn er wusste, dass sie auch weiterhin seine Gegner bleiben würden. Ein solches Beispiel war Dschalal-ad-din, der

Sohn des Schahs Muhammad. Ihn ließ Dschingis einst nach Indien entkommen, weil er vor dem bewiesenen Mut dieses Mannes großen Respekt hatte."

„Du meinst, selbst Dschingis hat zuweilen gegen seine eigenen Gesetze verstoßen?"

„Ich meine, in der Regel darf der wirklich Mächtige sich Großmut nicht erlauben. Doch Ausnahmen sollte es immer geben."

Nachdenklich nickte Turakina.

„Du hast mir sehr geholfen, Subatei. Danke."

Verschmitzt kniff der alte Orlok die Augenlider zusammen.

„Wirklich, Turakina?"

„Ja! Wenn ich dich richtig verstanden habe, gibt es Regeln, an die man sich halten sollte. Doch manchmal ist es richtig, seinem Gefühl zu folgen."

„Ja", stimmte Subatei zu. „Das habe ich gemeint. Doch sollte man genau abwägen, wann man seinem Gefühl folgen darf. Mir zum Beispiel will die Hochzeit von Berke mit Arika nicht so recht gefallen. Eine Ahnung sagt mir, dass sie ein Fehler ist. Doch ich habe mich immer gehütet, nur meinen Gefühlen zu folgen. Es bedarf in diesem Fall wohl auch triftiger Gründe, um gegen sie zu sprechen."

Aufhorchend blickte Turakina Subatei an.

„Wieso glaubst du das?"

„Vielleicht bin ich ja nur alt und meine Meinung gehört längst der Vergangenheit an. Aber in meinen Augen ist Berke kein guter Mongole. Ein Mann, der bereit ist, einem fremden Propheten mehr zu dienen als dem eigenen Volk, ist gefährlich."

„Glaubst du etwa, er wird versuchen, Arika zu seinem Glauben zu bekehren?"

„Solange sie ihm nützlich ist, wohl kaum. Doch…"

Subatei sprach seine weiteren Befürchtungen nicht aus. Was auch immer die Zukunft bringen würde, er würde es wohl kaum noch miterleben. Subatei fühlte, dass seine Stunden gezählt waren. Und das war auch gut so, war er doch der Letzte, der aus der Generation Dschingis Khans übriggeblieben war. Doch bevor er diese Welt verließ, gab es für ihn noch eine Aufgabe zu erfüllen. Er musste dafür sorgen, dass der neue Großkhan der Mongolen Kuyuk hieß.

Nachdem zwischen ihnen beiden eine Weile nachdenkliche Stille geherrscht hatte, beschloss Turakina Subatei endlich die Frage zu stellen, deretwegen sie ihn eigentlich zu sich gerufen hatte.

„Ist dir der genuesische Sklave, der mit den anderen geflohen ist, eigentlich bekannt? Was weißt du über ihn?"

Wissend ließ Subatei einen Moment lang seinen Blick über Turakinas Gesicht schweifen, bevor er zu antworten begann.

„Ja, ich kenne ihn. Er war unter den Gefangenen, die wir in Kiew machten. Er gefiel mir, deshalb ließ ich ihn am Leben. Und er hat meine Erwartungen danach eigentlich auch nicht enttäuscht. Deshalb habe ich ihn zwei Mal vor dem sicheren Tod bewahrt."

„Wie kam es dann, dass er in Berkes Hände fiel?"

„Nun", seufzte Subatei. „Ich hatte ihm die Verantwortung für den Transport der Sturmblöcke übertragen. Einer ging auf dem Transport verloren. Es war gewiss nicht seine Schuld, aber er war dafür verantwortlich. Darum musste ich ihn bestrafen. Drei Auspeitschungen, das war für die Schwere des Vergehens eine milde Strafe. Dennoch hätte er sie wohl kaum überlebt, da er körperlich bereits völlig erschöpft war. Darum hatte ich es erwogen, ihm die dritte Auspeitschung zu erlassen, denn es lag in meiner Absicht, ihn nach meiner Rückkehr nach Karakorum meinem Sohn Uriangkatai zum Geschenk zu machen. Sklaven mit seinem Wissen und Können brauchen wir in Karakorum. Doch diesen Plan durchkreuzte Berke. Er ließ acht Sklaven aussuchen und brandmarken, um sie danach verschneiden zu lassen, eine dieser neuen fremdländischen Sitten, denen ich nichts abgewinnen kann. Was für einen Sinn hat es, aus einem Mann ein geschlechtsloses Etwas zu machen. In meinen Augen ist dies nichts als eine Zuwiderhandlung gegen die Natur des Menschen, die den Fluch der Götter nach sich zieht. Doch wie dem auch sei, einer der Ausgewählten war der Genuese, sah der chinesische Arzt, der ihn auswählte, doch einen ohnehin zum Tode Verurteilten in ihm. Berke hatte für dieses Vorhaben Batus Erlaubnis. Was hätte ich tun können?"

Betroffen schwieg Turakina. Sie hatte verstanden. Und plötzlich begann sie sich ernsthaft Sorgen um die Zukunft Arikas zu machen.

10.

Während Arabella mit einem Arm ihren Sohn wiegte, wanderte ihr Blick immer wieder magisch angezogen zu einem kleinen Döschen mit Pulver hin, das sie in ihrer freien Hand hielt. Es enthielt ein schnellwirkendes, tödliches Gift, das Arabella vor geraumer Zeit heimlich einem Schamanen entwendet hatte für den Fall, dass sie ihrem Leben einmal selbst ein Ende setzen wollte. Eine solche Vorsichtsmaßnahme schien ihr damals geraten, weil sie Berke als einen überaus launischen und rachsüchtigen Menschen kennengelernt hatte. Bei ihm konnte sich niemand wirklich sicher fühlen.

Aber in diesem Augenblick dachte Arabella nicht an Selbstmord, sondern an Mord. Seit drei der geflohenen Gefangenen wieder in das Lager zurückgebracht worden waren, fürchtete Arabella sich. Sie wusste, dass Berke den Verdacht hegte, dass seine als Geschenk ausgewählten Sklaven mit fremder Hilfe entkommen waren. Es war also zu befürchten, dass er versuchen würde herauszubekommen, wer den acht bei der Flucht geholfen hatte. Dass die drei Gefangenen der peinlichen Befragung von Berkes Folterknechten nicht lange würden standhalten können, wusste Arabella. Zwar konnten sie nur Malika verraten. Doch von Malika führte die Spur weiter zu ihr.

Was Berke mit ihr machen würde, sollte er je erfahren, welche Rolle sie bei der Flucht der acht Sklaven gespielt hatte, daran wagte Arabella erst gar nicht zu denken. Sie wusste, dass seine Rache schrecklich sein würde. Dabei fürchtete Arabella weniger um sich selbst als um ihren Sohn. Die Situation war für sie im Augenblick auch ohne die Entdeckung ihres Verrats schwierig genug.

Was würde aus ihr und ihrem Sohn wohl werden, wenn jene mongolische Prinzessin erst als Berkes Frau in dessen Jurte eingezogen war. Würde Berke nur noch an ihr Interesse zeigen und seine übrigen Frauen nicht mehr beachten? Gewiss, den Verlust von Berkes Zuwendungen konnte Arabella verschmerzen. Aber niemand sollte je die Rechte ihres Sohns antasten dürfen. Doch genau diese Gefahr bestand, wenn diese Mongolin Berke ebenfalls einen Sohn gebar. Dann würde ihr Sohn all seine Vorrechte verlieren. Der kleine Timur jedoch war Arabellas ganzer Lebensinhalt geworden. Um seinetwillen war sie bereit gewesen, alle Demütigungen Berkes zu ertragen. Und um seine Rechte zu schützen, war sie nun auch zu jeder Untat bereit. Schon einmal hatte man ihr ein Kind genommen. Ein zweites Mal würde sie dies nicht zulassen. Darum beunruhigte sie die Ankunft der Mongolenprinzessin. Arabella fühlte, dass sie für ihren Sohn würde kämpfen müssen. Doch dazu hatte sie wohl kaum noch Gelegenheit, wenn ihr Verrat ruchbar wurde.

Arabella sah nur einen Ausweg aus dieser verworrenen Situation. Sie musste die einzige Spur, die zu ihr führte, verwischen. Malika musste sterben. Eine Tote konnte sie nicht mehr verraten. Deshalb würde sie ihr heute das Gift in ihr Essen mischen. Dann erst war sie frei, um sich dem nächsten Problem zuzuwenden.

Es waren die von Todesangst erfüllten Schreie eines Menschen, die Turakina veranlassten, ihren beiden Trägern Einhalt zu gebieten. Verwundert blickte sie sich um. Doch es war nichts zu sehen. Dennoch waren die Schreie noch immer deutlich zu hören. Turakina schloss daraus, dass sie aus einer der Jurten kamen.

„Geh und sieh nach, was dort vor sich geht!", befahl Turakina ihrem sie begleitenden Diener Li-Ping.

„Die drei geflohenen Sklaven werden gefoltert", berichtete Li-Ping seiner Herrin nach seiner Rückkehr.

„Auf wessen Befehl geschieht das?", fragte Turakina, ihre Überraschung, die sich allmählich in Zorn wandelte, deutlich zeigend.

„Berke hat diese peinliche Befragung angeordnet", antwortete Li-Ping unterwürfig.

Fluchend erhob Turakina sich aus ihrem Tragestuhl.

„Wie kann Berke es wagen? Hat er nicht bereits für genug Unheil gesorgt? Diese drei Männer haben mich überfallen. Subatei hat sie gestellt und mir übergeben. Außerdem führe ich ein vom Khaqan gesiegeltes Dokument bei mir, das mir die Entscheidungsvollmacht über alles überträgt, was diesen Brautzug betrifft. Solange kein neuer Khaqan dieses Dokument außer Kraft setzt, hat es seine volle Gültigkeit. Wie kann Berke dies alles missachten? Gib mir meinen Stock. Ich werde das auf der Stelle klären."

Zornig humpelte Turakina auf die Jurte zu, aus der die Schreie kamen, gefolgt von dem besorgten Li-Ping. Der Gestank, der ihr beim Öffnen der Jurte entgegenschlug, ließ Turakina entsetzt nach Luft ringen. Es stank nach verbranntem Fleisch. Wortlos blickte Turakina sich um. Die drei Sklaven waren nackt mit weit gespreizten Armen und Beinen zwischen Pfähle gebunden worden. Vor einem von ihnen stand Berkes Folterknecht, ein glühendes Eisen in der Hand haltend, mit dem er den Körper des Sklaven traktierte. Ekel erfasste Turakina beim Anblick des Gepeinigten, dessen Körper mit Brand- und Schnittwunden übersät war. Zwischen den Beinen, dort wo sich einmal sein Geschlecht befunden hatte, klaffte jetzt eine blutige Wunde. Zornig wanderte Turakinas Blick weiter, hinüber zu dem Mann, der auf Fellen gebettet, amüsiert dem Schauspiel beiwohnte.

„Was soll das, Berke?", fauchte Turakina den Orlok an. „Hast du vergessen, dass du hier in diesem Lager mein Gast bist?"

„Gewiss nicht, Turakina", erwiderte Berke überrascht, der den offensichtlichen Zorn seiner Gastgeberin nicht verstand.

„Nun, dann ist dir wohl auch klar, dass diese Männer in meinem Lager meiner Gerichtsbarkeit unterstehen. Wie kannst du es da wagen…"

„Nun, gewiss bin ich als Bräutigam Gast in deinem Lager. Doch diese drei Sklaven sind meine Sklaven."

„Nicht mehr", unterbrach Turakina ihn barsch. „Als du ihnen Arikas und mein Zeichen in den Körper brennen ließt, hast du jedes Recht auf sie verloren. Wie also, frage ich dich noch einmal, kannst du es wagen, dich an diesen Sklaven zu vergreifen?"

„Ich sah es als meine Pflicht an, herauszufinden, wie es zu dieser Flucht, die so weitreichende Folgen für Arika und dich hatte, überhaupt kommen konnte. Die acht müssen jemanden im Lager gehabt haben, der ihnen geholfen hat. Anders ist diese Flucht nicht zu erklären. Deshalb habe ich mich der Sache angenommen, auch wenn du natürlich recht hast. Es sind deine und Arikas Sklaven. Ich hätte mit meinem Anliegen zuerst zu dir kommen sollen. Trotzdem liegt es im Interesse von uns allen, die Wahrheit zu erfahren."

„Du hättest mit deinem Verdacht wirklich zu mir kommen sollen, anstatt dich einfach an meinem Eigentum zu vergreifen. Dieser Sklave dort, der mein Brandmal trägt", Turakina deutete auf den vor

Schmerzen ohnmächtig gewordenen Ungarn Stefan, „ist durch die Behandlung deines Folterknechts völlig wertlos geworden. Ich erwarte als Ausgleich für ihn diesen Sklaven dort, der Arikas Zeichen trägt. Wenn dir an meiner Gastfreundschaft weiter gelegen ist, solltest du meinen Wunsch erfüllen."

„Selbstverständlich werde ich deinem Wunsch entsprechen, auch wenn dieser Russe dort weit mehr wert ist als dieser schmächtige Ungar. Er gehört dir. Arika wird ihn dir noch heute übertragen. Ich bitte dich außerdem, meine unüberlegte Handlung zu entschuldigen."

Der unterwürfige Ton, mit dem Berke sprach, täuschte Turakina keinen Augenblick darüber hinweg, dass sie von nun an einen Feind mehr hatte. Die eben erlittene Demütigung würde Berke ihr nie verzeihen. Zweifelnd fragte sich Turakina, ob das Leben dieser Sklaven eine solche Feindschaft wirklich wert war.

Nachdenklich glitt ihr Blick einen Moment lang über den nackten Körper des Genuesen, bis er schließlich in dessen Gesicht hängen blieb. Niemals zuvor hatte sie mehr hilflose Verzweiflung in dem Blick eines Menschen gesehen. Und mit einem Mal wusste sie genau, was sie zu tun hatte. Sollte die Yassa recht haben, wenn sie dem Sieger das Recht einräumte, über Leben und Tod des Besiegten zu entscheiden. Doch einem Besiegten sein Leben zu lassen, nur um ihn fortan zu quälen, das konnte damit wohl kaum gemeint gewesen sein. Genau dies war jedoch geschehen. Nichts als Leid und Elend lag hinter diesen Männern. Niemand hatte ihnen bisher eine wirkliche Chance gegeben. Nur so konnte sie sich diesen wahnsinnigen Fluchtversuch erklären, der zu dem Zwischenfall mit ihr geführt hatte. Wer trug an diesem unglücklichen Zwischenfall nun die Schuld? Berke, dem es ganz offensichtlich Lust bereitete, Menschen grundlos zu quälen und zu verstümmeln, oder jene unglücklichen Sklaven, die in eine ausweglose Lage getrieben worden waren, aus der es kein Entrinnen gegeben hatte? Nicht ohne Grund hassten sie die Mongolen. Trotzdem hatte dieser Genuese nicht so sehr hassen können, um sich an ihr, einem seiner Meinung nach einfachen, hilflosen Krüppel, zu rächen. Er hatte sie beschützt und nichts dafür erwartet. Entsprach es da nicht der Gerechtigkeit, ihm nun ebenfalls Schutz zu gewähren und diesem unmenschlichen Wahnsinn ein Ende zu bereiten?

„Mach die beiden los, Li-Ping. Diesen Mann bring zurück an seinen Platz, bis ich über seine Zukunft entschieden habe. Und diesen dort", Turakina deutete auf Francesco, „diesen dort nimm mit dir. Lass ihn sich waschen und anziehen. Und dann bring ihn zu mir."

Ungläubig, noch halb benommen von den Schmerzen, die das Hängen zwischen den Pfählen verursacht hatte, blickte Francesco Turakina nach. Noch vor wenigen Augenblicken hatte er mit dem Leben abgeschlossen, hatte sich auf einen langsamen und grausamen Tod gefasst gemacht. Nun plötzlich schien es wieder einen Funken Hoffnung zu geben. Francesco war sich nicht sicher, ob er sich darüber freuen sollte. Er war es so leid, zwischen Hoffnung, Verzweiflung und Enttäuschung hin- und hergerissen zu werden. Er fühlte sich so müde.

„Wer ist diese Frau?", fragte Francesco Li-Ping, der den großäugigen Fremden kritisch musterte.

„Sie ist eine mongolische Prinzessin", antwortete dieser knapp. Nach eingehender Prüfung seines Gegenübers fügte er etwas bereitwilliger hinzu:

„Nun, die Prinzessin Turakina ist nicht nur irgendeine mongolische Prinzessin. Von denen gibt es viele in der Weite der Steppe, und eine ist ebenso bedeutungslos wie die andere. Turakina aber ist in vielerlei Hinsicht etwas Besonderes. Sie ist unter den Barbaren, die unser schönes Jinreich überfallen und unterjocht haben, eine löbliche Ausnahme, denn sie ist eine Frau mit Bildung, die wenigstens versucht, die Feinheiten anderer Kulturen zu begreifen. Sie ist die Tochter des verstorbenen Khaqans Ogedei, und, so das Schicksal will, die Schwester des künftigen Khaqans. Doch trotz ihrer hohen Abkunft ist sie eigentlich eine von ihrem Volk Verstoßene. Die meisten Mongolen sind davon überzeugt, dass in einem verkrüppelten Körper ein böser Geist wohnt. Um so erstaunlicher ist es, dass sie darüber nicht verbittert und böse geworden ist. Im

Gegenteil! Sie scheint von ihrem Vater ein mitfühlendes Wesen geerbt zu haben. Dennoch rate ich dir gut. Benimm dich ihrem Rang und ihrer Würde entsprechend. Du hast dich vor ihr drei Mal zu verneigen. Du hast deinen Blick vor ihr zu senken und nur zu sprechen, wenn du gefragt wirst. Merke dir das in deinem eigenen Interesse. Dein Leben hängt an einem dünnen, seidenen Faden. Zerreiß ihn nicht aus Dummheit."

Mit wachsendem Erstaunen hatte Francesco dem Chinesen gelauscht. Erst jetzt wurde ihm langsam klar, welchen Frevel sie mit diesem Überfall in den Augen der Mongolen begangen hatten. Musste dieser Frevel nicht zwangsweise das Leben kosten? Mit dieser Frage schwand in Francesco erneut die Hoffnung.

Gehorsam trat Francesco durch den vor ihm geöffneten Verschlag der großen, mit kostbaren Teppichen ausgelegten Jurte, bevor er sich zu Boden warf. Niemals zuvor in seinem Leben war er sich kleiner und erbärmlicher vorgekommen als in diesem Augenblick.

„Steh auf und setz dich hier vor mir auf den Boden."

Flüchtig erhaschte Francesco beim Erheben einen Blick auf Turakina, die auf ihrem Tragestuhl wie eine Königin thronte. Der lange, schwarze Zopf, der ihre Haare hielt, war ebenso der chinesischen Kultur entliehen, wie der rotleuchtende Seidenüberrock, den sie über schmalgeschnittenen Hosen trug. Die gewöhnlichen Mongolinnen pflegten ihre Haare in endlos viele Zöpfe zu flechten, die sie dann auf dem Kopf feststeckten und, um die Frisur haltbar zu machen, mit einem Brei bestrichen, der die Haare verklebte und härtete. Auch trugen die Mongolinnen, die er bisher kennengelernt hatte, ausschließlich Lederkleidung, die sie selbst herstellten. Nur ihre Hemden waren aus Baumwolle, die sie bei Händlern gegen Tierfelle eintauschten, da das Weben in ihren Augen eine niedrige Tätigkeit war, der sie nicht nachgehen wollten. Wie sehr unterschied Turakina sich doch von diesen derben Frauen. Hatte ihn das nicht vom ersten Augenblick an für sie eingenommen?

Während Francesco sich vor Turakina auf einem Fell niederließ, senkte er rasch wieder den Blick.

„Wie ist dein Name?"

Die Stimme Turakinas klang kühl und sachlich. Nichts ließ darauf schließen, welche Absicht sie mit dieser Unterredung verfolgte.

„Francesco de Tosa, Herrin."

„Und bist du in Genua geboren, Francesco?"

„Ja, Herrin."

„Wann bist du in mongolische Gefangenschaft geraten?"

„Beim Fall von Kiew, Herrin."

„Wieso hast du dich in Kiew aufgehalten? Was hast du dort gemacht?"

„Ich war als Architekt nach Kiew gerufen worden."

„Warum bist du dann nicht geflohen, als du von der bevorstehenden Belagerung Kiews erfuhrst? Diese Stadt war doch nicht deine Stadt."

Verlegen biss Francesco sich auf die Lippen. Vielleicht war es ein Fehler, zu gestehen, dass er beim Ausbau der Verteidigungsanlagen geholfen hatte. Doch zu lügen erschien ihm ebenso falsch.

„Man bat mich, den Ausbau der Verteidigungsanlagen Kiews zu leiten", gab Francesco nach kurzem Zögern zu.

„Damit hast du dich ganz ohne Zweifel auf die Seite unserer Gegner gestellt. Wer nicht für uns ist, ist gegen uns. – Wie kam es, dass du den Fall Kiews überlebt hast?"

„Der Orlok Subatei hat mein Leben geschont, weil er mich als Sklaven für brauchbar hielt."

„Dann sage mir jetzt, warum du versucht hast, aus der Sklaverei zu entfliehen."

„Es gibt wohl nichts Unmenschlicheres, als ein mongolischer Sklave zu sein", stieß Francesco bitter hervor. „Ich musste dabei zusehen, wie ihr mein Kind bei lebendigem Leib verbranntet, wie ihr…"

„Schweig!", unterbrach Turakina ihn barsch. „Danach habe ich dich nicht gefragt. Außerdem hast du mir diese Geschichte schon einmal erzählt. Das reicht. Ein richtiger Mann muss dazu fähig sein, die Vergangenheit zu begraben und sich der Zukunft zuzuwenden. Doch du scheinst unfähig dazu zu sein."

„Ein richtiger Mann!", entfuhr es Francesco bitter. „Wollte der Orlok Berke mir nicht auch das nehmen?"

„Ein Herr hat das Recht, über den Körper seines Sklaven zu verfügen. Willst du ihm dieses Recht etwa streitig machen?", fragte Turakina kühl.

„Nein", gab Francesco geschlagen zurück. „Der Herr hat das Recht, jede Grausamkeit an seinen Sklaven zu begehen. Der Sklave hat nur das Recht, alles widerspruchlos zu ertragen."

„Genauso ist es", stimmte Turakina zu, ihre eigene Betroffenheit wegen der Richtigkeit dieser Feststellung verbergend. „Doch ihr habt nicht nur versucht, euch gegen den Willen eures Herrn aufzulehnen. Ihr habt bei eurer Flucht zwei mongolische Krieger getötet. Ihr habt meine zwei treuen Diener im Schlaf niedergestochen, und ihr habt mir und der Prinzessin Arika die Freiheit geraubt. Darum habt ihr mehr als nur einmal den Tod verdient."

Einen Augenblick lang verharrte Turakina in Schweigen, um ihren Blick über den Mann schweifen zu lassen, der ihr Urteil erwartete. Obwohl alles, was er getan hatte, gegen ihn sprach, konnte Turakina seine Handlungsweise trotzdem verstehen. Sie wusste, nur ein Feigling hätte anders gehandelt als er, hätte sich ohne Gegenwehr vom Mann zum Eunuchen machen lassen.

„Hast du etwas zu deiner Verteidigung zu sagen?"

„Nein, Herrin", gab Francesco tonlos zurück. Er fühlte, sein Schicksal war besiegelt.

„Warum versuchst du nicht vorzubringen, dass du mir und Arika das Leben gerettet hast? Das hast du gewiss, daran besteht kein Zweifel. Warum sagst du nicht, dass du mich stundenlang gestützt hast, obwohl du dich selbst kaum noch auf den Beinen halten konntest? Und schließlich hätte dich beinahe einer deiner Kumpanen wegen mir umgebracht. Auch diese Gefahr hast du die ganze Zeit über wissentlich in Kauf genommen. Ich verstehe zwar nicht, warum du das alles getan hast. Kein Mongole würde so handeln wie du. Doch du hast es getan. Das lässt sich nicht leugnen. Und du hast mich damit beeindruckt. Das muss ich gestehen. Doch nicht nur mich scheinst du für dich gewonnen zu haben. Selbst Subatei, sonst ein harter Krieger, dessen Urteil ich große Bedeutung beimesse, hat in gewisser Weise für dich gesprochen. Darum habe ich beschlossen, dir trotz deiner Vergehen dein Leben zu schenken. Das Schicksal hat es gefügt, dass du mein Zeichen trägst. Danke diesem Schicksal, denn dies allein macht es mir heute möglich, dir dein Leben zu schenken. Nutze dieses Geschenk. Mehr kann ich dir im Augenblick nicht geben. Einem geflohenen Sklaven unter bestimmten Umständen die Flucht zu vergeben, ist selten, aber möglich. Den Überfall auf eine harmlose Jagdgesellschaft hingegen dürfte ich dir eigentlich nicht verzeihen. Dass ich es trotzdem tue, sieh als Zeichen meines guten Willens an. Nun ist es an dir, mir zu beweisen, dass du meinen Großmut verdienst."

Für einen Augenblick vergaß Francesco das Verbot, Turakina anzublicken. Ungläubig starrte er zu ihr empor. Er sollte leben dürfen. Nach allem, was geschehen war, grenzte dies an ein Wunder.

„Bevor ich dich entlasse, beantworte mir noch eine Frage", fügte Turakina hinzu. „Stimmt Berkes Vermutung, dass euch jemand bei der Flucht geholfen hat? Sag mir die Wahrheit. Ich möchte nicht, dass du mich anlügst."

Zögernd nickte Francesco.

„Ja, Herrin, es hat uns jemand geholfen."

„Wirst du mir sagen, wer das war?"

„Nein, Herrin, das kann ich nicht."

„Auch nicht, wenn ich dich für diese Weigerung hinrichten lasse?"

„Nein, auch dann nicht."

Ein zufriedenes Lächeln glitt über Turakinas Gesichtszüge.

„Ich wäre enttäuscht gewesen, wenn deine Antwort anders gelautet hätte. Du kannst jetzt gehen."

Dankbar verneigte Francesco sich. Doch trotz der unerwarteten Milde, die ihm die Mongolin entgegengebracht hatte, bedrückte noch immer eine brennende Frage sein Herz.

„Sieh es bitte nicht als unverschämt an, wenn ich es wage, dir noch eine Frage zu stellen, Herrin. Ich muss es einfach tun. Was wird mit Michael geschehen?"

„Der Russe hat den Tod noch weit mehr als du verdient. Doch es ist inzwischen mehr als genug unnötiges Blut vergossen worden. Mag er sein Leben ebenfalls behalten."

Noch völlig überwältigt von dieser unerwarteten Wende des Schicksals verneigte Francesco sich drei Mal, bevor er rückwärts die Jurte verließ. Erst als er in der kühlen Abendluft vor dem Zelt stand, begann er allmählich zu begreifen. Er lebte. Er würde weiterleben. Und er würde von nun an jener Frau gehören, die ihm vor wenigen Augenblicken seinen Glauben an die Menschheit zurückgegeben hatte. Zum ersten Mal seit über zwei Jahren war er wieder dazu fähig, sich an Gott zu wenden. Er dankte ihm in einem stillen Gebet.

So lautlos wie möglich schlich Arabella durch den Bok hinunter zum Fluss, einen schweren, in ein Fell gewickelten Gegenstand mit sich schleifend. Keuchend hielt sie von Zeit zu Zeit inne und lauschte gebannt in die Dunkelheit der Nacht hinein. Erst nachdem sie sich jedes Mal erneut vergewissert hatte, dass sich nichts regte, setzte sie ihren Weg fort. Endlich hatte sie das Flussufer erreicht. Mühsam entrollte sie aus dem Innern des Fells den leblosen Körper Malikas, den sie dann ins Wasser zerrte und mit einem dicken Ast vom Ufer wegstieß. Erst als von dem Körper in den Fluten nichts mehr zu sehen war, kehrte Arabella erleichtert in Berkes Jurte zurück.

Ihr Plan schien perfekt. Jeder würde glauben, dass Malika Angst vor der Entdeckung ihrer Tat gehabt und zu fliehen versucht hatte. Auf ihrer Flucht war sie im Fluss ertrunken.

Leise den Verschlag zurückschiebend, fuhr Arabella erschreckt zusammen. Auf ihrem Nachtlager saß Berke, der sie zornig anstarrte.

„Wo bist du gewesen?"

„Ich vermisse seit heute Mittag meine Dienerin Malika. Ich habe überall nach ihr gesucht. Aber ich konnte sie nirgends finden."

„Ich habe auch überall nach ihr suchen lassen", zischte Berke. „Aber ich werde sie schon noch finden. Und dann werde ich dieses Weib, das mir so viele Scherereien bereitet hat, bei lebendigem Leib die Haut vom Körper ziehen lassen."

„Welche Scherereien?", fragte Arabella so unschuldig wie möglich. Doch innerlich klopfte ihr Herz plötzlich bis zum Hals.

„Der eine Sklave, den diese Hexe Turakina mir gelassen hat, hat gestanden, bevor er starb. Sie war es, die den Sklaven bei ihrer Flucht geholfen hat. Dieses Weib wird den Tag noch verfluchen, an dem es geboren wurde."

Schweigend nickte Arabella, sichtlich froh darüber, dass Malikas toter Körper jetzt im Wasser trieb. Dies ersparte wohl nicht nur ihr, sondern auch Malika viel Pein. Diese Erkenntnis beruhigte Arabellas schlechtes Gewissen ein wenig.

„Ab morgen", fügte Berke versöhnlicher hinzu, „wird die Herrin meiner Jurte Arika sein. Ich wünsche, dass ihr alle sie mit dem Respekt behandelt, der der ersten Gemahlin des Orloks Berke gebührt. Doch", fügte er verschlagen hinzu, Arabella zu sich aufs Lager ziehend, „ich möchte auch, dass du ein Auge auf die Herrin wirfst. Ich möchte über alles, was sie tut, durch dich unterrichtet werden. Hast du mich verstanden?"

„Ja, Herr", flüsterte Arabella, das Gesicht voll Ekel abwendend, um Berkes gierigen Gesichtsausdruck nicht ansehen zu müssen, während er sich nahm, was ihm gehörte.

Während im ganzen mongolischen Bok das Gelage noch in vollem Gange war, geleitete Turakina Arika zu Berkes Jurte, in der das Brautlager für das junge Paar bereits hergerichtet worden war. Eine von Berkes Sklavinnen empfing die Braut, um ihr beim Auskleiden behilflich zu sein.

„Wie ist dein Name, Weib?", erkundigte sich Arika, bewundernd über das lange, blonde Haar der Frau streichend.

„Arabella, Herrin", antwortete die Sklavin, ohne sich dabei von ihrer Aufgabe ablenken zu lassen.

„Dienst du dem Orlok Berke schon lange?"

„Weit über zwei Jahre, Herrin."

„Eine hübsche Frau, nicht wahr", wandte Arika sich an Turakina.

Nachdenklich nickte Turakina, während sie die Sklavin genau beobachtete. Etwas an dieser Frau gefiel Turakina nicht. Doch so sehr sie sich auch bemühte, ihrem Widerwillen gegen diese Sklavin einen Namen zu geben, es gelang ihr nicht. Trotzdem wollte das Gefühl nicht weichen, dass diese Frau Unglück bringen würde. Jäh fiel Turakina die Warnung des Schamanen ein. Könnte sie diese Frau betroffen haben?

„Es ist wohl an der Zeit, dass ich dir einen guten Weg wünsche, Schwester", meinte Turakina, als Arika entkleidet vor ihr stand. „Gib auf dich acht, bis unsere

Wege sich wieder kreuzen. Und gedenke der Warnung des Schamanen."

Turakina wusste selbst nicht genau, warum sie das jetzt erwähnte. Doch es beruhigte sie irgendwie, es gesagt zu haben.

„Ich danke dir für alles, Schwester, und wünsche dir ebenfalls einen guten Weg."

„Wenn das Schicksal es will, werden wir uns in Karakorum wiedersehen."

„Wann brichst du auf?"

„Im Morgengrauen. Es wird Zeit, dass ich zurückkehre."

Noch einmal umarmten Turakina und Arika sich. Dann wandte Turakina sich zum Gehen.

Sich unendlich einsam fühlend, blickte Arika ihr nach. Turakina war in den letzten Monaten mehr als nur eine Freundin für sie geworden. Sie war eine wirkliche Schwester und ein lebendes Bindeglied zu Kuyuk gewesen, dem Mann, den sie noch immer über alles liebte. Turakinas eilige Abreise stürzte Arika darum in tiefe Verzweiflung. Von nun an würde sie ganz auf sich gestellt sein.

11.

Seit Wochen tagte der Kuriltai, um darüber zu entscheiden, wer der neue Khaqan der Mongolen werden sollte. Aus allen Teilen des mongolischen Weltreichs waren die Khane zu dieser Wahl nach Karakorum gekommen. Über zwei Jahre hatte es gedauert, bis das letzte Mitglied der Ratsversammlung in der Hauptstadt eingetroffen war.

Doch nun herrschte Uneinigkeit unter den Nachkommen des Dschingis Kahns. Die Meinungen darüber, wer unter ihnen der Fähigste für das Amt des Großkhans sei, gingen weit auseinander. Da war der erfolgreiche Feldherr Batu, der Anspruch auf den Titel des Khaqans erhob, ebenso wie Möngke, der älteste von Tulis Söhnen. Gegen diese beiden hatte sich die von Ogedei noch auf dem Sterbebett zur Regentin ernannte Turakina gestellt. Sie wollte unter allen Umständen die Wahl ihres Sohns Kuyuk zum neuen Großkhan durchsetzen. Kuyuks Anspruch auf den Thron begründete sie immer wieder damit, dass Ogedei selbst Kuyuk in seiner letzten Stunde zu seinem Nachfolger bestimmt hatte. Doch diese Nachfolgeregelung durch den Herrscher verstieß gegen die Yassa und wurde darum nicht anerkannt.

Dschingis Khan hatte einst verfügt, dass der Titel des Khaqan nicht vererbbar sein dürfe, sondern dass der

Geeignetste unter den Khanen jeweils von der Kuriltai zu wählen sei.

„Es wird eine harte und lange Auseinandersetzung werden. Aber ich sehe keinen Grund dafür, am Ende dieser Schlacht Kuyuk nicht als Sieger daraus hervorgehen zu sehen", meinte die Regentin vor dem versammelten Familienrat. „Batus Anspruch auf den Titel des Khaqans wird natürlich von dessen Familie unterstützt. Auch die Söhne Tschaghatais werden sich möglicherweise auf die Seite Batus stellen, aber nur so lange, wie dieser Aussicht auf Erfolg hat. Möngke hingegen kann nur auf die Stimmen seiner Familie hoffen. Und selbst diese scheinen ihm keinesfalls alle sicher zu sein. Die Rivalität um die Vormachtstellung innerhalb der Familie Tulis lodert zwischen Möngke und Kublai schon seit langem. Darum könnte es sein, Kublai mit seinen Anhängern auf unsere Seite zu locken. Man müsste mit ihm reden, müsste ihm für den Fall einer Wahl Kuyuks Versprechungen machen. Wenn Möngke merkt, dass er nicht einmal mehr in der eigenen Familie genügend Rückhalt finden kann, wird er seine Kandidatur gewiss zurückziehen, um der Blöße einer offenen Niederlage zu entgehen."

„Um sich dann auf Batus Seite zu stellen", erwiderte Kadan missmutig.

„Was macht das aus, wenn Kublai seine Brüder Hulagu und Arik-Buka auf unsere Seite bringt. Mit ihrer

Unterstützung wäre uns eine Mehrheit in der Kuriltai sicher", antwortete Kaschin.

„Wieso sollte Kublai dies tun?", fragte Kaidu grimmig, der aus seiner Abneigung gegen Kublai noch nie einen Hehl gemacht hatte. In seinen Augen war dieser Spross Tulis auf dem besten Weg, ein Verräter an der Sache der Mongolen zu werden. Die Vorliebe Kublais für die Jinkultur und die Art, wie er sie zu kopieren versuchte, schürten Kaidus Misstrauen stets aufs Neue. Wie sollte man einem Mann Vertrauen schenken können, der die Lebensweise eines verweichlichten Volks höher einschätzte als die einfachen, aber harten und erfolgreichen Gewohnheiten des eigenen Volks?

„Der erste Grund, warum er es tun wird, liegt klar auf der Hand", antwortete die Regentin fest. „Kublai ist ein ehrgeiziger und eitler Mann, der in Möngke nicht den Bruder, sondern zuerst den Rivalen sieht. Doch es gibt noch einen weiteren Grund, der mich hoffen lässt."

„Was ist das für ein Grund?", fragte Kuyuk neugierig.

„Deine Schwester Turakina."

„Turakina? Was hat sie mit all dem zutun?"

Misstrauisch geworden schaute Kuyuk seine Mutter an. Er kannte deren Ehrgeiz, wusste, dass sie vor nichts zurückschrecken würde, um ihre Ziele zu erreichen. Doch würde sie wirklich so weit gehen?

„Du weißt ebenso gut wie ich, was Turakina damit zutun hat. War Kublai nicht vor vier Jahren bereit gewesen, seine Karriere zu opfern, nur um sie zu bekommen?"

„Das war vor vier Jahren gewesen", gab Kadan zu bedenken. „Inzwischen hat sich vieles geändert. Kublai hat Jamua geheiratet. Er kann Turakina nicht mehr zu seiner Frau machen."

„Das nicht", stimmte die Regentin zu. „Aber ich bin sicher, er begehrt Turakina deshalb nicht weniger. Die Tatsache, dass er kurz nach der Zurückweisung durch Turakina geheiratet hat, lässt auf eine überstürzte Entscheidung schließen, eine Trotzreaktion, die auf gekränkte Eitelkeit zurückzuführen ist. Er wird zugreifen, wenn wir ihm bieten, was er begehrt."

„Das kann nicht dein Ernst sein", protestierte Kuyuk empört. „Du kannst doch nicht wirklich von Turakina verlangen, dass sie seine Konkubine wird. Sie ist eine mongolische Prinzessin."

„...und ein Krüppel", fügte die Regentin kühl hinzu. „Was kann sie mehr verlangen, als die Konkubine eines mongolischen Prinzen zu werden? Hat sie nicht schon unglaubliches Glück, dass wir sie einem Mann wie Kublai anbieten?"

„Kein Thron der Welt ist mir dieses Opfer wert, Mutter. Niemals werde ich es zulassen, dass meine Schwester sich derart erniedrigen muss."

„Du Narr!", zischte die Regentin ihren Sohn an. „Du wirst noch viel lernen müssen, um ein wirklich großer Khaqan zu werden. Alles im Leben hat seinen Preis, mein Sohn, wirklich einfach alles. Du willst nicht, dass deine Schwester sich für dich erniedrigt. Ich aber sage dir, dass sie es tun wird. Überlassen wir ihr die Entscheidung. Sie ist klug genug, um zu begreifen, worum es geht. Und ich bin sicher, sie wird die richtige Entscheidung treffen."

„Und wenn sie sich doch weigert?", fragte Kuyuk bitter.

„Ich bin überzeugt, dass sie tun wird, was nötig ist. Aber falls sie sich doch weigern sollte, dann werde ich Mittel und Wege finden, sie zu zwingen. Verlass dich darauf. Du, mein Sohn, wirst der neue Khaqan der Mongolen. Für dieses Ziel kann kein Opfer zu groß sein."

Seiner Mutter einen letzten, verächtlichen Blick zuwerfend, erhob Kuyuk sich und verließ den Raum. War es nicht schlimm genug, dass er Arika dem Ehrgeiz seiner Mutter hatte opfern müssen?

Gleich nach dem Tod des Vaters hatte er aufbrechen und Arika nach Karakorum zurückholen wollen. Doch seine Mutter hatte es ihm mittels ihrer Macht als Regentin verboten, weil sie Verwicklungen mit den Söhnen Dschotschis fürchtete. Nun war Arika Berkes Frau, und daran konnte keine Macht der Welt etwas ändern. Sie war für ihn für immer verloren. Dieses Opfer war in seinen Augen genug für einen Thron, von dem er manchmal gar nicht wusste, ob er ihn überhaupt wollte. Warum sollte jetzt auch noch seine Schwester ins Unglück gestürzt werden? Nur damit die ehrgeizigen Pläne der Mutter verwirklicht werden konnten? Kuyuk liebte und achtete seine Schwester, die sich so tapfer ihrem harten Schicksal stellte. Wie gerne würde er sie darum vor den Machenschaften seiner Mutter, für die er seit langem nur noch Verachtung empfinden konnte, bewahren. Aber auch diesmal würde es wohl keine Möglichkeit geben, sich der Mutter in den Weg zu stellen. Solange sie Regentin war, musste er sich ihrem Willen beugen.

„Er wartet auf dich."

Die letzten Worte ihrer Mutter waren mehr als eine Bitte gewesen. Sie waren einem Befehl gleichgekommen. Hilflose Wut erfüllte Turakina noch immer bei dem Gedanken an das Gespräch mit ihrer Mutter. Wie konnte diese nur so grausam sein und ein derartiges Opfer von ihr verlangen? Wusste sie denn nicht, wie sehr sie Kublai tief in ihrem Innern noch immer liebte? Und dabei hatte sie wirklich alles versucht, um ihn zu vergessen. Doch wer konnte sich schon der Macht der Liebe entziehen? Fühlte sich nicht jedes Lebewesen magisch von der Kraft des Lichts angezogen, erfüllt von dem Wunsch, sich mit ihm zu vereinigen? Kublai war ihr Licht, doch wollte sie lieber im Schatten verdorren als wie ein Bettler in dessen Antlitz zu treten.

Doch genau dies verlangte ihre Mutter nun von ihr. Sie sollte sich teilen, sollte ihren Körper geben, ihre Liebe aber für sich behalten. Bei jedem anderen Mann wäre ihr dies gewiss leichtgefallen. Doch bei Kublai war es ihr unmöglich. Für einen Mann, der einmal die Seele einer Frau berührt hatte, konnte man nur Liebe oder Hass empfinden, niemals aber Gleichgültigkeit. Eine so kluge Frau wie ihre Mutter musste das wissen. Und dennoch verlangte sie dieses Opfer von ihr. Zwar lag es in Turakinas Hand, zwischen Liebe und Hass zu wählen. Doch wie sollte sie sich für die Liebe entscheiden, wenn diese Liebe Erniedrigung bedeutete? Niemals würde sie vergessen können, dass in ihren Adern das Blut Dschingis Khans floss und es deshalb unwürdig war, die Konkubine eines Mannes zu werden, selbst wenn dieser Mann Kublai hieß. Auf Dauer konnte darum nur der Hass siegen.

„Sie ist da, Herr!"

Ein triumphierendes Lächeln huschte über Kublais Gesicht. Endlich, nach jahrelangem Warten, würde Turakina nun doch ihm gehören. Auch aus dieser Schlacht würde er als Sieger hervorgehen. Wie gut dieser Sieg doch seinem Selbstwertgefühl tat. Die damalige Zurückweisung Turakinas hatte ihn weit schwerer getroffen, als er es sich heute eingestehen wollte. Immerhin hatte er diese Frau so sehr begehrt, dass er bereit gewesen war, alles für sie zu opfern. Trotzdem hatte sie ihn fortgeschickt. Bis zu dieser Stunde war Kublai sich nicht schlüssig, warum. Hatte sie es vielleicht wirklich nur aus Liebe getan, oder hatte sie sich tatsächlich nur vor den Folgen des Ungehorsams dem Vater gegenüber gefürchtet? Doch was spielte die Antwort auf diese Frage noch für eine Rolle? Wichtig war, dass er seinen Willen bekommen, dass er, der erfolgreiche Eroberer, auch auf dem Schlachtfeld der Liebe den Sieg davontragen würde.

„Lass dich noch einmal warnen, Herr!"

Mit diesen Worten riss Yao shi, der chinesische Berater Kublais, diesen aus seinem Siegestaumel. „In Dingen des Herzens lässt sich mit Gewalt nichts erringen. Mit ihr zerstört man mehr als man gewinnt. Was nützt es dir, deinen Samen in einen verdorrten Acker zu pflanzen? Dieser Acker wird niemals Früchte tragen."

Einen Augenblick lang hielt Kublai erschreckt inne. Tief in seinem Innern fühlte er, dass der Chinese die Wahrheit erkannt hatte. Doch sogleich verscheuchte Kublai seine Zweifel wieder.

„Von Frauen versteht ihr Chinesen nun wirklich nichts. Eine Frau ist wie eine Festung. Sie will bezwungen werden."

„Und was geschieht mit den Bewohnern der Festung, wenn du sie bezwungen hast, Herr? Du lässt sie töten, um jeden weiteren Widerstand im Keim zu ersticken. Was aber, Herr, so frage ich dich, nützt dir diese Festung nun? Mit ihren Bewohnern stirbt auch das Leben."

„Ach, hör auf!", fauchte Kublai unwirsch. „Ich habe jetzt kein Ohr für deine chinesischen Weisheiten. Erzähl sie mir ein andermal. Mein Sinn steht nach Eroberung, nicht nach Vernichtung. Geh und schick die Prinzessin Turakina zu mir herein."

Wortlos verneigte sich der Jin, bevor er rückwärts den Raum verließ, um den Befehl Kublais auszuführen.

Als Turakina wenige Augenblicke später den Raum betrat, gestützt auf einen Stock aus geschnitztem, mit Blattgold verziertem Elfenbein, hatte Kublai längst alle Bedenken hinter sich gelassen. Ein Leuchten erhellte seine langgezogenen, dunklen Augen, als er die Prinzessin erblickte. Seine Erinnerungen an sie waren stets lebhaft gewesen. Doch nun musste Kublai sich eingestehen, dass sie lückenhaft gewesen waren. Turakina war noch weit schöner als er sie im Gedächtnis behalten hatte. Sie glich noch immer jener zerbrechlichen Lotusblüte, vor deren Berührung man zurückschreckte. Was kümmerte ihn der Makel des steifen Beins, wenn alles andere an ihr dafür vollkommen war.

„Ich bin froh, dass du meiner Einladung gefolgt bist", meinte Kublai schließlich, sich aus seiner Erstarrung lösend.

„War dies nicht eher ein Befehl als eine Einladung?"

„Wenn du dies so empfunden hast, warum bist du dann hier?"

„Dem Befehl eines Kublais wäre ich gewiss nicht gefolgt. Doch wie könnte ich mich dem Befehl meiner Mutter widersetzen?"

„Ist dies also der einzige Grund, der dich zu mir führt?"

Die deutlich durchschwingende Enttäuschung in Kublais Stimme ließ Turakina plötzlich hoffen.

„Vielleicht", flüsterte sie, dem durchdringenden Blick Kublais tapfer begegnend, „könnte es mehr sein. Das liegt an dir. Meine Mutter hat dir meinen Körper als Preis für deine Stimme in der Kuriltai geboten. Nimm ihn, und ich versichere dir, du wirst auch nicht mehr als diesen bekommen."

„Vielleicht ist dein Körper alles, was ich begehre?", antwortete Kublai, unfähig seinen Blick von dem tiefen Grün abzuwenden, das aus Turakinas Augen strahlte. In diesen Augen schien das Geheimnis der Meere, Flüsse und Seen verborgen zu sein.

„Nun", sagte Turakina, „dann nimm ihn dir und ernte meine Verachtung. Dann bist du gewiss nicht der Mann, den ich einmal gefunden zu haben glaubte."

Noch ehe Kublai zu einer Erwiderung fähig war, löste Turakina den Gürtel ihres Gewands und ließ ihn achtlos zu Boden gleiten. Mit einem energischen Ruck zog sie dann die goldene Nadel heraus, die über der rechten Brust ihre Jacke zusammenhielt und streifte das lose Gewand ebenfalls von ihrem Körper.

Hin- und hergerissen von seinen widerstreitenden Gefühlen starrte Kublai auf die rosigen Brustwarzen, die sich ihm entgegenzustrecken schienen.

„Warum tust du das?" fragte er atemlos, obwohl er die Antwort bereits kannte. Es war die Strafe, die Turakina ihm für sein niedriges Begehren zugedacht hatte. Doch trotz dieser Einsicht pochte sein Verlangen stärker als jemals zuvor zwischen seinen Lenden.

„Nicht so", bat er. „Lass es uns nicht auf diese Weise beginnen."

„Auf welche Weise sonst", höhnte Turakina. „Du sollst genau das bekommen, wofür zu bezahlen du versprochen hast."

Entschlossen löste Turakina das Band ihrer Hose. Hilflos stand Kublai da und starrte auf den nackten Frauenkörper, der sich ihm darbot. Das Glied zwischen seinen Lenden reckte sich dem Ziel seiner Begierde entgegen. Und dennoch wehrte sein Verstand sich plötzlich gegen das offensichtlich Unvermeidbare. Wenn er sich jetzt nahm, was er in seiner gekränkten Eitelkeit fälschlicherweise gekauft hatte, dann würde Turakina für ihn für immer verloren sein. Doch was nützte dieser kurze Augenblick der Einsicht, da das Verlangen brodelnd zwischen seinen Beinen tobte. Das Tier in ihm würde am Ende doch über die Vernunft siegen. Entschlossen packte er seine Beute, hob sie empor und schleppte sie zum Bett.

„Du willst es doch genauso wie ich. Ich sehe es dir an. Komm. Ich weiß, es wird dir gefallen."

Kublai wusste, dass er mit seinen Worten nur versuchte, sein Gewissen zu beruhigen. Während sein Mund über den reglosen Körper Turakinas glitt, fühlte er deutlich, dass er in diesem Augenblick im Begriff war, den größten Fehler seines Lebens zu begehen. Turakina hätte für ihn so viel mehr sein können als nur eine Frau fürs Bett. Mit ihr gemeinsam hätte er gewiss alles erreichen können. Grausames Schicksal, das sie beide nun zu Gegnern gemacht hatte, obwohl sie doch eigentlich füreinander bestimmt waren.

Vergeblich versuchte Kublai, in Turakina eine Regung hervorzurufen. Ihr Gesichtsausdruck ließ nicht einmal darauf schließen, dass sie seine Bemühungen überhaupt zur Kenntnis nahm. Und trotzdem brachte er es nicht über sich, sich aus dem Bann zu befreien, den sein männlicher Trieb ihm auferlegt hatte.

„Warte, bis ich erst in dir bin. Dann wirst du dich mir nicht länger entziehen können."

Hoffnungsvoll glitt seine Hand zwischen Turakinas Schenkel. Doch dort suchte er vergeblich nach einem feuchten Feld, das es zu bestellen galt. Alles, was er fand, war eine verdorrte Ebene, wie Yao shi es ihm prophezeit hatte. Dennoch wollte Kublai sich seine Niederlage nicht eingestehen. Entschlossen drängte er sich in die trockene Furche, fest davon überzeugt, doch noch einen Sieg erringen zu können. Doch all seine Bemühungen blieben vergebens. Zutiefst enttäuscht wandte er sich schließlich von Turakina ab.

„Du kannst gehen", flüsterte er geschlagen. „Und du kannst deiner Mutter sagen, dass ich mich an unsere Abmachung halten werde."

„Und wann wünscht du mich wiederzusehen?" fragte Turakina verächtlich.

„Es ist nicht nötig, dass du noch einmal kommst. Deine Kälte hat meine Leidenschaft zu Eis gefrieren lassen. Selbst eine Stute auf dem Feld besitzt mehr Liebesvermögen als du."

„Den Mann, den ich vor mir sehe, könnte ich wohl lieben", antwortete Turakina etwas weicher. „Doch zuvor muss dieser Mann begreifen, dass er nicht eine seiner chinesischen Sklavinnen vor sich hat. Eine mongolische Prinzessin lässt sich nicht zwingen. Aber wenn sie freiwillig gibt, ist diese Liebe viel mehr wert als das, was hundert Sklavinnen zu geben vermögen."

„Ich habe alles falsch gemacht, nicht wahr? Mein verletzter Stolz hat mich in eine Ehe mit Jamua getrieben, die ich nicht liebe. Dadurch habe ich jede Möglichkeit einer gemeinsamen Zukunft für uns zerstört. Und nun habe ich auch noch die Freundschaft kaputt gemacht, die vielleicht noch zwischen uns hätte herrschen können. Und dabei liebe ich dich wirklich, Turakina. Doch es gibt wohl nichts, das ich tun kann, um dir das jetzt noch zu beweisen."

„Du könntest der Kublai sein, den ich einmal geliebt habe. Sei der Mann, nicht der Eroberer, und begreife, dass du eine mongolische Prinzessin nicht kaufen kannst, selbst dann nicht, wenn sie ein von den Schamanen geächteter Krüppel ist."

„Wie meinst du das? Ich verstehe dich nicht."

„Lass uns dem Schicksal ins Gesicht lachen und uns einige Stunden des Glücks stehlen, ohne jede Forderungen und Verpflichtungen an den anderen für später zu stellen. Lass uns den dunklen Schatten, den der Kuriltai wirft, aus diesem Schlafzimmer verbannen, und ich will dir gehören, solange du in Karakorum weilst. Danach jedoch werden sich unsere Wege wieder trennen."

„Ist das ein Versprechen?"

„Ja", antwortete Turakina fest, „und zwar eins, bei dem du dich nicht an das Wort, das meine Mutter zu erkaufen suchte, gebunden fühlen musst."

Ein Lachen erhellte Kublais Gesicht.

„Welch eine Ironie des Schicksals", bemerkte er amüsiert. „Weißt du eigentlich, dass ich in jedem Fall die Partei deines Bruders in der Kuriltai ergriffen hätte, um Möngke nicht an die Macht kommen zu lassen? Das Angebot deiner Mutter war völlig überflüssig."

„Umso besser für uns", flüsterte Turakina. „Doch von nun an lass uns nie wieder über den Kuriltai in diesen Räumen reden. Versprich mir das."

„Ich verspreche es dir", entgegnete Kublai, zärtlich über Turakinas kleinen, mit glattem schwarzem Haar bedeckten Venushügel streichelnd. Während seine Finger allmählich tiefer glitten, hinab in die feuchten Wölbungen einer Frau, die bereit war, Liebe zu geben und zu nehmen, fühlte er sich so glücklich wie lange nicht mehr.

Er sah nicht, dass es nur noch Mitleid war, das die Frau, die in seinen Armen lag, für ihn empfand. Er wollte es nicht sehen.

12.

Mit Spannung erwartete das Weltreich der Mongolen die Entscheidung der Kuriltai. Abgesandte des Kalifen von Bagdad, sowie das Oberhaupt der ismailischen Assassinen sahen der Wahl des neuen Khaqans mit dem gleichen Interesse entgegen, mit dem auch die aus China und Kao-li angereisten Fürsten dem Spruch der Versammlung entgegenfieberten. Sogar Fürst Jaroslav von Kiew war angereiste, um dem neuen Khaqan der Mongolen nach dessen Wahl zu huldigen. Doch noch immer hatte sich der Kuriltai offiziell auf keinen Kandidaten geeinigt. Allein die Tatsache, dass Batu Khan die Hauptstadt vor einigen Tagen verlassen hatte, um in die von ihm eroberten Gebiete Russlands zurückzukehren, ließ darauf schließen, dass Bewegung in die erstarrten Fronten gekommen war. Allgemein wurde vermutet, dass Batu sich mit seiner Niederlage abgefunden hatte. Um das Gesicht zu wahren, hatte er seinem Bruder Berke sein Stimmrecht vor seiner Abreise übertragen. So brauchte er nicht zugegen sein, wenn sein schärfster Konkurrent Kuyuk aus der Wahl als Sieger hervorging.

Der große Festsaal im Palast von Karakorum, in dem einst Ogedei rauschende Feste gefeiert hatte, hatte sich am Vorabend des erneuten Zusammentreffens der Kuriltai früher als gewöhnlich gefüllt. Alle Großen des Mongolenreichs waren gekommen, um an den

Geburtstagsfeierlichkeiten der Regentin teilzuhaben, sahen viele in ihr doch bereits die einflussreiche Mutter des künftigen Herrschers der Mongolen.

Die Regentin, die auf dem erhöhten Sessel des Khaqans Platz genommen hatte, betrachtete voll Genugtuung die reichen Geschenke, die ihr Abgesandte der mongolischen Vasallenfürsten aus allen Teilen des Reichs überreicht hatten. Sichtlich genoss sie es, im Mittelpunkt des Geschehens zu stehen. Dicht neben ihr, die Augen wachsam über jeden im Raum schweifen lassend, stand Abd-al-Rahman, der erste Minister der Regentin, der, wie jeder inzwischen wusste, auch ihr Liebhaber war. Dass er jedoch nicht nur der Bettgenosse der alternden Mongolenfürstin, sondern auch der heimliche Geliebte der schönen Fatima, der Lieblingssklavin der Regentin, war, wussten hingegen nur wenige. Einer von ihnen war Kuyuk.

Voll Abscheu blickte der Mongolenprinz zu dem ersten Minister seiner Mutter hinüber. Schon seit langem war er die eigentliche Macht im Staat, der die Regierungsgeschäfte führte, während seine Mutter sich damit begnügte, sich mit Ländereien und anderen Geschenken das Wohlwollen der einflussreichen Khane des Reichs zu sichern. Fest entschlossen dieser Misswirtschaft ein Ende zu bereiten, sobald seine Wahl zum neuen Khaqan der Mongolen erfolgt war, wandte Kuyuk schließlich seinen Blick von Abd-al-Rahman ab. Es war gefährlich, diesen Mann schon jetzt erkennen zu lassen, welche Abneigung er gegen ihn hegte. Dies würde der Liebhaber seiner Mutter noch früh genug erfahren.

Natürlich war es nicht allein die Tatsache, dass diese Person schamlos die Gefühle seiner Mutter missbrauchte, um seine Macht und seinen Einfluss zu festigen, die Kuyuks Hass schürten. Vor allem anderen vermochte Kuyuk es ihm nicht verzeihen, dass es sein Rat gewesen war, der Turakina bewogen hatte, ihm zu verbieten, Arika nachzureisen.

Voller Bitterkeit blickte Kuyuk hinüber auf die andere Seite des Saals, auf der die Frauen Platz genommen hatten. Dort drüben, zwischen all den Frauen, saß Arika, die Frau, die er einfach nicht vergessen konnte. Nicht weit von ihr entfernt befand sich Ogul-Gaimisch, seine erste Gemahlin. Deren Gefühlskälte hatte ihn schon vor Jahren, lange bevor er Arika zu lieben begonnen hatte, in die Arme anderer Frauen getrieben. Damals hatte er sich von ihr trennen wollen. Doch sein Vater hatte ihm diese angebliche Torheit verboten mit der Begründung, dass Ogul-Gaimisch aus einer der besten Familien des mongolischen Adels stammte. Um das zu finden, was sie ihm nicht zu geben vermochte, brauchte er sich nicht von ihr zu trennen. Für die Liebe gab es andere Frauen. Seine Söhne hingegen musste ein mongolischer Prinz mit einer Frau seines Standes zeugen.

Damals hatte es Kuyuk nicht viel ausgemacht, sich dem Willen seines Vaters zu beugen. Doch seit er Arika kennen und lieben gelernt hatte, hatte sich die Situation völlig verändert. Arika hatte er nicht einfach zu seiner Geliebten machen können. Arika hätte er heiraten müssen. Doch eben dies hatte Abd-al-Rahman durch seinen Rat verhindert. Und genau dafür würde er bezahlen müssen, und zwar schon bald. Er würde diesem persischen Bastard zeigen, was es hieß, die Frau, die man liebte, für immer zu verlieren.

Ratlos verweilte Kuyuks Blick noch einen Augenblick bei Arika. Wie blass und in sich gekehrt sie doch wirkte. Ob sie sich mit ihrem Schicksal, Berkes Frau zu sein, wohl abgefunden hatte? Diese Frage beschäftigte Kuyuk mehr als alles andere. Er konnte es sich nicht vorstellen, dass sie in den Armen dieses derben Mannes das gleiche empfinden konnte wie in den seinen. Oder wollte er es nur einfach nicht glauben?

Gequält wollte Kuyuk sich gerade von Arika abwenden, als ihr Blick dem seinen begegnete. Was er in ihren schmalen, braunen Augen las, war die Bestätigung dessen, was er tief in seinem Innern seit langem spürte. Sie sehnte sich noch immer genauso nach ihm, wie er sich nach ihr. In diesem Moment reifte in Kuyuk ein Entschluss. Er musste Arika wiedersehen, musste allein mit ihr sprechen. Und wenn sich in dieser Unterredung herausstellen sollte, dass er sich nicht geirrt hatte, dann würde er Mittel und Wege finden, Berke aus dem Weg zu schaffen. Entschlossen ließ er sich von einem Diener Papier und Tinte reichen, um für

Arika eine kurze Nachricht zu schreiben. Dabei vermied er es wohlweislich, seinen oder Arikas Namen auf dem Papier zu erwähnen. Arika würde auch so wissen, von wem sie stammte. Doch sollte die Nachricht in falsche Hände gelangen, sagte sie weder etwas über ihren Absender noch über den Empfänger aus. Niemand würde mit ihr etwas anfangen können.

Den geschriebenen Brief reichte er seinem Vertrauten Tschinger mit dem Auftrag, ihn Arika beim Verlassen des Fests unauffällig zuzustecken. Sichtlich zufrieden darüber, endlich in dieser Herzensangelegenheit etwas unternommen zu haben, winkte Kuyuk einen Diener herbei mit dem Auftrag, ihm aus dem großen Schlangenbaum, der in der Mitte des Festsaals stand, einen Becher Wein herauszulassen.

Dieser Schlangenbaum war aus reinem Silber gefertigt und galt als ein Prunkstück des Palasts der unendlichen Gelassenheit, wie die Jin den Palast der Khaqans zu nennen pflegten. Um seine dicke Borke wanden sich vier Schlangen, aus deren offenen Rachen je nach Belieben Koumiss, Arkhi, Mao-tai, ein Hirseschnaps der Jin, oder Traubenwein gezapft werden konnten. Während Kuyuk einen kräftigen Schluck aus dem Weinpokal trank, fiel sein Blick auf seine Schwester Turakina. Die unterschiedlichsten Gefühle durchdrangen ihn bei deren Anblick. Wie schmal und eingefallen diese doch geworden war. Ganz ohne Frage machte sie das ihr aufgezwungene Verhältnis zu Kublai nicht glücklich. Umso mehr wusste Kuyuk das Opfer der Schwester zu würdigen. Gewiss, seine Mutter hatte viel getan, um ihm den Mongolenthron zu sichern. Doch hinter all ihren Bemühungen hatte Kuyuk stets eignen Ehrgeiz beobachten können. Wie anders war Turakina. Ihr Opfer war selbstlos gewesen. Gerade darum fühlte er sich mehr als je zuvor in ihrer Schuld. Wenn er morgen von der Kuriltai tatsächlich das Amt des Khaqans zugesprochen bekommen würde, würde er darum alles in seiner Macht stehende unternehmen, um auch die Schwester endlich glücklich zu sehen. Wenn Turakina es wollte, würde er Kublai sogar dazu zwingen, seine erste Frau Jamua zu verstoßen. In dem Gesicht der Schwester lesend wie in einem offenen Buch, bezweifelte er jedoch sogleich, dass sie solches wirklich wünschte. Kuyuk erschien es plötzlich viel wahrscheinlicher, dass Turakina aufatmen würde, wenn Kublai die Stadt verließ. Wie merkwürdig sich die verschlungenen Pfade des Lebens doch oftmals wanden.

Mit pochendem Herzen betrat Arika ihre Gemächer. Noch immer fühlte sie sich hin- und hergerissen zwischen Glück und ängstlichem Erschrecken. Während sie die Nachricht von Kuyuk fest umklammert in der Hand hielt, gebot sie ihren Dienerinnen aufgeregt, sie allein zu lassen. Als sich die Tür endlich hinter der letzten Frau geschlossen hatte, ließ Arika sich bebend auf ihr Bett gleiten. Nachdenklich starrte sie eine Weile in die leere Dunkelheit der Nacht hinaus.

Kuyuk hatte sie also nicht vergessen. Diese Nachricht in ihrer Hand bewies es. Doch so sehr Arika sich einerseits darüber freute, umso mehr beunruhigte sie diese Tatsache auf der anderen Seite.

Seit sie Berkes Frau geworden war, hatte sie es sich immer wieder selbst verboten, an Kuyuk zu denken. Doch hatte sie diesem Gebot keinen Augenblick zu folgen vermocht. Kein Tag war vergangen, in dem sie nicht in Gedanken bei Kuyuk geweilt hätte, keine Nacht, in der sie sich nicht vorgestellt hätte, dass der Mann, der neben ihr lag, Kuyuk sei. Doch das waren Gedanken gewesen, und ihre Gedanken gehörten noch immer ausschließlich ihr. Etwas anderes aber war es, diesen Gedanken verbotene Taten folgen zu lassen. Der Brief in ihrer Hand aber war bereits der erste Schritt auf einen Abgrund zu. Eine innere Stimme mahnte Arika darum, diesen Brief ungelesen dem Feuer zu übergeben und sich schlafen zu legen. Doch etwas in ihr war stärker als die Vernunft. Dieses Etwas drängte sie, die Zeilen wenigstens zu lesen. Dass das Lesen der Nachricht jedoch den Weg in die Verdammnis bedeuten würde, dass sie danach ebenso wenig würde widerstehen können, der Nachricht zu folgen, das wusste Arika genau.

Unruhig erhob sie sich schließlich und schritt in ihrem Zimmer auf und ab, den Brief noch immer krampfhaft in ihrer Hand haltend. Ein plötzliches lautes Pochen an der Tür ließ sie erschreckt zusammenzucken, wie ein kleines Mädchen, das während des Unterrichts beim Träumen ertappt worden war. Einen Augenblick stand Arika wie versteinert da. Doch sofort hatte sie ihre Fassung wiedergefunden. Selbstsicher gestattete die dem Klopfenden einzutreten.

Es war Arabella, eine der Lieblingssklavinnen Berkes, die in der Tür stand.

„Der Herr lässt dir sagen, dass er dich heute Nacht aufsuchen wird."

Wie angewurzelt blieb Arika mitten im Raum stehen. Ihre Gedanken überschlugen sich plötzlich. Jäh verwünschte sie die Tatsache, so lange mit dem Lesen der Nachricht gezögert zu haben. Wenn es nun ausgerechnet diese Nacht war, in der Kuyuk sie erwartete? Jetzt wusste Arika genau, dass sie der Versuchung nicht würde widerstehen können. Sie würde zu der Verabredung gehen. Doch wie sollte sie Berke entkommen?

„Sag dem Herrn, dass ich bedaure, ihm mitteilen zu müssen, unrein zu sein. Er wird mein Schlafzimmer diese Woche meiden müssen."

Einen Augenblick lang starrte Arabella Arika forschend an. Dann wusste sie, dass diese log. Wollte sie Berke in dieser Nacht nur einfach nicht bei sich haben, oder verbarg sich hinter dieser Abweisung weit mehr?

Arabella war es nicht entgangen, wie abwesend und gedankenverloren Arika oft wirkte, gerade wie eine Frau, die am helllichten Tag träumte. Aber wovon träumte sie? Welches Geheimnis verbarg sich hinter der hübschen Stirn der Rivalin, die jeden Tag einen Sohn von Berke empfangen könnte? Das allein war es, was Arabella fürchtete und was sie unter allen Umständen verhindern wollte.

Fragend glitt ihr Blick über den schlanken Körper Arikas, bis er aufmerksam an der geballten Faust der Mongolin haften blieb. Plötzlich war Arabella sich sicher. Irgendetwas Geheimnisvolles ging hier vor. Es zu ergründen, entsprang mehr oder weniger Arabellas Selbsterhaltungstrieb. Niemand sollte ihrem Sohn je den Anspruch auf Berkes Erbe streitig machen können.

„Ich werde es dem Herrn mitteilen", bemerkte sie, während sie sich mit einer leichten Verneigung verabschiedete.

Einen Augenblick lang starrte Arika Arabella nach. War es möglich, dass diese etwas bemerkt hatte? Doch sogleich verwarf Arika ihre Befürchtung wieder. Ganz gleich was geschehen würde, sie hatte ihre Entscheidung getroffen. Noch vor kurzem wäre es ihr möglich gewesen, die Nachricht Kuyuks ungelesen zu vernichten. Doch nun hatte sie um Kuyuks Willen bereits gelogen. Und um seinetwillen würde sie auch noch weitergehen.

Entschlossen entfaltete Arika den Brief und begann zu lesen. Ein Leuchten erhellte ihre Augen als sie am Ende angelangt war. Noch heute Nacht würde sie Kuyuk wiedersehen. Genau das war es, was sie sich seit langem heimlich wünschte, sich aber nicht einzugestehen gewagt hatte. Überglücklich faltete sie den Brief wieder zusammen und versteckte ihn dann in dem Geheimfach ihrer Kleidertruhe, um für immer eine Erinnerung an diesen glücklichen Augenblick zu bewahren. Dann zog sie einen Schleier vors Gesicht, öffnete die Tür und spähte vorsichtig in den Gang hinaus. Etwas entfernt von ihrem Zimmer, den Gang hinauf, war der Harem ihres Mannes untergebracht. Nur sie, als Ehefrau Berkes und mongolische Prinzessin, hatte außerhalb dieser bewachten Räume Gemächer bezogen. Dahinter musste Arabella längst verschwunden sein, denn auf dem Gang war von ihr nichts mehr zu sehen. Hastig machte Arika sich auf den Weg.

Zufrieden lächelnd ließ Arabella ihr einen angemessenen Vorsprung, ehe sie hinter dem großen Drachen hervorschlüpfte, hinter dem sie sich versteckt hatte. Sie fühlte deutlich, dass sie heute etwas Besonderes gegen ihre Rivalin in die Hände bekommen würde, das ihr zu gegebener Zeit deren Vernichtung möglich machen würde. Natürlich lag ihr wenig an Arikas Tod. Doch sollte diese jemals schwanger werden, musste sie handeln. Dies war sie ihrem Sohn schuldig.

Gespannt warteten über viertausend Große des Mongolenreichs auf dem Platz vor dem Palast auf das Abstimmungsergebnis.

Während an dem einen Tor Wachen die zweitausend Wahlberechtigten auf ihre Verwandtschaft mit Dschingis Khan hin überprüften, bevor diese zur Abstimmung in den Palast schreiten durften, blieb das andere Tor zum Palast unbewacht. Durch dieses sollte der neu gewählte Khaqan der Mongolen nach der Wahl treten. Dass dieser neue Großkhan Kuyuk heißen würde, daran zweifelte inzwischen kaum noch jemand. Die Regentin und ihr Gefolgsmann Abd-al-Rahman hatten alle Hindernisse, die einer Wahl des Sohns Ogedeis im Weg gestanden hatten, beiseitegeräumt.

Als Kuyuk schließlich nach der Stunden währenden Abstimmungsprozedur als neuer Großkhan der Mongolen durch das Tor trat und der Jubel der Menge ihm entgegenschlug, fühlte er einen bisher unbekannten Stolz in sich aufflammen. Er war es, der von den Göttern dazu ausersehen war, das stolze Erbe seines Großvaters Dschingis Khans anzutreten. Anders als sein Vater, der ein weiser und oftmals zu nachgiebiger Mann gewesen war, war er fest dazu entschlossen, dem Titel des Großkhans in der Welt neue Achtung zu verschaffen. Zuerst musste er die Misswirtschaft, der während der letzten vier Regentschaftsjahren seiner Mutter Tür und Tor geöffnet waren, ein Ende setzen. Eine seiner ersten

Amtshandlungen würde es daher sein, den Palast mit eiserner Faust von Schmarotzern und anderen Parasiten, die seine Mutter gezüchtet hatte, zu befreien.

„Ich gratuliere dir, Herr, und versichere, dir mit der gleichen Treue und Aufrichtigkeit zu dienen, wie ich deiner Mutter gedient habe."

Huldvoll verneigte Abd-al-Rahman sich vor dem neuen Großkhan, sich der Dankbarkeit Kuyuks sicher wähnend.

Ein eisiges Lächeln huschte über das Gesicht des Khaqans.

„Ich danke dir für dein Anerbieten, Abd-al-Rahman. Doch leider werde ich für dich in meinem Rat keine Verwendung haben. Du bist entlassen."

Ein überraschtes Raunen ging durch die Menge. Mit der Entlassung des Günstlings der Regentin hatte niemand gerechnet. Alle hatten in Kuyuk einen eben so leicht zu beeinflussenden schwachen Herrscher gesehen, wie sein Vater einer gewesen war. Nun plötzlich begannen sie zu ahnen, dass sich am Hof in Zukunft manches ändern könnte. Kuyuk war ein weitaus ernstzunehmenderer Mann, als man es erwartet hatte.

13.

Francesco war es zufrieden, im Fahrwasser des täglichen Einerleis zu schwimmen. In einem Leben, in dem es keine Höhen gab, war auch kein Absturz in die Tiefe zu befürchten. Vielleicht war das der Grund, dass er es vermied, sein Herz erneut an etwas zu hängen. Wer nichts besaß, dem konnte auch nichts genommen werden. Dies war die Lehre, die er aus seiner Vergangenheit gezogen hatte.

Während er, wie jeden Tag, den Heizkessel des Palasts mit jenem schwarzen Etwas anfeuerte, das er hier in Karakorum zum ersten Mal gesehen hatte, und so das Wasser zum Kochen brachte, das in Leitungen unter dem Boden des Palasts entlangfloss und diesen erwärmte, fühlte er durchaus eine gewisse Zufriedenheit in sich. Nach all den Entbehrungen und der Not, der Angst und den erlittenen Schmerzen tat es gut, die Sicherheit eines geordneten Lebens zurückerlangt zu haben, auch wenn dieses Leben in nichts mehr seinem früheren entsprach. Als Niedrigster unter Niedrigen hatte er es allmählich gelernt, sich zu fügen und nicht nach mehr zu streben, als das Schicksal ihm freiwillig zugestand.

Mit Turakinas Entschluss, ihm sein Leben zu schenken, hatte für Francesco ein neuer Lebensabschnitt begonnen. Nur manchmal, in Stunden der Untätigkeit, in denen ihm seine tiefe Einsamkeit bewusstwurde, tauchten noch vage Erinnerungen auf, die er jedoch schnell wieder beiseitedrängte. Wollte er Frieden finden, mussten diese endgültig der Vergangenheit angehören.

Dass er seinen Hass und Zorn allmählich hatte überwinden können, verdankte er der Güte Turakinas. Sie hatte das unmöglich Erscheinende wahr gemacht, hatte mit dem Gesetz der Väter gebrochen, nur um zwei bedeutungslosen Sklaven das Leben zu schenken. Unter all diesen Barbaren war sie der einzige Mensch, der ihm bisher begegnet war, der zu echtem Mitgefühl fähig war. Was gab es Besseres für einen Sklaven, als einer solchen Frau zu dienen und ihr eines Tages vielleicht seine Wertschätzung beweisen zu können. Aber da war noch etwas anderes, das seine Bereitschaft erklärte, dieser Mongolin, an welcher Stelle auch immer, zu dienen. Ebenso wie er war Turakina eine Ausgestoßene, die eigentlich zu niemandem gehörte. Obwohl sie offensichtlich die Lieblingsschwester des neuen Khaqans war, musste sie tief in ihrem Innern vermutlich sehr einsam sein.

In diesen Tagen, kurz vor der Wahl Kuyuks zum neuen Khaqan und der unmittelbar darauffolgenden Entlassung des Ministers Abd-al-Rahman, schien ein drohender Konflikt, der sich selbst auf die Dienerschaft übertrug, in der Luft zu liegen. Plötzlich gab es sogar in den Sklavenunterkünften zwei Parteien. Die einen gehörten zu den Anhängern der ehemaligen Regentin, die anderen hielten es für sicherer, auf die Macht des neuen Khaqans zu vertrauen. Dass etwas Verhängnisvolles seinen Anfang genommen hatte, darüber waren sich beide Parteien einig.

So überraschte es eigentlich nicht mehr sonderlich, als eines Abends bekannt wurde, dass die Lieblingssklavin von Kuyuks Mutter, Fatima, von der Leibgarde des Khaqans verhaftet und in den Folterkeller zur peinlichen Befragung gebracht worden war.

„Jetzt geht der Tanz los", meinte Michael an Francesco gewandt. „Weißt du, was man Fatima vorwirft? Man beschuldigt sie der Hexerei. Wenn man jemanden loswerden will und nichts finden kann, das dieses Vorgehen rechtfertigen könnte, muss eben die schwarze Magie herhalten. Ich wette mit dir, das arme Ding wird noch vor dem Morgengrauen alles gestanden haben, was man von ihr hören will."

„Aber warum?", fragte Francesco ungläubig. „Was hat sie denn getan, dass der Khaqan sie vernichten will?"

„Wer weiß das schon?", entgegnete Michael ahnungslos. „Ich vermute, es bedarf keines besonderen Grundes. Es genügt wohl schon, dem neuen Khaqan auf irgendeine Art missfallen zu haben, um dessen Zorn auf sich zu ziehen."

Seufzend nickte Francesco, auch wenn er nicht Michaels Ansicht war. Hinter dieser Maßnahme musste mehr stecken als allgemein angenommen wurde. Vielleicht stimmte es, was böse Zungen immer wieder behaupteten. Vielleicht war Fatima wirklich die Geliebte Abd-al-Rahmans, und dieser Schlag sollte den entlassenen Minister zu einer unüberlegten Handlung gegen den Großkhan verleiten. Oder aber der neue Großkhan wollte damit seine Mutter für deren offensichtliche Misswirtschaft während ihrer Regentschaft bestrafen. Wie auch immer, dachte Francesco resignierend bei sich, ob nun in Europa oder Asien, es war doch überall auf der Welt das gleiche. Immer waren es die Kleinen und Unschuldigen, die für die Taten und Untaten der Großen büßen mussten.

So war vielleicht auch seine Herrin Turakina ein Opfer dieses Machtgerangels der Großen. Die Gerüchte, dass sie nicht freiwillig die Geliebte Kublais geworden war, hatten nie enden wollen. Und ein Blick in das plötzlich so blasse, ausgemergelte Gesicht der noch vor kurzem so blühenden, strahlenden Frau schien diese Vermutung zu bestätigen. Francesco verbot es sich jäh, darüber weiter nachzudenken. Er war an diesem Hof immer ein Fremder geblieben, dem man kein Vertrauen entgegenbrachte. Die Einzigen, die eigentlich wirklich immer über alles Bescheid wussten, waren die Jin, die von Natur aus Meister der Intrige zu sein schienen. Doch diese behielten ihr Wissen stets für sich, um von ihm zu gegebener Zeit Gebrauch zu machen.

„Kommst du heute Abend mit in die Stadt? Vielleicht ist in einem der Freudenhäuser mehr über das zu erfahren, was hier eigentlich vor sich geht."

Zögernd schüttelte Francesco den Kopf.

„Ich glaube nicht, dass ich heute in der Stimmung bin, mich mit einer Frau zu vergnügen."

„Wie du meinst", antwortete Michael verständnislos. Ihm würde Francescos Verhalten immer ein Rätsel bleiben. Wie lange hatte er den Freund beschwatzen müssen, bis er zum ersten Mal in eines der vielen Bordelle der Stadt mitgegangen war. Gewiss, die Frauen dort waren nicht das, wovon ein Mann träumte. Mehr oder weniger füllten die öffentlichen Freudenhäuser der Stadt jene Frauen, die die Eroberer ihrer Hässlichkeit wegen verschmäht hatten. Dennoch waren es Frauen, und jeder Mann brauchte zuweilen eine Frau. Allein bei Francesco schien dieses Bedürfnis nicht sonderlich ausgeprägt. Vielleicht lag es daran, dass er alle Huren der Stadt mit seiner verloren gegangenen Frau verglich? Oder aber er hatte am Ende heimlich eine Liebschaft, von der niemand etwas erfahren sollte. Beides hielt Michael für möglich. Doch wann immer er Francesco darauf anzusprechen versucht hatte, verweigerte dieser jede Auskunft. Und irgendwann hatte Michael schließlich die Lust und das Interesse verloren. Ihm jedenfalls war etwas Greifbares lieber als eine Illusion.

„Du musst mir helfen!"

Doch der zwischen Fordern und Flehen schwankende Blick ihrer Mutter vermochte in Turakina keine Bereitschaft zu wecken. Über sich selbst entsetzt, führte die Prinzessin sich vor Augen, dass es sich nicht um einen gewöhnlichen Bittsteller handelte, sondern um ihre Mutter. Aber selbst diese Tatsache konnte Turakina nicht wirklich überzeugen, hatte diese Frau mit der Mutter, die sie einmal gekannt hatte, nur noch wenig gemein. Die Jahre der Macht hatten eine andere aus ihr gemacht. Schon als ihre Mutter ihr befohlen hatte, die Geliebte Kublais zu werden, ungeachtet der Demütigung, die für die Tochter damit verbunden gewesen war, hatte Turakina gewusst, dass das Band zwischen ihnen zerrissen war. Diese harte, unzufriedene Frau war nicht ihre Mutter, sondern ein von Gier und Habsucht zerfressener Mensch. Turakina blickte in das Gesicht einer Fremden und fragte sich entsetzt, wie das hatte geschehen können.

„Wenn Kuyuk es für richtig hält, Fatima wegen Hexerei zu verurteilen, so wird er seine Gründe haben", antwortete sie ruhig.

„Unfug", fuhr ihre Mutter ungeduldig auf. „Das Einzige, was er damit bezweckt, ist, mir wehzutun. Er weiß, wie sehr ich unter dem Urteil leide. Einem Menschen seine unteren und oberen Leibesöffnungen zuzunähen, um ihn dann im Fluss zu ertränken, ist zudem eine grässliche Strafe."

„Warum sollte er dir wehtun wollen?" Ungerührt hielt Turakina dem Blick ihrer Mutter stand.

„Das ist doch ganz offensichtlich", brach es aus der ehemaligen Regentin hervor. „Er will sich dafür rächen, dass ich ihn vor einer großen Torheit bewahrt habe. Niemals wäre er Khaqan geworden, hätte ich nicht verhindert, dass er seiner Verliebtheit nachgibt."

„Seiner Verliebtheit?", fragte Turakina überrascht.

„Sicher", antwortete ihre Mutter. „Dein Bruder hat es allen Ernstes erwogen, seine Aussichten auf den Thron dieser Hexe Arika zu opfern. Er hat tatsächlich vorgehabt, ihr nachzureisen und nach Karakorum zurückzuholen. Wie hätte ich das zulassen können?"

Ungläubig blickte Turakina ihre Mutter an. Doch dann fiel es ihr wie Schuppen von den Augen. Wie hatte sie nur so blind sein können? Die Blicke, die Arika und Kuyuk in jener Nacht in der Jurte gewechselt hatten. Und war da nicht immer jenes Gefühl gewesen, dass Arika ihr etwas sagen wollte, jedoch nie eine Gelegenheit fand, weil Turakina selbst viel zu sehr mit ihren eigenen Problemen beschäftigt gewesen war? Wie anders war es zu erklären, dass sie die Zeichen nicht richtig gedeutet hatte? Wie leicht wäre es für sie gewesen, umzukehren. Und wie sehr musste Kuyuk sie nun dafür hassen, dass sie es nicht getan hatte.

„Wirst du also versuchen, deinen Bruder zur Vernunft zu bringen?"

Nachdenklich schüttelte Turakina den Kopf.

„Nein, Mutter, ich werde dir nicht helfen. Wenn Kuyuk es für richtig hält, Fatima zu töten, dann wird er seine Gründe haben. Ich habe nicht das Recht, dem Khaqan der Mongolen Ratschläge zu erteilen."

„Du bist also für ihn und gegen mich!"

„Ich bin für niemanden, Mutter. Doch dank deiner Fürsorge habe ich genügend eigene Probleme, die es zu lösen gilt. Es ist mir daher unmöglich, mich auch noch um die Belange anderer zu kümmern."

„Das ist es also! Du kannst mir nicht verzeihen, dass ich dich Kublai gegeben habe."

Ein nachsichtiges Lächeln zeigte sich auf Turakinas blassem Gesicht.

„Vielleicht bin ich dir dafür sogar dankbar, Mutter. Immerhin habe ich es deiner Handlungsweise zu verdanken, dass ich heute sicher bin, dass Kublai und ich nie füreinander bestimmt gewesen sind. Mag ich heute auch in diesem Palast wohnen, so bin und bleibe ich tief in meinem Innern ein Kind der Steppe. Kublai hingegen ist in seinem Denken und Handeln ein Städter geworden."

Ungläubig schüttelte die einstige Regentin den Kopf. Sie verstand ihre Tochter nicht mehr. Doch immerhin war ihr klar geworden, dass sie von Turakina keine Hilfe erwarten konnte. Die Tochter mit einem zornigen Blick bedenkend verließ sie deren Gemächer, um sich an anderer Stelle nach Hilfe umzusehen.

Ohne Bedauern ließ Turakina sie gehen. Was interessierte sie das Schicksal jener ränkesüchtigen Perserin. Kuyuk würde schon wissen, warum er sie der Folter übergeben hatte. Nein, in diese Angelegenheit würde sie sich gewiss nicht einmischen, hatte sie im Augenblick doch selbst genug Probleme. Es musste ihr gelingen, sich von Kublai zu trennen, ohne erneut einen Graben zwischen sich und ihm aufzureißen. Seine Abreise zurück ins Jinreich stand unmittelbar bevor, und Turakina ahnte, dass er sie bitten würde, ihn zu begleiten. Doch genau das war inzwischen undenkbar geworden.

„Und du bist ganz sicher, dass du nicht mitkommen willst?"

Prüfend ruhte Kublais Blick auf ihr. Doch Turakinas Entschluss stand unwiderruflich fest.

„Vergiss nicht, was du mir in unserer ersten Nacht versprochen hast. Wenn deine Zeit in Karakorum vorbei ist, dann trennen sich unsere Wege. Keiner stellt an den anderen Forderungen."

„Dann erlaube mir wenigstens eine Frage. Ist es, weil Jamua meine erste Gemahlin ist?"

Ruhig schüttelte Turakina den Kopf.

„Nein, das ist nicht der Grund", erwiderte sie ernst. „Ich bin mir inzwischen sicher, dass das Schicksal uns kein gemeinsames Leben bestimmt hat. Manchmal glaube ich sogar, dass ich nur als Krüppel geboren wurde, weil ich ein Leben in der Gefangenschaft eines Frauenzelts oder Harems niemals würde ertragen können. Ich bin wie ein Vogel, der nur in der Freiheit singt."

Fast schien Kublai geneigt, Turakina zu glauben. Wie sehr hatte sie sich in den letzten Wochen verändert. Sie wirkte blass und eingefallen.

„Was wirst du beginnen, wenn ich die Stadt verlassen habe?"

„Ich werde Karakorum ebenfalls verlassen", antwortete Turakina. „Seit ich die Freiheit der Steppe kennengelernt habe, fällt es mir schwer, in den Mauern eines Hauses zu leben."

Wortlos nickte Kublai. Was blieb ihm anderes übrig, als den Willen Turakinas zu akzeptieren? Gegen ihren Willen konnte er sie nicht halten. Und er wollte es auch nicht mehr. Dass, was hinter ihnen lag, war zu kostbar, um es durch Besitzansprüche zu zerstören. Vielleicht war ihnen wirklich kein gemeinsames Schicksal bestimmt? Dennoch wusste Kublai plötzlich genau, dass sich ihre Wege immer wieder kreuzen würden, und vielleicht konnten sie sich in den Stunden der Gemeinsamkeit, die in der Zukunft folgen würden, weit mehr geben als in einem Leben, dass sie aneinanderfesselte.

„Versprich mir zum Abschied, dass du dich an mich wenden wirst, solltest du je in Not geraten und Hilfe brauchen."

Die Dringlichkeit, mit der Kublai diese Worte aussprach, erschreckten Turakina einen Augenblick lang. Ahnte er die wahren Gründe, die sie veranlassten, Karakorum zu verlassen. Doch gleich darauf atmete sie beruhigt auf, denn sie war sich sicher, dass er ihr Geheimnis nicht kannte.

„Ich verspreche es dir."

Ein Anflug von Bedauern zeichnete sich für einen Augenblick auf Turakinas Gesichtszügen ab, nachdem Kublai sie verlassen hatte. Er war ein guter und weiser Mensch. Vielleicht gehörte einem Mann wie ihm, der den Errungenschaften fremder Völker offen gegenüberstand, die Zukunft, während sie, im Innern ihres Herzens eine bleibende Nomadin, irgendwann der Vergangenheit angehören würde.

„Du willst Karakorum verlassen?"

Überraschung und Enttäuschung zeigten sich auf den Gesichtszügen des Khaqans. „Liegt der Grund vielleicht darin, dass du mit meinem Vorgehen gegen Fatima und

Abd-al-Rahman nicht einverstanden bist? Stehst du auf Mutters Seite?"

Müde schüttelte Turakina den Kopf.

„Nein, Kuyuk, das ist nicht der Grund, auch wenn ich die Verhaftung Abd-al-Rahmans für ein wenig übertrieben halte. Du weißt, wie sehr Mutter an ihm hängt."

„Gerade darum muss er sterben. Er hat auf Mutter einen denkbar schlechten Einfluss gehabt. Wenn ich jetzt nicht handle, könnte ich irgendwann gezwungen sein, auch gegen Mutter vorgehen zu müssen. Die beiden verfolgen doch nur ein Ziel. Sie wollen die Macht wieder an sich reißen. Ich habe mich nicht als die Marionette herausgestellt, die die beiden erwartet hatten, um ihre üblen Machenschaften ungehindert fortsetzen zu können."

„Übertreibst du jetzt nicht ein wenig?", wandte Turakina entsetzt ein, in die blutunterlaufenen Augen ihres Bruders blickend. Wie sehr hatte Kuyuk sich in den letzten Wochen nach seiner Wahl zum Khaqan verändert. War das der Preis, den ein jeder für die Macht bezahlen musste? Ein von Misstrauen und Argwohn gekennzeichneter Mensch stand ihr gegenüber.

„Ich übertreibe kein bisschen", brauste Kuyuk auf. „Rahman hatte es darauf abgesehen, wieder an die Macht zu kommen. Darum muss er sterben."

Zweifelnd fragte Turakina sich, ob ihre Mutter nicht vielleicht doch recht gehabt hatte, als sie behauptete, Kuyuk wolle sich an ihr und Rahman rächen.

„Das mit Arika tut mir leid, Kuyuk. Ich wusste nicht…"

„Zerbrich dir darüber nicht den Kopf. Es ist nicht deine Schuld. Wenn jemanden Schuld trifft, dann mich selbst. Ich hätte handeln müssen, als ich die Zeit dazu hatte. Nun ist es zu spät. Doch was rede ich lange? Du weißt doch selbst, wie es ist, jemanden aufgeben zu müssen, der einem viel bedeutet. Vielleicht liegt mir darum so viel daran, dass du bei mir bleibst."

Seufzend erkannte Turakina, dass ihr wohl nichts anderes übrigbleiben würde, als Kuyuk den wahren Grund ihrer Abreise zu gestehen.

„Ich werde nach Karakorum zurückkehren, sobald es die Umstände zulassen. Das verspreche ich dir. Bitte versuche mich zu verstehen. Kannst du dir vorstellen, wie schwer es ist, als Krüppel auf die Welt gekommen zu sein? Nicht nur, dass dein eigener Körper dir Grenzen setzt, nein, auch die Schamanen verfluchen dich, halten dich für die Wohnstätte böser Geister. Du bist zeit deines Lebens dazu verurteilt, deinem eigenen Volk als ein Dämon zu erscheinen."

„Aber nur Dumme und Unwissende glauben diesen Unfug."

„Gewiss. Dennoch gibt es mehr, die es glauben, als solche, die es für Unfug halten. Und das kann mitunter sehr verletzen. Darum muss ich Karakorum verlassen. Ich will nicht, dass mein Kind einmal, sollte es ebenfalls behindert zur Welt kommen, genauso leiden muss wie ich. Ich möchte es in aller Stille zur Welt bringen, und sollte es einen Makel haben, buddhistischen Mönchen zur Erziehung übergeben. In der Welt Buddhas herrscht mehr Güte und Erbarmen als in der Welt der Mongolen.“

Innerlich zutiefst bewegt, begegnete Kuyuk dem Blick der Schwester.

„Weiß Kublai, dass…?“

„Nein“, antwortete Turakina sofort. „Und er darf es auch nicht erfahren, bevor ich weiß…“

Verständnisvoll nickte Kuyuk. Niemals hatte er seine Schwester mehr bewundert als in diesem Augenblick. Woher nahm sie nur diese Stärke? Wie lächerlich erschien ihm dagegen sein eigener Schmerz. Und wie wenig Stärke hatte er doch bewiesen, als sich ihm die Gelegenheit geboten hatte. Möge Tengris ihm verzeihen.

„Es wird gutgehen, Schwester. Wenn es auf dieser Welt noch einen Funken Gerechtigkeit gibt, dann wird es gutgehen. Glaube mir.“

14.

Im Morgengrauen brach Turakina, nur begleitet von wenigen Dienern und einem Begleittrupp unter dem Kommando Uriangkatais, dem Sohn Subateis, nach Südosten auf. Ziel der Reise war das jetzt verwaiste Prunkzelt ihres Vaters, das noch immer in der Nähe des Flusses Orchon stand. In der dortigen Abgeschiedenheit wollte sie ihr Kind zur Welt bringen.

Einer der wenigen Diener, die sie begleiteten, war Francesco. Warum Turakinas Wahl ausgerechnet auf ihn gefallen war, während Michael in Karakorum zurückbleiben musste, wusste der Genuese zwar nicht. Doch er fühlte, dass sein Leben wieder einmal vor einer entscheidenden Wende stand. Was auch immer geschehen würde, Francesco spürte, dass seine Zukunft mit der der Mongolin verbunden war.

Schon bald war sich jeder in der kleinen Reisetruppe über den Zustand, in dem sich die Schwester des Khaqans befand, im Klaren. Der sich unter dem zarten Körper der Prinzessin abzeichnende Bauchansatz ließ sich nicht länger verbergen.

Da sich Turakina, um ihr ungeborenes Kind keiner unnötigen Gefahr auszusetzen, ausschließlich in ihrer Sänfte tragen ließ, kam der Zug nur mühsam voran. Die besondere Vorsicht der Prinzessin war nur allzu verständlich. Wie Francesco von anderen Dienern erfahren hatte, war Turakinas Mutter in hochschwangerem Zustand vom Pferd gestürzt. Die klügeren Chinesen sahen in diesem Sturz die Ursache für Turakinas Gebrechen, während die abergläubischen Mongolen lieber Dämonen die Schuld zuwiesen. Natürlich neigte Francesco eher dazu, den Chinesen zuzustimmen, war der Aberglaube der einfachen Mongolen doch manchmal geradezu lächerlich.

So fürchteten die Mongolen zum Beispiel hohe Berge, weil sie auf ihnen die Wohnstätte der Geister vermuteten. Pfeifen war bei ihnen streng untersagt, denn Pfiffe zogen ihrer Meinung nach das Böse magisch an. Beim Eintreten die Türschwelle zu berühren war das schwerste Vergehen, dessen ein Gast sich schuldig machen konnte. Manchmal wunderte Francesco sich über diese Kleinigkeiten, in denen die Mongolen sehr genau waren, während sie andererseits in weit bedeutenderen Dingen unglaublichen Großmut bewiesen. In keinem anderen Land, das Francesco kannte, wäre es möglich gewesen, öffentliche Streitgespräche über die Richtigkeit der einzelnen Religionen abzuhalten. In Karakorum waren solche Gespräche nicht nur an der Tagesordnung, sondern die Mächtigen der Stadt verfolgten sie oft mit lebhaftem Interesse. Auch Francesco war öfter Zeuge solcher verbalen Auseinandersetzungen geworden. Zu seiner Schande hatte er dabei fast immer erleben müssen, wie wenig überzeugend das Christentum bei solchen Gelegenheiten abschnitt. Doch auch die Moslems vermochten mit ihrer Lehre nicht allzu oft als Sieger aus einem solchen Gespräch hervorzugehen, waren die Mongolen doch von Natur aus eher geneigt, jene geheimnisvolle Götter- und Zauberwelt der buddhistischen Lamas anzuerkennen.

Das für die Jahreszeit recht frühe Einsetzen des Regens ließ die Reise bald sehr beschwerlich werden. Innerhalb kürzester Zeit verwandelte sich die trockene Landschaft in ein Feld aus Matsch und Schlamm. Bäche schwollen zu reißenden Flüssen an, durch die es kaum noch ein Durchkommen gab.

„Sollen wir die Reise unter diesen Umständen wirklich fortsetzen, Schwester?", fragte Uriangkatai eines Abends zweifelnd. „Ich weiß nicht, ob ich dir in deinem Zustand das tägliche Ungemach weiter zumuten kann."

Entschlossen begegnete Turakina Uriangkatais Blick.

„Ich weiß deine Sorge zu schätzen, Bruder. Trotzdem steht mein Entschluss fest. Ich werde meinen Sohn im Prunkzelt meines Vaters, weit ab von den Augen der Welt, gebären. Ist er gesund, wird es mir eine Freude sein, meinem Volk einen neuen Prinzen und Krieger zu präsentieren. Ist er jedoch gezeichnet, so wie ich es bin, soll ihm das Leiden, bei seinem Volk aufwachsen zu müssen, erspart bleiben. Dann sollen die buddhistischen Mönche sich seiner annehmen. Nur sie können ihm dann ein Leben in Frieden und Einklang mit sich selbst bieten."

Überzeugt nickte Uriangkatai. Wie sehr bewunderte er doch die Stärke, die Turakina in ihrer Situation bewies.

„Dann sollten wir nicht zögern und den vor uns liegenden Fluss noch heute überqueren. Wenn es so weiter regnet, könnte er morgen unpassierbar geworden sein."

Zustimmend nickte Turakina, sich erschöpft in ihre Sänfte zurücklehnend. Wie sehr wünschte sie sich doch, endlich am Ziel der Reise anzukommen und die Bequemlichkeit des behaglichen Prunkzelts nutzen zu können. Auch wenn die Träger ihrer Sänfte sich alle Mühe gaben, so konnten sie die Unebenheiten des Wegs doch nur teilweise auffangen. Jeden Abend fühlte Turakina sich wie gerädert. Alle Knochen im Leib taten ihr weh. Dennoch klagte sie nie, noch ließ sie ihren Unmut an einem ihrer Diener aus.

Am Flussufer angekommen, sandte Uriangkatai vier seiner Reiter aus, um eine sichere Furt über den zu einem mittlerweile reißenden Strom angeschwollenen Fluss zu suchen.

„Etwas weiter nördlich ist der Fluss noch zu überqueren, Herr. Aber wir müssen uns beeilen. Wenn der Regen weiter anhält, wird auch diese Furt bald unpassierbar sein."

Zögernd blickte Uriangkatai zu Turakina hinüber. Konnte er der Schwester des Großkhans die Strapaze, einen reißenden Fluss zu überqueren, wirklich zumuten? Der Regen hatte sich inzwischen in einen richtigen Wolkenbruch verwandelt, der für Mensch und Tier ein Fortkommen fast unmöglich machte. Die Pferde versanken schon jetzt knöcheltief im Schlamm. Andererseits konnte das Hoffen auf eine Wetterbesserung ebenso fatale Folgen haben. Wenn es weiter regnete, war es denkbar, dass der Fluss auf Wochen unpassierbar bleiben würde. Nachdenklich strich Uriangkatai sich über seinen dünnen Bart. Er war für Turakinas Leben verantwortlich. Wenn ihr etwas zustieß, hatte auch er sein Leben verwirkt. Doch es war weniger die Angst um sein Leben, die ihn zaudern ließ, als die Tatsache, wie sehr seinem alten Vater gerade Turakinas Leben am Herzen lag. Niemals wollte er vor Subatei treten müssen, um ihm zu gestehen, dass er versagt hatte.

Eine Dienerin Turakinas kam auf Uriangkatai zu.

„Meine Herrin verlangt zu wissen, ob du einen Weg gefunden hast, Herr."

„Ja", murmelte der junge Orlok verdrossen. „Sage deiner Herrin, dass wir uns ein Stück nach Norden wenden werden, um dort den Fluss zu überqueren."

Als Uriangkatai einige Zeit später selbst die Furt begutachtete, kamen ihm erneut Bedenken. Dennoch entschloss er sich schließlich zur Überquerung.

Die ersten, die, an ihre Pferderücken geklammert, das andere Ufer erreichten, waren seine Krieger. Diese führten Seile mit sich, mit deren Hilfe das mitgeführte Gepäck und schließlich die Diener auf die andere Seite gezogen werden konnten. Zwei Wagen gingen in den Fluten verloren. Sie waren trotz der Seile von der immer reißender werdenden Strömung mitgerissen worden. Doch sonst erreichte alles heil das andere Ufer.

Forschend blickte Uriangkatai schließlich zu Turakina hinüber. Sie waren die beiden letzten, die den Fluss noch zu überqueren hatten.

„Jetzt ist es an dir, Schwester. Binde dir das Seil um den Leib, damit du nicht abgetrieben werden kannst. Dann setze dich auf mein Pferd und bete zu den Göttern."

„Ich werde beten. Aber dieses Seil werde ich mir nicht um den Leib schnüren. Es könnte meinem Kind schaden. Außerdem geziemt es sich für eine mongolische Prinzessin nicht, sich auf das Pferd eines anderen zu setzen. Ich werde mich von meinem Pferd hinüberbringen lassen."

Ungläubig schüttelte Uriangkatai den Kopf.

„Ich bin für deine Sicherheit verantwortlich, Schwester. Wie sollte ich dem Khaqan je wieder unter die Augen treten können, wenn dir etwas zustößt."

Doch so sehr Uriangkatai sich auch bemühte, Turakina beharrte auf ihrer Meinung. Schließlich gab er sich geschlagen.

„Dann gehe unmittelbar neben mir ins Wasser, damit ich dich jederzeit halten kann, sollte dich die Strömung erfassen."

Beide trieben sie ihre Pferde nebeneinander in den kalten, aufgewühlten Fluss. Ein Schauder durchzuckte Turakinas Körper, als das Wasser ihren Leib völlig umschloss. Nur ihr Kopf und der ihres Pferdes schauten noch aus der braunen Gischt hervor. Krampfhaft hielt sie sich am Knauf ihres Sattels fest. Neben sich hörte sie das angestrengte Schnauben von Uriangkatais Pferd. Schließlich trennten sie nur noch wenige Meter vom Ufer, als plötzlich Turakinas Sattelgurt riss. Sofort löste sich der Sattel vom Pferderücken und wurde mitsamt der Mongolin fortgerissen. Vergeblich bemühte Uriangkatai sich, Turakina noch zu fassen zu bekommen. Gegen die Gewalt des Wassers war er machtlos.

Von furchtbarem Entsetzen vor dem zürnenden Wassergott erfasst, verfolgten die am Ufer stehenden Mongolen die Szene, während die Jin zu Jammern und zu Klagen begannen. Doch zu Francescos Erstaunen unternahm keiner der Umstehenden den Versuch, in das Geschehen einzugreifen. Allein Uriangkatai versuchte, sein Pferd in die Strömung, in die Turakina gerissen worden war, zu lenken. Doch das Tier sträubte sich.

„Warum unternimmt denn keiner etwas", jammerte der alte Li-Ping fassungslos. Doch niemand schien seine Worte zu hören. Ungläubig starrten noch immer alle auf die dahintreibende Mongolenprinzessin, die sich krampfhaft am Griff des Sattels festklammerte.

Als Francesco klar wurde, dass alle nur abwarten würden, was weiter geschah, stürzte er sich in die Fluten. Schwimmend erreichte er den Sattel, an dem Turakina sich noch immer verzweifelt festhielt, mit dem Kopf mal über, mal unter dem Wasser treibend.

„Lass ihn los, Herrin. Greife meine Hand. Ich versuche, dich an Land zu ziehen."

Furchtsam starrte Turakina Francesco an. Zu ihrer Verzweiflung und Angst kam allmählich auch noch Panik.

„Bitte, Herrin", keuchte Francesco angestrengt. „Wenn wir noch weiter in die Mitte des Flusses getrieben werden, werden wir sicher beide ertrinken."

Noch immer von Zweifeln erfüllt, schloss Turakina schließlich die Augen, bevor sie den treibenden Sattel losließ und ihr Leben ganz in die Hände des Fremden, wie sie Francesco zu nennen pflegte, legte. Dieser griff sie, drehte sie auf den Rücken, schob seinen Körper unter den ihren und hielt sie mit seinen Händen unter den Armen fest, während er mit seinem Körper gegen die Kraft des Stroms anzukämpfen versuchte. Ängstlich ergab Turakina sich in ihr Schicksal, ließ sich treiben, obwohl sie kaum noch auf Rettung zu hoffen wagte.

Endlich spürte Francesco Boden unter den Füssen. Gleich darauf wurden sie beide von hilfreichen Händen vollends aus den Fluten gezogen.

Turakina war noch ganz benommen. Ihr Körper zitterte vor Kälte. Von der unerwarteten Wendung ihres Schicksals selbst überrascht, suchte sie den Blick ihres Retters.

„Dass Tiere sich im Wasser fortbewegen können, das wusste ich. Doch dass auch Menschen die Kunst beherrschen, ist mir neu."

„Meine Heimatstadt liegt am Meer, Herrin. Mein Volk lebt von der Seefahrt. Daher können viele von uns schwimmen", antwortete Francesco, sich einen Augenblick in die unendliche Tiefe von Turakinas Augen verlierend.

Li-Ping kam mit einer wärmenden Decke angelaufen, die er um Turakinas Schultern legte. Mahnend beschwor er die Prinzessin, sich in die eilends errichtete Jurte zurückzuziehen, um sich von dem Schreck zu erholen.

„Li-Ping hat recht. Wir sollten uns ein andermal unterhalten. Doch ich werde nicht vergessen, was du heute für mich und mein Kind getan hast."

Auf zwei Dienerinnen gestützt, ließ Turakina sich zu ihrer Jurte bringen.

Noch immer berauscht vom Anblick ihrer grünen Augen, folgte Francescos Blick ihr einen Moment verstohlen.

„Auch ich bin dir zu ewigem Dank verpflichtet, Fremder. Wäre Turakina ertrunken, hätte ich weder meinem Vater noch dem Khaqan je wieder unter die Augen treten können. Lass es mich wissen, wenn es etwas gibt, mit dem ich meine Schuld begleichen kann."

Die dunkle Stimme des jungen mongolischen Adligen rief Francesco in die Wirklichkeit zurück.

„Ich danke dir für deine Großzügigkeit, Herr", antwortete er unterwürfig.

„Und ich danke dir für deinen bewiesenen Mut", entgegnete Uriangkatai freundlich, bevor er sich zum Gehen wandte.

15.

Arabella befand sich in einem schweren inneren Konflikt.

Es war ihr auf der Rückreise in die von Batu Khan neugegründete Hauptstadt Serai nicht schwergefallen, das Vertrauen der sich einsam fühlenden Arika zu erringen. Schnell hatte sich zwischen den beiden Frauen eine echte Freundschaft entwickelt, die Arabella nicht mehr missen wollte, wusste sie selbst doch nur zu genau, was Einsamkeit bedeutete.

Noch immer gab es Stunden, in denen ihr Herz in der Vergangenheit weilte. Nie würde sie Francesco ganz vergessen können. Manchmal fragte sie sich, was wohl aus ihm geworden sein mochte. Die Wahrscheinlichkeit, dass er zu jenen Männern gehört hatte, die auf der Flucht umgekommen waren, war groß. Dennoch bestand die Möglichkeit, dass er noch lebte. Insgeheim hoffte und wünschte Arabella vor allem, dass er nicht jener gewesen war, der Berkes Folterknecht in die Hände gefallen war. Jedes Mal, wenn die Ungewissheit sie zu quälen begann, war ihr das Verlangen nach einem Menschen, dem sie ihr Herz öffnen konnte, am stärksten. Doch allein Berke hätte ihr die Ungewissheit nehmen können, denn nur er kannte die Antwort auf ihre Frage. Ihn jedoch würde sie niemals zu fragen wagen, aus Angst davor, dass er doch noch Verdacht schöpfte.

Ihr Trost, eigentlich der ganze Inhalt ihres Lebens, war und blieb darum ihr kleiner Sohn Timur, den Berke mit der gleichen liebevollen Hingabe vergötterte wie sie. Diese eine Gemeinsamkeit hatte sie sogar manches von dem vergessen lassen, was Berke ihr angetan hatte. Um Timurs Willen war sie schließlich auch dazu bereit gewesen, ihrem Christenglauben abzuschwören und Muslimin zu werden. Dieser Schritt war ihr insofern sogar leichtgefallen, da sie jeden Glauben an eine höhere Gerechtigkeit ohnehin längst verloren hatte.

Dennoch empfand sie Arika gegenüber manchmal Gewissensbisse. Seit sie wusste, dass diese schwanger war, ging ihr Streben dahin, sie zu vernichten. Ihr Sohn sollte einmal Berkes Erbe werden. Niemals durfte Timur Gefahr laufen, die Gunst des Vaters zu verlieren. Doch Arabella mochte Arika auch. Und sie ahnte, was dieser bevorstand, sollte Berke je von ihrer Untreue erfahren. Seine Rache würde furchtbar sein. Dennoch zeichnete es sich für Arabella immer deutlicher ab, dass der Tag, an dem sie zwischen ihrem Sohn und ihrer Freundin wählen müsste, immer näher rückte.

Vielleicht hätte Arikas Schicksal sich sogar schon erfüllt, wäre da nicht eine Schwierigkeit gewesen, die Arabella bislang nicht hatte lösen können. Es war eines der weisen Gesetze Dschingis Khans, dass es mehr als einer Zeugenaussage bedurfte, um eine Anklage zu erheben. Mit diesem Gesetz hatte der Begründer des Mongolenreichs verhindern wollen, dass Verleumdungen zu Fehlurteilen führten, wobei er es bewusst in Kauf genommen hatte, dass ein Schuldiger einmal durch das Netz der Gerichte schlüpfte. Doch für Arabella schien es nur eine Frage der Zeit zu sein, bis sie die schlüssigen Beweise in Händen hielt. Sie ahnte, dass Arika noch immer heimlich mit jenem Mann, den sie damals im Palast von Karakorum getroffen hatte, in Verbindung stand. Manchmal hatte die Mongolin sogar schon Andeutungen darüber fallen lassen. Mit jedem Tag, der verstrich, das wusste Arabella, kam sie ihrem Ziel näher. Doch diese Tatsache stimmte sie eher betroffen als froh. Trotzdem würde sie um Timurs Willen keinen Augenblick zögern.

„Suche mir mein Festgewand aus der Truhe heraus. Berke möchte, dass ich am Empfang der Abgesandten aus Karakorum teilnehme."

Arikas Stimme riss Arabella jäh aus ihren Betrachtungen.

„Gewiss, Herrin!", murmelte sie verstört.

Nachdenklich folgte Arikas Blick einen Moment lang der schönen, fremden Sklavin, die auf ihren Befehl hin in der Kleidertruhe zu suchen begann. Merkwürdig, dass sie ausgerechnet diese Frau in ihr Herz geschlossen hatte. Eigentlich wäre es nur allzu natürlich gewesen, in ihr eine Rivalin um die Gunst Berkes zu sehen, war diese

Frau doch nach wie vor die bevorzugte Bettgefährtin ihres Mannes. Doch Arika legte noch immer wenig Wert auf die Gunst ihres Mannes. Er war ein brutaler, grober und ungebildeter Mann, der es gewohnt war zu befehlen, auf dem Schlachtfeld ebenso wie im Bett. Vielleicht lag hierin der Grund dafür, dass sie Kuyuk einfach nicht vergessen konnte. Wie anders war er doch im Gegensatz zu ihrem Ehemann. Nein, sie hatte es nicht bereut, ihn in Karakorum heimlich wiedergesehen zu haben. Das Zusammentreffen mit ihm hatte ihr die Kraft gegeben, die sie brauchte, um Berke zu ertragen. Allein das Wissen, dass es zwischen Mann und Frau auch anders sein konnte, als es zwischen ihr und ihrem Ehemann war, gab ihr Trost. Wie froh war sie doch gewesen, als sie bald nach ihrer Abreise aus Karakorum sicher gewesen war, ein Kind zu erwarten. Ihre Schwangerschaft gab ihr die Möglichkeit, ihren Mann bis nach der Niederkunft aus ihrem Schlafgemach zu verbannen. Falls das Kind ein Sohn und damit der legitime Erbe Berkes werden sollte, bestand außerdem die Hoffnung, dass Berke mit dem Erreichten zufrieden sein und sie fortan ganz sich selbst überlassen würde, schien Arabella ihrem Mann in vielerlei Hinsicht ja ohnehin besser zu gefallen.

Nachdenklich ließ Arika sich von ihren Dienerinnen ankleiden, um anschließend in den Festsaal zu gehen. Sie sah dem Zusammentreffen mit der Gesandtschaft des Khaqans mit gemischten Gefühlen entgegen. Wie sie erfahren hatte, war Tschinger, der Kammerherr und

Vertraute Kuyuks, unter den Gesandten. Und gewiss hatte er für sie wieder eine Nachricht vom Khaqan. Diese Aussicht erfüllte Arika natürlich mit Freude. Doch sie war sich gleichzeitig auch der Gefahr bewusst. Jede neue Nachricht Kuyuks konnte die Entdeckung bedeuten. Trotzdem konnte und wollte sie auf keine seiner Zeilen verzichten. Solange er ihr schrieb, hatte sie die Gewissheit, dass er noch an sie dachte. Nachdem Arika angekleidet war, verließ sie darum hoffnungsvoll ihre Gemächer.

Grübelnd blickte Arabella ihr nach. Sie ahnte, was die Freundin so ausgelassen stimmte. War dies nicht ihre Chance? Vielleicht bot sich ihr diesmal die Möglichkeit, in den Besitz einer der Nachrichten zu gelangen. An Arikas geschwollenen Leib denkend, wurde Arabella sich der Tatsache bewusst, dass ihr wohl nicht mehr viel Zeit blieb.

Wie immer, wenn Batu Khan zum Festmahl lud, wurde an nichts gespart. Seit Batus Niederlage gegen Kuyuk bei der Wahl zum Khaqan hatte der Führer der Goldenen Horde damit begonnen, sich in den ihm unterstehenden Gebieten ein Reich im Reich zu bauen. So hatte er mit der Gründung der Stadt Serai an der Wolga bewusst einen Gegenpool zum Machtzentrum der Khaqane in Karakorum setzen wollen. Und schon bald gab es nichts mehr, in dem Serai Karakorum nachstand.

Auch Kaidu und Tschinger zeigten sich von der Machtentfaltung Batu Khans beeindruckt. Doch sonst gingen ihre Meinungen über das, was hier an der Wolga geschah, weit auseinander. Während Tschinger nur die Gefahr deutlich sah, dass hier ein Staat im Staat entstehen könnte und beschloss, Kuyuk von dieser Bedrohung der Einheit der Mongolen zu berichten, konnte Kaidu seine Kritik an der sich abzeichnenden Entwicklung als solcher nicht verbergen.

„Wohin soll uns Mongolen das alles führen?", bemerkte er bitter. „Die Stärke unseres Volks lag stets in der Beweglichkeit. Wenn all unsere Khane nun plötzlich wie unsere ehemaligen Gegner sesshaft werden, werden sie ebenso verwundbar werden wie diese. Ich halte diese Entwicklung für falsch."

„So hältst du die Gründung von Karakorum also auch für falsch?", verlangte Batu Khan zu wissen.

„Sie war vielleicht ein notwendiges Übel, das die immer größer werdende Macht- und Verwaltungsfülle mit sich brachte. Doch alle weiteren Stadtgründungen sind unnötig. Sie bieten dem Gegner nur ein Angriffsziel."

Ein raues Lachen entfuhr Batu.

„Welchem Gegner?", fragte er. „Es gibt weit und breit niemanden, der der mongolischen Macht gefährlich werden könnte."

Aber Kaidu ließ sich nicht so leicht beirren.

„Freunde der Mongolen habe ich auf meinem Weg hierher keine getroffen. Machen wir uns nichts vor, Batu. Wir sind zwar die Herren in diesem Land. Aber geliebt werden wir nicht. Sollten wir nur einmal Schwäche zeigen, werden die Bewohner dieses Landes über uns herfallen wie Heuschrecken."

„Sollen sie es versuchen", mischte Berke sich in das Gespräch ein. „Wir sind und bleiben die Stärkeren. Jeden Aufstand werden wir in einem Meer von Blut ertränken."

Angewidert von dem Blutdurst ihres Mannes wartete Arika gespannt darauf, dass die steife Tischordnung, die die Frauen auf die linke Seite der Tafel verbannte, während die Männer auf der rechten Seite Platz zu nehmen hatten, aufgehoben wurde. Tschingers Blicke hatten ihr deutlich zu verstehen gegeben, dass er eine Nachricht für sie bei sich führte. Als es dann endlich soweit war, waren die meisten Gäste bereits zu angetrunken, um zu bemerken, wie der erste Kammerherr des Khaqan ihr rasch etwas zuschob, das Arika eilig in ihrem Gürtel verbarg. Glücklich darüber, ihre einsame Nacht mit dem Lesen von Kuyuks Brief ausfüllen zu können, wandte Arika sich wieder den anderen Gästen zu. Doch einen Moment später durchfuhr sie ein stechender Schmerz. Sogleich liefen Diener herbei, um die sich vor Schmerzen windende Prinzessin aus dem Saal zu tragen.

Eilends wurde Arika in ihre Gemächer gebracht und die Geburtshelferinnen gerufen, während Arikas Dienerinnen versuchten, die sich vor Schmerzen krümmende Prinzessin zu entkleiden. Doch Arika gebot ihnen unter Aufwendung ihrer letzten Kräfte Einhalt. In ihrer Verzweiflung fiel ihr Blick schließlich auf Arabella. Wenn es einen Menschen gab, dem sie vertrauen konnte, dann ihr. Sie musste den verfänglichen Brief für sie verstecken. Wenn er bei ihr gefunden werden würde, war sie verloren.

„Lasst mich einen Augenblick mit Arabella allein. Schnell! Nun geht schon."

Unter immer stärker werdenden Schmerzen leidend, zog Arika den Brief aus ihrem Gürtel. Mit zitternden Händen reichte sie ihn Arabella.

„Versteck ihn für mich. Bitte! Mein Leben hängt davon ab."

Einen Augenblick lang zögerte Arabella. Fast war sie versucht laut hinauszuschreien: „Tu das nicht! Weißt du denn nicht, was du da machst? Du lieferst dich mir aus." Doch dann fiel Arabellas Blick auf den geschwollenen Leib Arikas, aus dem jeden Augenblick ein gesunder Knabe drängen und ihren Sohn aus seiner jetzigen Position verdrängen konnte, und sie nahm das Dokument an sich. Am ganzen Körper vor Erregung zitternd, rief sie die Dienerinnen erneut herein, bevor sie selbst im Dunkel der Nacht verschwand, um auf Berke in dessen Gemach zu warten.

Da Berke selbst weder des Schreibens noch des Lesens kundig war, ließ er sich von seinem chinesischen Schreiber wieder und wieder den Brief vorlesen, der ihm eine unglaubliche Wahrheit enthüllte. Arika, seine Frau, und Kuyuk, dieser niederträchtige Bastard! Niemals hätte er das geglaubt, wenn nicht… Es war einfach ungeheuerlich. Zornig schnaubte Berke wie ein gereizter Stier. Dafür würde Kuyuk büßen, er und jenes niederträchtige Weib, das ihn so schamlos betrogen hatte.

„Herr!"

Ungehalten blickte Berke auf.

„Was gibt es so Wichtiges, dass ihr mich zu stören wagt?"

„Deine Gemahlin, Herr, hat soeben eine gesunde Tochter zur Welt gebracht."

„Tochter!", begann Berke so laut zu schreien, dass die Dienerinnen Arikas erschreckt zurückwichen. „Selbst in dieser Hinsicht ist sie nichts als eine Enttäuschung. Nun gut! Ich brauche keine Tochter. Ruft meine Wachen zusammen. Sie haben sich unverzüglich in die Gemächer meiner Frau zu begeben und dort alles zu durchsuchen. Jedes Papier, das sie finden, haben sie sofort zu mir zu bringen."

Starr vor Angst verneigten sich die Dienerinnen vor ihrem aufgebrachten Herrn, bevor sie gingen, um dessen ungewöhnlichen Auftrag weiterzuleiten.

„Wir werden ja sehen, ob es noch mehr von diesen Briefen gibt, wie du vermutest", brüllte Berke, an die ihn entsetzt anstarrende Arabella.

Eine Tochter! Arabella konnte es nicht glauben. Ihr Verrat war völlig überflüssig gewesen. Arika hatte eine Tochter und keinen Sohn geboren. Doch nun war es für Reue zu spät. Das, was sie in Gang gesetzt hatte, konnte nicht mehr aufgehalten werden. Niemand würde diesen rasenden Stier noch besänftigen können.

Unruhig im Raum auf- und ablaufend, wartete Berke auf das Ende der Durchsuchung. Das Ergebnis war niederschmetternd. In einem Geheimfach von Arikas Kleidertruhe waren weitere Briefe gefunden worden.

„Werft die Ehebrecherin in den Kerker, bis über sie das Urteil gefällt ist", befahl er ohne Zögern. „Und jetzt lasst mich allein. Ich muss nachdenken."

Zitternd stand Arika auf dem Richtplatz, der in Anbetracht des Urteils, das Batu Khan auf Berkes Betreiben hin über sie gefällt hatte, vor die Tore der Stadt verlegt worden war. Unter den zur Vollstreckung geladenen Gästen entdeckte sie auch Tschinger und Kaidu.

Während Kaidu diese Angelegenheit und deren mögliche Folgen für das Reich der Mongolen betrachtete und ihm vor allem daran gelegen war, die Familienehre zu wahren, war dem Kammerherrn des Khaqans deutlich anzusehen, wie sehr ihn die Sache bedrückte. Wie sollte er seinem Herrn von den Ereignissen, die hier passierten, nur berichten? Niemals würde, noch konnte Kuyuk das, was hier geschehen sollte, auf sich beruhen lassen. Doch weder Berke noch Batu hatten trotz seiner vielen Bitten Einsicht gezeigt. Die Ehre der Familie war besudelt worden, der Stolz der Söhne des Dschotschis gekränkt. Nur Blut konnte diese Schmach jetzt noch fortwischen. Und Blut sollte fließen. Zwar sahen weder Berke noch Batu im Augenblick eine Möglichkeit, gegen den Khaqan selbst wegen dessen Verfehlungen vorzugehen. Doch wenigstens ein Schatten sollte auch seinen Glanz treffen. Danach würde es sich ja zeigen, ob er Mann genug war, den geworfenen Fehdehandschuh aufzuheben.

Ängstlich harrte Arika der Dinge, die nun folgen würden. Auf Batus Geheiß hin traten einige Männer auf sie zu. Grobe Hände rissen ihr die Kleider vom Leib und banden danach ihre Hände und Füße mit Stricken zusammen. Dann wurde ihr Kind herbeigebracht und beide gemeinsam in einen Teppich gewickelt, den die Folterknechte Batus auf den Boden niederlegten. Kurz darauf gab der Khan seinen Treibern das Zeichen, die weidende Pferdeherde in Bewegung zu setzen.

Von Angst erfüllt, spürte Arika, wie der Boden unter ihr zu beben begann. Immer näher kamen die gefährlichen Hufe. Arikas Gedanken begannen zu verschwimmen, ertranken in einem Meer aus blankem Entsetzen. Noch einmal sah sie Kuyuks Bild vor sich. Dann kam ihr das Antlitz des unschuldigen Säuglings in den Sinn, der mit ihr sterben musste.

„Kindermörder", schrie sie erregt. „Dein Hass hat dich so blind gemacht, dass du dein eigen Fleisch und Blut tötest."

Doch der Teppich erstickte ihre Worte. Dann fühlte Arika plötzlich einen stechenden Schmerz im Unterleib. Der nächste Tritt traf sie am Kopf und ließ sie in eine erlösende Ohnmacht gleiten.

Nachdem die ganze Herde über den Teppich hinweggetrampelt war, wurde auf Berkes Geheiß der Teppich wieder entrollt.

Obwohl Arikas Körper und der ihres Kindes bis zur Unkenntlichkeit entstellt waren, erteilte Berke den Befehl, Arika den Kopf vom Körper zu trennen. Diesen ließ Berke von seinen Dienern in einen mit Alkohol gefüllten Tonkrug stecken, den er vor Tschinger abstellen ließ.

„Dies ist unser Geschenk an den Khan der Khane und unsere Antwort auf den Frevel, den er begangen hat."

Zornig schnaubend antwortete Kaidu für den sprachlosen Kammerherrn: „Dein Zorn mag berechtigt sein. Doch diese Antwort bedeutet mehr. Sie ist eine Kriegserklärung, denn niemand hat das Recht, die Autorität des Khaqans mit Füßen zu treten. Überlege darum gut, bevor du handelst."

„Wir sind nicht länger bereit, einem Khaqan zu folgen, der die heilige Yassa mit Füßen tritt", antwortete Batu Khan für seinen Bruder.

16.

Nachdenklich folgte Francesco dem mongolischen Krieger zur Jurte Uriangkatais.

Wochen waren seit dem Zwischenfall am Fluss vergangen, in denen sich nichts Besonders ereignet hatte. Gleich nachdem Turakina das Prunkzelt ihres Vaters Ogedei erreicht hatte, hatte sie sich in dieses zurückgezogen, um dort die Geburt ihres Kindes abzuwarten. Nur selten hatte sie sich außerhalb des Zelts gezeigt.

Dann hatten die Wehen eingesetzt. Wie Turakinas Dienerinnen zu berichten wussten, war es eine lange und schwere Geburt gewesen. Der Jinarzt der Prinzessin hatte diese hinterher davor gewarnt, weitere Kinder zu bekommen.

Doch wichtiger als die Sorge um die eigene Gesundheit war für Turakina in diesem Augenblick die Tatsache gewesen, dass ihr Sohn vollkommen gesund zu sein schien. Wie sehr hatte sie die Ungewissheit die ganze Zeit über bedrückt gehabt. Nun war sie vorbei, und in Turakina war langsam wieder das Interesse für ihre Umwelt erwacht. So hatte sie sich plötzlich auch an Francesco erinnert.

Francesco spürte den prüfenden Blick Uriangkatais bei seinem Eintreten auf sich gerichtet. Nachdem er sich vor dem Sohn Subateis verneigt hatte, wartete er geduldig darauf, dass dieser zu sprechen begann.

„Es ist der Wunsch der Prinzessin Turakina, dass ich mich deiner annehme. Wie Turakina sagte, bist du ein Mann, der sich auf das Häuserbauen versteht. Von der Kunst der Kriegsführung hingegen sollst du weniger verstehen. Wir Mongolen sind jedoch ein Volk der Krieger. Nur wer die Kunst der Waffenführung beherrscht, findet Aufnahme in den Kreis der Männer. Deshalb wirst du dich von nun an täglich im Gebrauch der Waffen üben. Außerdem möchte Turakina genau erfahren, wie viel du vom Bau von Festungsmauern verstehst. Ist dein Können mit dem unserer Jinbaumeister vergleichbar?"

„Ich habe von der riesigen Mauer, die die Chinesen quer durch ihr Land gezogen haben, gehört. Leider habe ich sie nie selbst gesehen. Trotzdem glaube ich, sagen zu können, dass ich ebenfalls in der Lage bin, dergleichen zu bauen."

„Es freut mich, das zu hören. Wir Mongolen sind tief in unserem Herzen immer noch Nomaden, die das Umherziehen über alles lieben. Darum liegt es wohl auch nicht in unserer Natur, Baumeister zu werden. In dieser Hinsicht verlassen wir uns noch immer gern auf das Können anderer. Doch die Größe des Mongolenreichs macht ein Umdenken wohl allmählich erforderlich. Über diesen Punkt gibt es zwar unterschiedliche Auffassungen, aber der größte Teil der in die Zukunft denkenden Mongolen steht einem Umdenken durchaus positiv gegenüber. Es sind nur noch wenige, die davon überzeugt sind, dass eine Änderung der herrschenden Verhältnisse Verderben bringt. Dem Khaqan jedenfalls sind Männer mit deinem Können immer willkommen. Deshalb wird Turakina dich, sobald wir nach Karakorum zurückgekehrt sind, Kuyuk Khan vorstellen. Bis dahin wäre es gut, wenn du versuchst, so viel wie möglich über das Volk der Mongolen zu lernen."

Sprachlos vor Überraschung starrte Francesco den jungen Mongolen an. Dass dies der Sohn des Mannes war, den er gnadenlos wehrlose Männer hatte abschlachten sehen, vermochte er kaum zu glauben. Uriangkatai schien seine Gedanken zu erraten, denn er sagte: „Männer wie mein Vater gehören einer aussterbenden Generation an. Von frühester Jugend an mussten unsere Eltern und Großeltern ums Überleben kämpfen. Selbst Dschingis Khan hat Hunger, Not, Gefangenschaft und Elend am eigenen Leib zu spüren bekommen, bevor sein Aufstieg begann. Das hat ihn später hart und grausam gemacht, wenn ihm dies geraten schien. Doch niemals hat Dschingis Khan oder einer seiner Orloks aus Lust getötet. Ob eine Stadt überlebte oder unterging, hat sie letztendlich immer selbst entschieden. Von der strengen Regel, die Dschingis Khan beschlossen hatte, auch nur einmal abzuweichen, hätte damals einen ungeheuren Rückschlag bedeutet. Ich weiß nicht, ob ein Fremder wie du das je verstehen kann, aber du solltest es versuchen, wenn du in den Dienst des Khaqans trittst."

Francesco nickte zwar. Doch die Worte Uriangkatais konnten ihn das, was er gesehen und am eigenen Leib gespürt hatte, nicht vergessen lassen. Niemals würde ihn etwas dies vergessen lassen. Doch trotz der Erinnerung fühlte er eine ungeheure Freude in sich emporsteigen. Es würde nicht mehr lange dauern, und er würde wieder das tun dürfen, wozu er sich noch immer berufen fühlte. Er würde wieder bauen können, würde das von seinem Geist ersonnene vor seinen Augen erstehen lassen. Diese Aussicht erfüllte ihn mit neuer Hoffnung.

„Da wäre noch etwas, bevor du gehst."

Uriangkatai gab einer der Wachen einen Wink, woraufhin der Mann sogleich die Jurte verließ, um einen Augenblick später mit einem in einen weiten Wollmantel gehüllten Mädchen zurückzukehren. Es war ein zierliches Ding, das Francesco um einen Kopf überragte. Ihre Augen waren wie die aller Asiatinnen langgezogen, doch ihr Gesicht war schmal und hatte einen weichen, sanften Ausdruck. Ihr langes, dickes Haar war zu einem pechschwarzen Zopf geflochten.

„Sie heißt Yui und stammt aus dem Reich der Sung", bemerkte Uriangkatai, während er dem Mädchen den Mantel vom Körper zog, unter dem es nichts trug.

Zitternd vor Scham und Verlegenheit stand Yui da, den lüsternen Blicken der Anwesenden ausgeliefert. Jäh erfasste Francesco ein Schauder, denn er erinnerte sich plötzlich daran, wie er selbst einst nackt und ausgeliefert dagestanden hatte, vor Angst zitternd.

„Sie ist ein Geschenk Turakinas an dich. Es ist für einen Mann in deinem Alter nicht gut, seine Nächte allein zu verbringen. Ich hoffe, sie gefällt dir."

Verwirrt wanderte Francescos Blick zwischen Uriangkatai und dem Sungmädchen hin und her. Er wusste nicht recht, ob er sich über dieses Geschenk freuen, oder dessen Annahme verweigern sollte. Das Mädchen, das zu begreifen begann, dass er ihr neuer Herr sein würde, schaute ihn erwartungsvoll und ängstlich zugleich an. Wahrscheinlich hatte es niemals zuvor einen blondhaarigen Mann gesehen. Außerdem musste er ihr, gemessen an der Körpergröße der Männer ihres Volks, wie ein Riese erscheinen.

Nach kurzem Zögern wurde Francesco sich darüber klar, dass er die Annahme des Geschenks unmöglich verweigern konnte. Dies würde wahrscheinlich eine Beleidigung bedeuten. Außerdem hatte seine Herrin seine körperlichen Bedürfnisse sogar besser erkannt als er selbst. Ja, er sehnte sich nach einer Frau, die das Lager mit ihm teilte. Und dieses Mädchen war anders als die derben Huren aus den Freudenhäusern Karakorums. Wahrscheinlich, so überlegte Francesco, war sie sogar noch Jungfrau. Dies bürdete ihm auch eine gewisse Verantwortung auf. Er würde langsam und behutsam vorgehen müssen. Unter keinen Umständen würde er Gewalt anwenden.

„Bitte sage der Herrin, dass ich ihr danke."

Ein raues Lachen entwich Uriangkatais Kehle.

„Ich wünsche dir viel Spaß. Doch vergiss über die Nächte nicht deine anderen Pflichten. Morgen schicke ich dir einen meiner besten Krieger. Er wird dich von nun an jeden Tag unterweisen."

Taumelnd vor Überraschung und Glück verließ Francesco die Jurte des Mongolen. Nach Monaten des Stillstands hatte sich sein Leben plötzlich von einem Augenblick zum nächsten völlig verändert.

Tschingim im Arm haltend, empfing Turakina den Pfeilreiter ihres Bruders. Der Mongole, ein derber Mann mit sonnenverbranntem Gesicht, war über und über mit Schlamm und Staub seines langen Ritts bedeckt, als er ihre Jurte betrat. Seinem Gesichtsausdruck und seiner Körperhaltung war zu entnehmen, dass er am Ende seiner Kräfte war. Er musste den Weg von Karakorum zur ihr anscheinend ohne Rast zurückgelegt und in den Pferdestationen nur kurz das Pferd gewechselt haben. Diese Tatsache beunruhigte Turakina ein wenig. Was konnte eine solche Dringlichkeit erforderlich machen? Irgendetwas musste während ihrer Abwesenheit in der Hauptstadt vorgefallen sein. Eine andere Erklärung konnte Turakina nicht finden.

Mit klopfendem Herzen nahm sie die ihr von dem Boten gereichte Schriftrolle entgegen. Das Siegel ihres Bruders Kuyuk zierte die Rolle. Eilig brach Turakina das Siegel und begann zu lesen. Mit blassem Gesicht ließ sie die Rolle schließlich sinken. Für einen kurzen Augenblick schienen die uighurischen Schriftzeichen vor ihren Augen zu tanzen. In ihrem Kopf wirbelten die Gedanken wild durcheinander.

Es dauerte eine Weile, bis Turakina sich wieder gefasst hatte und in der Lage war, ihre Gedanken zu ordnen.

„Ruhe dich heute Nacht im Lager aus, und dann reite morgen früh zurück nach Karakorum und überbringe dem Khaqan die Nachricht, dass ich so schnell wie möglich nach Karakorum zurückkehren werde."

Nachdem Turakina den Pfeilreiter entlassen hatte, ließ sie Uriangkatai zu sich rufen. Da der Mongole, wie die meisten mongolischen Krieger, des Lesens und Schreibens unkundig war, weil diese Kunst nur wenigen privilegierten Mongolen gelehrt wurde, las Turakina ihm die Nachricht des Khaqans kurzentschlossen selbst vor. Nachdem sie geendet hatte, schaute sie Uriangkatai schweigend an.

„Du wirst nach Karakorum zurückkreisen, Schwester?" Dies war mehr eine Feststellung als eine Frage Uriangkatais.

„Ich muss. Einmal ganz abgesehen von dem Schicksal Arikas, das mich zutiefst betrübt, braucht Kuyuk mich jetzt. Jemand muss da sein, der ihm Mut und Selbstvertrauen gibt."

„So jemanden braucht er jetzt gewiss, Schwester. Die Lage scheint äußerst kompliziert zu sein. Wäre Kuyuk nicht der Khaqan, könnte Berke ihn für den Ehebruch, den er begangen hat, vor Gericht zur Verantwortung ziehen. Doch Kuyuk ist nun einmal der oberste Herr und somit auch das oberste Gesetz. Ihn zur Verantwortung ziehen zu wollen, ist gleichzeitig ein Angriff auf das Khanat. Berke hätte im Interesse aller gut daran getan, die Sache zu verschweigen. Nun hat er einen Konflikt ausgelöst, der die gesamten Mongolen in zwei Lager spalten wird. Um seine Autorität zu beweisen, bleibt Kuyuk wohl keine andere Wahl, als gegen Batu und Berke ins Feld zu ziehen. Doch werden ihm alle Khane und Orloks folgen? Werden sie einem Khaqan folgen, der die Yassa gebrochen hat?"

Bedrückt dachte Turakina einen Augenblick darüber nach.

„Ich weiß es nicht, aber ich hoffe es. Ganz gleich was Kuyuk getan hat, hier geht es um weit mehr als um das

Brechen eines Gesetzes. Hier geht es um die Einheit der Mongolen."

„Ich hoffe, dass das alle Khane und Orloks genauso sehen werden wie du", antwortete Uriangkatai düster. „Wann brechen wir auf?"

„In zwei Tagen", erwiderte Turakina besorgt.

Die Rückreise nach Karakorum ging trotz klirrender Kälte zügig voran, da die Flüsse zugefroren und darum leicht passierbar waren. Turakina, die in einen dicken Zobel gehüllt war, blickte immer wieder liebevoll von ihrem Pferd zu dem Planwagen hinüber, in dem ihr Sohn friedlich schlief. Für einen kurzen Augenblick umspielte ein Lächeln ihren Mund. Wie würde Kublai wohl auf die Geburt dieses Kindes reagieren. Gewiss würde er ihre Freude teilen. Doch würde er nicht vielleicht erneut versuchen, seine vermeintlichen Besitzrechte auf sie und das Kind geltend zu machen? Turakina schauderte bei diesem Gedanken. Die Vorstellung, das Eigentum eines Mannes zu werden, den sie nicht liebte, war ihr fremder als je zuvor.

Noch immer erfüllte sie tiefe Trauer, wenn sie an das Schicksal Arikas dachte. Arika hatte sich von Anfang an vor Berke gefürchtet, und dies, wie sich jetzt herausgestellt hatte, zu Recht. Selbst wenn eine Frau ihren Mann betrog, so würde kein Ehemann, dem seine Frau etwas bedeutete, wie Berke handeln. Nur ein so grausamer Dämon wie er konnte von seinem Recht derart Gebrauch machen. Turakinas Abscheu gegen Berke wuchs immer mehr. Wie verständlich erschien es ihr nach all dem nun, dass jener fremde Sklave, der ihr zwei Mal das Leben gerettet hatte, aus Verzweiflung vor diesem Ungeheuer geflohen war.

Turakinas Augen leuchteten für einen kurzen Augenblick auf, als sie an Francesco dachte. Ihm bei Hof eine seinen Fähigkeiten entsprechende Stellung zu verschaffen, hatte sie sich fest vorgenommen. Turakina war sich sicher, dass ihr Bruder sich ihrer Bitte nicht verschließen würde.

Der Gedanke an Kuyuk verfinsterte ihren Gesichtsausdruck sofort wieder. Würde es ihrem Bruder gelingen, alle Orloks und Khane zu vereinigen, um gegen Batu und Berke vorzugehen? Leicht würde es gewiss nicht werden. Trotzdem musste es gelingen, denn nur so war die Einheit der Mongolen zu wahren und allen, die ebenfalls mit dem Gedanken der Abtrünnigkeit spielten, eine Lehre zu erteilen.

Entsetzen erfasste Turakina beim Anblick ihres Bruders. Wie sehr hatte dieser sich in den wenigen Monaten verändert, in denen sie ihn nicht gesehen hatte. Kuyuks Gesicht war aufgedunsen, ebenso wie sein Körper. Dunkle Augenränder umschatteten seine blutunterlaufenen Augen. Turakina wusste sofort, dass ihr Bruder damit begonnen hatte, zu trinken, kannte sie diesen Zustand des körperlichen Verfalls doch allzu gut von ihrem Vater Ogedei.

„Sei gegrüßt, Bruder."

Turakina versuchte, so unbeschwert wie möglich zu klingen. Doch es gelang ihr nur teilweise, ihre Sorgen aus ihrer Stimme zu verbannen.

„Ich bin froh, dass du da bist. Du hast mir gefehlt."

Gequält schaute Kuyuk sie an. „Als Tschinger mir die Nachricht von Arikas Tod überbrachte, da habe ich mich entsetzlich allein und verlassen gefühlt. Mutter hasst mich, seit ich Abd-al-Rahman habe hinrichten lassen. In ihr habe ich keine Stütze mehr. Sie sagt jetzt frei heraus, dass sie den Falschen zum Khaqan gemacht hat. Hätte sie Kadan zu ihrem Favoriten gewählt, wäre dem Volk der Mongolen viel erspart geblieben, behauptet sie. Auch in den Versammlungen schauen mich alle mit strafenden Blicken an. Ich weiß nicht mehr, was ich tun soll."

„Stärke zeigen, Bruder. Gewiss hast du einen schweren Fehler begangen. Du hättest dich von Arika nach ihrer Heirat fernhalten sollen. Doch kein Mensch ist davor gefeit, Fehler zu begehen. Der wahrhaft Mächtige aber denkt nicht lange über seine Fehler nach. Er schaut nach vorne, verwandelt Schwäche in Stärke. Rufe deine Reiter zusammen und wende dich gegen

Batu. Beweise deine Größe und verhindere so den Auseinanderfall der Stämme."

„Das war auch Subateis letzter Rat an mich, bevor er starb."

„Bevor er starb?"

Fassungslos blickte Turakina ihren Bruder an.

„Ja", entgegnete Kuyuk leise. „Er ist vor einer Woche von uns gegangen. Ich weiß, dass du ihn sehr mochtest. Darum tut es mir besonders leid, dir diese Mitteilung machen zu müssen. Er war einer der letzten Großen, die an Dschingis Khans Seite ritten."

Bedrückt nickte Turakina.

„Er war der beste Freund, den wir hatten. Seinem Eintreten für deine Wahl auf der Kuriltai haben wir viel zu verdanken. Dich zum Khaqan zu machen, war die letzte Aufgabe, die er sich gestellt hatte. Gerade darum bist du es ihm jetzt schuldig, seinen Rat zu befolgen. Es war ein guter Rat. Stelle dich vor den Rat und verkünde den Krieg gegen Batu, der durch seine Eigenmächtigkeit das Werk unseres Großvaters zu zerstören versucht. Sie werden dir folgen, Bruder, wie sie Dschingis Khan gefolgt sind. Du bist ihr Khaqan. Von dir wollen sie geführt werden, denn dich haben sie gewählt."

Schweigend hatte Kuyuk seiner Schwester gelauscht.

„Ich habe mich nie danach gedrängt, Khaqan zu werden."

„Aber nun bist du es. Darum darfst du die, die an dich glauben, nicht enttäuschen. Und vergiss Arika nicht. Ich kannte sie gut genug, um zu wissen, dass sie in der Gewissheit gestorben ist, dass ihr Tod gerächt werden würde. Räche sie, Bruder! Vernichte Berke und Batu, die deine Stellung bedrohen."

Seufzend schaute Kuyuk seine Schwester an.

„An dir ist ein wahrer Mongolenkrieger verloren gegangen. Ja, vielleicht hast du recht. Ich werde mich Berke und Batu stellen. Nur so kann ich den Auseinanderfall des Mongolenreichs verhindern. Danke, Schwester. Danke, dass du gleich zurückgekommen bist. Du bist jetzt der einzige Mensch, dem ich wirklich vertraue. Verlass mich nicht."

„Das werde ich ganz gewiss nicht, Bruder. Ich hätte allerdings auch noch eine Bitte an dich."

„Sprich! Wenn ich es kann, werde ich sie dir erfüllen."

„Ich habe in meinem Gefolge einen Sklaven, der sich auf das Bauen von Palästen ebenso versteht, wie auf das von Festungsanlagen. Ich wäre dir sehr dankbar, wenn du ihn in deine Dienste stellen könntest."

„Die Bitte ist bereits gewährt. Schicke ihn zu Laong. Der wird schnell feststellen, welche Fähigkeiten in deinem Sklaven stecken. Sollte er gut sein, wird seinem raschen Aufstieg nichts im Weg stehen."

„Ich danke dir, Bruder."

Während Turakina sich von Kuyuk verabschiedete, war sie froh darüber, wenigstens eine erfreuliche Nachricht an diesem Tag erhalten zu haben. Die Zukunft Francescos schien gesichert. Doch so richtig konnte sie sich darüber nicht freuen, denn der Tod Subateis lastete schwer auf ihr.

17.

Francesco hatte von Kuyuk Khan die Erlaubnis erhalten, das Heer des Khaqans auf seinem Weg nach Westen zu begleiten, um unterwegs die Baustile der verschiedenen Länder, durch die sie ziehen würden, zu studieren. Ganz ohne Frage freute Francesco sich auf die Reise, auch wenn der Anlass für sie kein guter war.

Seit Francesco im Dienst des Khaqans stand, begann er zu verstehen, welch tiefgreifende Bedeutung dieser Feldzug hatte. Eine Niederlage Kuyuk Khans konnte den Auseinanderfall des Mongolenreichs nach sich ziehen. Vielleicht war diese Gefahr der Hauptgrund dafür, dass es Kuyuk nach vielen Reden und Versprechungen schließlich gelungen war, die meisten Khane und Orloks für sich zu gewinnen. Indem er den Geist Dschingis Khans beschwor, dessen Mahnung es gewesen war, die Einheit der Mongolen unter allen Umständen zu bewahren, hatte er schließlich den Sieg errungen.

Während Francesco seine Sachen für die Reise zusammenpackte, glitt sein Blick einen Augenblick lang zärtlich über Yui hinweg, die seit geraumer Zeit nicht nur seine Dienerin, sondern auch seine Geliebte war. Dennoch hatte Francesco beschlossen, sie in Karakorum zurückzulassen, zum einen, weil es eine beschwerliche, anstrengende Reise zu werden versprach, zum anderen aber auch, weil Francesco in

Yui keine Hoffnungen wecken wollte, die er nicht erfüllen konnte. Yui befriedigte seine männlichen Bedürfnisse, doch seine Liebe würde ihr niemals gehören. Noch immer wohnte die verschwommene Erinnerung an Arabella in seinem Herzen. Doch sie war längst nicht mehr so stark wie früher, denn eine andere hatte begonnen, von seinem Herzen Besitz zu ergreifen.

In den vergangenen Wochen war Francesco die Tatsache immer bewusster geworden, dass all seine Gedanken, sein Handeln und Streben in irgendeiner Weise mit Turakina verbunden waren. Zuerst hatte er versucht, sich dagegen zu wehren. Doch schließlich hatte er einsehen müssen, dass ihm dies unmöglich geworden war. Seine Gefühle für Turakina waren stärker als sein Verstand, auch wenn es aussichtslos war, an die Erfüllung seiner heimlichen Sehnsucht auch nur zu denken.

Während Francesco seine letzten Reisevorbereitungen traf, suchte Turakina ihre Schwägerin Ogul-Gaimisch in deren Gemächern auf. Sie wusste, dass Ogul-Gaimisch ihr nicht besonders freundlich gesonnen war, stand diese doch völlig unter dem Einfluss der Schamanen. Trotzdem wollte Turakina versuchen, die Schwägerin für Kuyuks Sache zu gewinnen.

„Wie man mir sagte, weigerst du dich, den Khaqan auf seinem Feldzug zu begleiten."

Der vorwurfsvolle Unterton in Turakinas Stimme reizte die Khatun.

„Kuyuk hat sich noch nie viel aus meiner Gesellschaft gemacht. Er liebte es stets, ohne mich zu reisen. Warum sollte das diesmal anders sein?"

„Das weißt du sehr genau", entgegnete Turakina sachlich. „Bei diesem Feldzug geht es um mehr als nur um irgendeine Schlacht. Deshalb ist es wichtig, dass die ganze Familie Geschlossenheit zeigt."

„Ausgerechnet mich an meine Pflicht zu erinnern, ist wohl ein Hohn. Seit Jahren kommt der Khaqan seinen Pflichten als Ehemann nicht nach. Nur darum habe ich noch immer keinen Sohn, der meinem Leben seine Erfüllung geben könnte. Und nun kommst du daher, ein von den Schamanen verfluchter Krüppel, und wagst es, mich an meine Pflicht zu erinnern. Dass ich nicht lache."

Allein die Tatsache, dass es um Wichtigeres als die persönliche Ehre ging, ließ Turakina die Schmähung Ogul-Gaimischs übergehen.

„Tu du den ersten Schritt. Stell dich jetzt auf Kuyuks Seite. Er braucht dich wirklich. Wenn dir tatsächlich an seiner aufrichtigen Zuneigung liegt, dann enttäusche ihn jetzt nicht. Sei ihm die Stütze, die er in dieser schwierigen Zeit braucht."

„Wenn er Rat und Hilfe braucht, so wendet er sich doch ohnehin eher an dich als an mich. Vielleicht steht seine Regierung darum unter einem so schlechten Stern."

Turakina gelang es nur mühsam, ihren Zorn zu besiegen.

„Wenn du es schon um seinetwillen nicht tun willst, so bedenke Folgendes. Wenn Kuyuks Stern sinkt, fällst du genauso tief wie er."

Der Gesichtsausdruck Ogul-Gaimischs, eben noch stolz und hochfahrend, veränderte sich jäh. Turakina erkannte, dass sie den wunden Punkt ihrer Schwägerin getroffen hatte. Sie war von ihrer Familie mit Kuyuk vermählt worden, weil er schon damals als der aussichtsreichste Kandidat für das Amt des nächsten Khaqans galt. Einmal die Khatun zu werden, war Ogul-Gaimischs großer Traum gewesen, ein Traum, für den sie vieles in Kauf genommen hatte. Der Gedanke, dass ein plötzliches Ereignis ihr bereits erreichtes Ziel vielleicht wieder zerstören könnte, erschreckte sie.

„Vielleicht hast du recht. Vielleicht sollte ich einen Neuanfang versuchen. Sage Kuyuk also, dass ich ihn begleiten werde."

„Es freut mich, dass du deine Meinung geändert hast. Und Kuyuk wird es sicher auch freuen."

„Wirst du ihn ebenfalls nach Westen begleiten?" fragte Ogul-Gaimisch grimmig.

„Der Khaqan bat mich darum. Wie könnte ich ihm diese Bitte abschlagen?"

Das Gesicht Ogul-Gaimischs verfinsterte sich jäh.

„Das kann nur Unglück bedeuten", zischte sie böse.

Lachend entgegnete Turakina: „In dieser Hinsicht teilt der Khaqan deine Ansicht gewiss nicht. Doch wenn mein Anblick dich stört, werde ich versuchen, dir aus dem Weg zu gehen."

Ohne Ogul-Gaimisch weiter zu beachten, wandte Turakina sich zum Gehen. Sie hatte ihr Ziel erreicht. Nur das zählte. Ob Ogul-Gaimisch sie mochte, konnte ihr gleichgültig sein.

Verdrossen blickte die Khatun ihrer Schwägerin nach. Sie hasste Turakina, weil sie Kuyuk stets nähergestanden hatte als sie. Obwohl diese Frau ein verachtenswerter Krüppel war, hatte sie bereits mehr erreicht als sie selbst. Turakina besaß einen gesunden Sohn, während ihr Schoss allmählich auszutrocknen begann, ohne eine Frucht hervorgebracht zu haben.

Das Heer des Khaqan kam nur langsam voran. Obwohl sämtliche Orloks und Khane zur Eile drängten, um die unerfreuliche Auseinandersetzung so schnell wie möglich zu beenden, ordnete Kuyuk Khan immer wieder längere Aufenthalte an, die jeder kriegerischen Logik widersprachen. Auch sonst hatte der Khaqan sich sehr verändert. Es verging keine Nacht, in der Kuyuk sich nicht sinnlos betrank. Die Warnungen seiner Heerführer und Ärzte schlug er in den Wind. Dem sich rasch zeigenden körperlichen Verfall folgte auch bald der geistige. Immer häufiger schien der Khaqan der Mongolen sich in eine Welt zurückzuziehen, zu der sonst niemand Zutritt hatte.

Für Turakina war es erschreckend, dies mit ansehen zu müssen, ohne etwas dagegen unternehmen zu können.

„Ich werde den Verdacht nicht los, dass er dabei ist, sich ganz bewusst selbst zu zerstören. Er gibt sich die Schuld an Arikas Tod und an allem, was daraus entstanden ist. Anstatt Berke zu bestrafen, bestraft er sich lieber selbst", sagte Turakina eines Abends zu Kaidu, der als einziger männlicher Familienangehöriger das Heer begleitete. Kadan und Kaschin, die beiden anderen Brüder Kuyuks, waren in Karakorum geblieben, um die Regierungsgeschäfte während der Abwesenheit des Khaqans zu führen.

„Ich befürchte fast, dass du mit deiner Vermutung recht hast", antwortete Kaidu unwirsch. „Kuyuk sollte sich im Interesse aller zusammennehmen. Niemals haben wir einen starken Khaqan mehr gebraucht als im Augenblick. Wenn es Kuyuk nicht bald gelingt, sich zu fangen, müssen wir ihn überreden, den Oberbefehl über das Heer einem anderen zu übertragen. Doch dadurch würde die Autorität des Khaqans noch mehr

Schaden nehmen. Wie man es auch dreht, die Situation wird immer verfahrener."

Seufzend nickte Turakina. Auch sie wusste keinen Rat mehr.

Aufmerksam studierte Francesco die Pläne, die ihm ein Bote Kaidus von der neugegründeten Stadt Serai gebracht hatte. Zwar glaubte niemand im Lager an die Notwenigkeit einer Belagerung, denn Batu war kein Feigling, der sich hinter Mauern verkroch, anstatt sich dem Kampf zu stellen. Trotzdem gehörte es zu den stets erfolgreichen Kriegspraktiken der Mongolen, auf jede mögliche Entwicklung vorbereitet zu sein.

Nachdem Francesco den Plan lange genug studiert hatte, kam er zu der Überzeugung, dass die Mauern von Serai kein ernstzunehmendes Hindernis darstellen würden. Die Festungsmauer war, wie die Stadt selbst, noch lange nicht fertiggestellt. Ihre Erstürmung würde daher gewiss kaum Zeit in Anspruch nehmen.

Das plötzliche Aufschlagen seines Jurtevorhangs veranlasste Francesco, sich dem Eingang seines Zelts zuzuwenden. Zwar erwartete er das Erscheinen Laongs, um mit ihm die beste Möglichkeit einer Erstürmung Serais zu erarbeiten. Doch zu dieser Stunde hatte er mit dem Oberarchitekten des Khaqans noch nicht gerechnet. Noch überraschter war Francesco allerdings, als er anstelle Laongs den Khaqan selbst erblickte.

„Herr!"

Augenblicklich sank Francesco vor Kuyuk auf die Knie. Erst als dieser ihn mit einem Wink aufforderte, sich zu erheben, wagte Francesco es, sich zu rühren.

„Die Mauern von Serai", stellte Kuyuk Khan fest, einen flüchtigen Blick auf den Plan werfend. „Was meinst du? Wird es Schwierigkeiten machen, die Stadt zu erobern?"

„Nein, Herr! Gewiss nicht", antwortete Francesco rasch.

Ein müdes Lächeln umspielte für einen kurzen Augenblick Kuyuks Mundwinkel. Erschreckt blickte Francesco in die glasigen Augen des obersten Herrn der Mongolen. Der Khaqan wirkte auf ihn nicht nur niedergeschlagen, sondern krank.

„Herr! Geht es dir nicht gut? Soll ich den Arzt rufen?"

„Später. Das hat noch Zeit. Ich bin hierhergekommen, um mit dir über meine Schwester zu sprechen."

Erschöpft ließ Kuyuk sich vor dem in der Mitte der Jurte brennenden Feuer auf ein Kissen sinken.

„Ich habe den Blick gesehen, den du Turakina heimlich zuwirfst. Ich kenne die Bedeutung dieses Blicks. Und ich liebe meine Schwester. Sie steht mir näher als sonst ein Mitglied meiner Familie. Du liebst Turakina, nicht wahr?"

Verblüfft versuchte Francesco diesen Verdacht von sich zu weisen.

„Ich würde es nie wagen…"

Doch der Khaqan bedeutete ihm mit einer Handbewegung zu schweigen.

„Versuche nicht, es zu leugnen. Ich weiß es besser. Und Turakina ist es gewiss auch wert, geliebt zu werden. Sie ist eine kluge und verständige Frau."

Entsetzt nahm Francesco wahr, dass sich auf der Stirn des Khaqans Schweißperlen bildeten. Es bestand für Francesco kein Zweifel mehr. Der Khaqan hatte hohes Fieber.

„Leider", fuhr Kuyuk Khan fort, „wird ihr von meinem Volk die Anerkennung, die sie eigentlich verdient, verweigert. Früher war es die Macht meines Vaters, die sie schützte. Heute ist es meine Macht. Doch wer wird sie schützen, wenn ich einmal nicht mehr bin? Du liebst sie, und darum musst du mir heute ein Versprechen geben. Schwöre mir, dass du stets treu zu ihr stehen wirst, ganz gleich was geschieht. Schwöre es mir hier und jetzt."

„Ja, Herr, ich schwöre es dir! Aber jetzt lass mich einen Arzt rufen."

„Noch nicht", wandte Kuyuk ein. „Ich bin noch nicht fertig. Ich will noch ein Versprechen von dir. Sollte Turakina jemals Gefahr drohen, bringe sie zu Kublai

Khan. Bei ihm wird sie in Sicherheit sein. Versprich mir das."

Verwirrt schaute Francesco Kuyuk Khan an.

„Wenn du sie wirklich liebst, versprichst du es mir", beharrte der Khaqan auf seinem Willen, da ihm Francescos Zögern nicht entgangen war.

„Ja, Herr, ich verspreche es."

Ein zufriedenes Lächeln zeigte sich auf Kuyuks Gesicht. Am ganzen Körper zitternd erhob er sich, um Francescos Jurte zu verlassen. Doch als er die Schwelle erreicht hatte, brach er erschöpft zusammen.

Zutiefst erschrocken beugte Francesco sich über den glühenden Körper des Khaqans, während er laut um Hilfe zu rufen begann. Kuyuks Kampf gegen Batu und Berke war in gewisser Weise auch sein Kampf geworden, ging es doch gegen den Mann, der seine Tochter getötet, seine Frau verschleppt und ihn selbst beinah zum Eunuchen gemacht hatte. Was würde aus diesem Krieg werden, wenn dem Khaqan etwas zustieß?

„Er könnte diese Krankheit überleben, wenn er selbst es nur wollte. Doch der Lebenswille des Khaqan ist geschwächt. Darum befürchte ich, dass er sterben wird", erklärte der Jinarzt den versammelten Familienmitgliedern Kuyuks.

Kaidu war der erste, der nach dieser niederschmetternden Neuigkeit die Sprache wiederfand.

„So erschütternd all dies auch sein mag, müssen wir dennoch sofort damit beginnen, über die Zeit nach Kuyuks Tod nachzudenken. Wenn der Khaqan wirklich stirbt, muss Ogul-Gaimisch bis zum Zusammentritt der Kuriltai die Regentschaft übernehmen. Dies vergrößert unsere Chancen, die Macht innerhalb der Familie zu halten. Die Auseinandersetzung mit Batu wird nach dem Dahinscheiden Kuyuks wohl überflüssig werden. Wenn der Khaqan nicht mehr lebt, hat Batu Khan keinen Grund mehr, Karakorum länger den Gehorsam zu verweigern. Doch dieser Konflikt wird auf der Kuriltai seine Auswirkungen zeigen. Unsere Chancen, ein Mitglied unserer Familie zum neune Khaqan zu machen, sind gering. Trotzdem dürfen wir nichts unversucht lassen. Du, Ogul-Gaimisch, solltest deshalb sofort nach Karakorum zurückkehren. Hier bist du der Familie nur von geringem Nutzen, während du dich in Karakorum mit Kadan zusammentun kannst, um seine Wahl zum neuen Khaqan zu unterstützen.“

Die erste Verzweiflung, die die Nachricht des Arztes bei Ogul-Gaimisch ausgelöst hatte, begann jäh zu verfliegen. Sie würde von nun an für Kuyuk regieren. Dies würde ihr die Möglichkeit geben, ihre eigene Machtposition auszubauen. Bis der Kuriltai zusammentrat, würde viel Zeit vergehen. Bis dahin konnte viel geschehen.

„Ich werde morgen früh aufbrechen", antwortete Ogul-Gaimisch daher sofort.

Missmutig starrte Turakina ihren Neffen und ihre Schwägerin an. Obwohl der Khaqan noch nicht seinen letzten Atemzug getan hatte, berieten die beiden bereits über eine Zukunft ohne ihn. Angewidert wandte sie sich zum Gehen. Schwerfällig humpelte sie davon, um mit ihrem Schmerz allein zu sein.

18.

Kuyuk Khan war tot. Nur ganze zwei Jahre hatte seine Regierungszeit gedauert.

Doch der eigentliche Tod ihres Bruders, das wusste Turakina, hatte bereits viel früher stattgefunden. Die Überzeugung, Arika und das Mongolenreich ins Verderben geführt zu haben, hatte so schwer auf Kuyuk gelastet, dass sie ihn allmählich erdrückt hatte. Turakina war davon überzeugt, dass Kuyuk den Tod gesucht und gefunden hatte.

Der Trauerzug, der sich auf Geheiß Kaidus zu der Stätte auf den Weg gemacht hatte, an der auch Dschingis Khan und Ogedei Khan begraben worden waren, hatte etwas Furchteinflößendes und Gespenstisches an sich. Jedes Lebewesen, das den Mongolen auf dem Marsch zum Begräbnisort begegnete, ganz gleich ob Mann, Frau, Kind oder Tier, wurde von den Mongolen niedergemetzelt. All diese Opfer waren von den den Weg begleitenden Schamanen dazu ausersehen worden, dem Khaqan in der Welt, in der er jetzt weilte, zu dienen.

Angewidert von soviel sinnloser Grausamkeit, erwachten in Francesco erneut Zweifel. Was verband ihn überhaupt mit diesen Barbaren? Was veranlasste ihn dazu, für sie zu arbeiten, ihnen beim Bau von Festungsanlagen zu helfen? Machte er sich dadurch nicht zu ihrem Komplizen? Wie konnte er einem Volk, das zu solcher Grausamkeit fähig war, überhaupt guten Gewissens dienen? Doch andererseits konnte Francesco es sich auch nicht mehr vorstellen, eines Tages nach Genua zurückzukehren. Alles, was ihn mit der Heimat verbunden hatte, seine Frau und sein Kind, waren für immer verloren. Seine einzige mögliche Zukunft hieß Turakina. Und hatte er nicht auch geschworen, diese nicht zu verlassen, ihr treu zu dienen?

In ihr blasses, verzweifeltes Gesicht blicken zu müssen, erschreckte Francesco jeden Tag mehr. Vielleicht war sie die Einzige, die wirklich um Kuyuk trauerte.

Nahe der Quelle des Orchon angekommen, nahm das sinnlose Gemetzel endlich ein Ende. Hier wurde der Leichnam des verstorbenen Khaqan eine Woche lang aufgebahrt, damit die Schamanen die letzten traditionellen Zeremonien und Riten für den Toten durchführen konnten. Danach machte sich ein Zug von Familienangehörigen und einigen, in das Geheimnis Eingeweihten, auf zu den bewaldeten Hängen des Burkhan Khalduns, um Kuyuk an dem Ort zur letzten Ruhe zu betten, an dem sich bereits die Gräber seines Vaters und Großvaters befanden.

Als Batu Khan die Nachricht vom Tod Kuyuks erhielt, erfüllte ihn eine ungeheure Erleichterung. Es war ihm schwergefallen, sich gegen den Khaqan zu erheben, denn die Mahnung Dschingis Khans zur Einheit saß tief in seinem Herzen verwurzelt. Doch trotz seines Glaubens an die Richtigkeit dieses Grundsatzes war ihm nach allem, was vorgefallen war, keine andere Möglichkeit geblieben, als sich gegen den Khaqan zu erheben. Kuyuk hatte nicht nur die Gesetze der Yassa gebrochen, er hatte auch die Ehre seiner Familie besudelt. Dieser Schandfleck hatte, solange Kuyuk lebte, nur mit Blut fortgewaschen werden können. Dass der Khaqan gestorben war, kam nach Batus Sicht der Dinge darum genau zum richtigen Zeitpunkt. Kuyuks plötzlicher Tod machte eine kriegerische Auseinandersetzung überflüssig.

Während Batu Khan sich die neue Lage genau durch den Kopf gehen ließ, kam er langsam zu dem Schluss, dass die Einheit der Mongolen für die Zukunft am besten gesichert werden konnte, wenn keine Seite der beiden Kontrahenten den zukünftigen Khaqan stellen würde. Ein neutraler Dritter sollte an die Spitze des Mongolenstaats gewählt werden. Nach einigem Abwägen fiel Batus Wahl auf Möngke, den Sohn Tulis. Er war in seinen Augen der richtige Mann, um den Frieden unter den Mongolenstämmen wiederherzustellen. Ihn würde er der Kuriltai vorschlagen, wobei er jedoch ausdrücklich betonen würde, dass ihm jeder andere Kandidat ebenso recht wäre, solange ihm garantiert wurde, dass kein weiterer Nachkomme Ogedeis die Macht erhalten würde.

Zufrieden mit dieser Entscheidung ließ Batu Khan schließlich seinen Sohn Sartak und seinen Bruder Berke zu sich rufen.

Nachdem er beiden die neue Lage geschildert hatte, fügte er zuversichtlich hinzu: „Kuyuk Khans Tod war ein Geschenk der Götter. Er kam genau im richtigen Augenblick, um die drohende Auseinandersetzung unter uns Mongolen noch zu verhindern."

„Soll das bedeuten, dass du nun nicht mehr kämpfen willst?", fragte Berke unwillig.

„Wofür? Der Frevler ist tot. Die Götter haben ihn gerichtet. Es bleibt uns nichts mehr zu tun übrig."

„Ogedeis ganze Sippe gehört ausgerottet. Wir sollten nicht ruhen, bis…"

Mahnend hob Batu Khan die Hand.

„Die alten Götter unseres Volks haben ihr Urteil gesprochen, dem wir uns beugen werden. Der Krieg ist vorbei, bevor er überhaupt begonnen hat. Alles Weitere wird auf der Kuriltai entschieden werden. Um über sie mit euch zu sprechen, habe ich euch kommen lassen. Ich bin nicht mehr der Jüngste und verspüre deshalb auch keine Lust, die anstrengende Reise nach Karakorum zu unternehmen. Ihr beide, Sartak, der einmal mein Erbe sein wird, und du, Berke, der du über die nötige Erfahrung verfügst, werdet für mich nach Karakorum reisen, um für mich an der Kuriltai teilzunehmen. Mein Wunsch ist es, dass Möngke der neue Khaqan der Mongolen wird. Darauf sollt ihr beide gemeinsam hinwirken."

Nur mühsam gelang es Berke, seinen Zorn zu verbergen. Sein Bruder wurde alt und schwach. Ihm wurde der Frieden lieber als der Kampf. Und Sartak, sein Sohn, war ein Mann ohne jede Begabung. Berke wurde klar, dass es für ihn Zeit wurde, an seine eigene Zukunft zu denken. Doch zuvor hatte er mit der Familie Ogedeis eine Rechnung zu begleichen.

19.

Als Vertreter Batu Khans gehörten Sartak und Berke fast zu den letzten Teilnehmern an der Kuriltai, die in Karakorum eintrafen.

Ein Gefühl des Triumpfs erfüllte Berke, als er die von Schildkröten markierte Stadtgrenze passierte. Die Botschaft, die ihm sein Bruder in die Hauptstadt des Mongolenreichs mitgegeben hatte, würde ganz ohne Zweifel die bevorstehende Wahl des Khaqans entscheidend beeinflussen. Batus Weisung war eindeutig. Keiner aus der Familie Ogedeis sollte die Würde des Khaqans erhalten. Nur wenn seinem Willen entsprochen wurde, sollten alle Streitigkeiten begraben werden.

Ein zufriedenes Grinsen zeichnete sich auf Berkes Gesichtszügen ab, während er mit seiner Gefolgschaft vor dem Palast sein Pferd zügelte. Natürlich würden die Söhne Ogedeis diese Bedingung Batus nicht akzeptieren. Zu lange hielten sie bereits, unterstützt von Ogul-Gaimisch, der offiziellen Regentin, die Macht in den Händen, um sie sich freiwillig wieder entreißen zu lassen. Sollten sie sich auf der Kuriltai nicht durchsetzen können, so würden sie nach anderen Wegen suchen, ihr Ziel zu erreichen. Und genau darauf vertraute Berke. Er wollte Blut fließen sehen, denn nur

Blut konnte die Schmach tilgen, die Kuyuk ihm zugefügt hatte.

Wie sehr fühlte Berke sich Arabella gegenüber zu Dank verpflichtet. Wäre sie nicht gewesen, hätte Arika ihn vielleicht noch viel länger der Lächerlichkeit preisgeben können. Welch ein Segen waren doch Frauen, die, bar jeder körperlichen Lust, ganz danach trachteten, dem Mann, dem sie gehörten, Befriedigung zu schenken. Solche Frauen gelangten niemals in Versuchung. Doch nicht nur diese Qualität schätzte Berke inzwischen an Arabella. Sie war außerdem die Mutter seines Sohns und stets eine verständige Zuhörerin. Auch wenn er sie im Bett längst nicht mehr so anziehend fand wie früher und er immer öfter bei jüngeren Frauen sein Vergnügen suchte, so war sie ihm doch unentbehrlich geworden. Um jederzeit mit ihr reden zu können, verzichtete er schon lange nicht mehr auf ihre Begleitung.

Während Berke von seinem Pferd sprang und einem Palastdiener die Zügel des Tiers übergab, begann in seinem Kopf ein Plan immer festere Formen anzunehmen. Er würde einen Weg finden, die Brut Ogedeis zu vernichten.

„Meldet der Regentin meine Ankunft. Ich bitte darum, von ihr so schnell wie möglich empfangen zu werden."

Mit gemischten Gefühlen sah Ogul-Gaimisch dem Zusammentreffen mit dem Widersacher ihres verstorbenen Mannes entgegen. Seit sie vor zwei Jahren die Regentschaft übernommen hatte, fürchtete sie sich vor diesem Augenblick. Nach allem, was geschehen war, musste Berke ihr Feind sein. Trotzdem schien es ihr in Anbetracht des baldigen Zusammentreffens der Kuriltai nicht geraten, den Konflikt offen ausbrechen zu lassen. Augenscheinliche Feindschaft würde die Aussichten Kadans, die Nachfolge seines Bruders anzutreten, nur noch weiter verschlechtern. Ohnehin schienen die meisten Stimmberechtigten schon jetzt dafür, weder dem Geschlecht Ogedeis noch dem Batus in Zukunft die Macht anzuvertrauen.

Seufzend führte Ogul-Gaimisch sich diese Tatsache noch einmal vor Augen und ermahnte sich, jetzt unter keinen Umständen die Nerven zu verlieren. Längst hatte die Khatun einsehen müssen, dass sie keineswegs die Fähigkeiten ihrer Schwiegermutter besaß, der es mit Geschick gelungen war, der letzten Kuriltai ihren Willen aufzuzwingen. Allein ihr Ehrgeiz konnte sich mit dem von Kuyuks Mutter messen. Doch darüber hinaus wäre sie ohne die Hilfe Kadans längst verloren gewesen. Er war die eigentliche Macht im Staat geworden, während sie nichts als eine äußere Fassade bildete. Doch mit dieser Rolle war Ogul-Gaimisch durchaus zufrieden.

„Lasst den Orlok Berke eintreten", befahl sie endlich, während sie sich heimlich wünschte, dass Kadan im Palast wäre, um sie bei der Begegnung mit Berke zu unterstützen. Doch er war am Morgen zur Jagd geritten und würde erst in einigen Tagen nach Karakorum zurückkehren. Solange konnte sie Berke jedoch nicht warten lassen.

„Ich grüße dich, Khatun."

Nachdem er sich leicht verneigt hatte, trat Berke auf Ogul-Gaimisch zu.

„Auch ich heiße dich im Palast der Khaqane willkommen. Der hohe Rat erwartet Sartaks und deine Ankunft bereits mit Ungeduld. Nun steht nur noch die Ankunft Kublais und Arik-Bukas aus. Die Vorbereitungen für den geplanten Feldzug gegen die Sung halten sie noch in China fest. Doch auch mit ihrem Eintreffen kann wohl bald gerechnet werden, wie mir berichtet wurde."

„Dann steht der Wahl eines neuen Khaqans bald nichts mehr im Weg. Es bleibt mir nur zu hoffen übrig, dass sich die Entscheidung der Kuriltai diesmal rascher vollzieht. Es ist mir wichtig, so schnell wie möglich in den Westen zurückzukehren. Die Gesundheit meines Bruders lässt seit einiger Zeit zu wünschen übrig. Ich befürchte, dass Allah, der Allerbarmer, seine Tage gezählt hat. Sollte dies zutreffen, so wird Sartak ein rasches Handeln und jede Unterstützung nötig haben, um sein Erbe zu sichern, denn im Gegensatz zu Batu Khan ist er ein eher schwacher Mann, dem mancher die Treue verweigern könnte. Es ist schon tragisch, welch traurige Nachkommen kraftvolle Herrscher zuweilen zeugen. Doch damit erzähle ich dir gewiss nichts Neues, Khatun, ist doch auch das Geschlecht Ogedeis nicht von dieser Tatsache verschont geblieben."

Innerlich zitternd begegnete Ogul-Gaimisch dem Blick Berkes. Das selbstgefällige Lächeln, das sich auf dessen massigem Gesicht zeigte, erhöhte ihren Zorn noch. Trotzdem wagte sie es nicht, Berke offen anzugreifen. Dieser Mann hatte etwas Furchterregendes an sich, das sie erschreckte und einschüchterte. Deshalb beschloss sie, Berkes zweideutige Rede allein auf ihre Schwägerin Turakina zu beziehen.

„Ja, auch mich stimmt es traurig, miterleben zu müssen, wie die Großen unseres Reichs sterben, während die von den Dämonen Besessenen ewig zu leben scheinen. Der Wille der Götter ist für uns Menschen oftmals nur schwer zu verstehen."

Die Andeutung auf Turakina trieb Berke einen bitteren Geschmack in den Mund. Mit ihr hatte er noch eine besondere Rechnung zu begleichen. Keinen Tag hatte er die Demütigung vergessen, die sie ihm zugefügt hatte.

„Wie du weißt, Khatun, bin ich hier, um den Standpunkt meines Bruders auf der Kuriltai zu vertreten. Dieser Standpunkt ist klar und unwiderruflich. Batu verzichtet um des Friedens Willen auf eine kriegerische Auseinandersetzung. Dafür darf keinem aus dem Geschlecht Ogedeis die Würde des Khaqans zugesprochen werden. Er selbst ist für die Wahl Möngkes zum neuen Großkhan. Und Batu ist davon überzeugt, dass er für die Wahl Möngkes auf der Kuriltai eine Mehrheit finden kann."

Die Betroffenheit, die Ogul-Gaimisch plötzlich erfasste, konnte sie vor Berke nur schwer verbergen. Wenn Batu für die Wahl Möngkes zum Khaqan den Frieden und die Einheit bot, stand dessen Wahl kaum noch etwas im Weg. Kadans einzige Chance für eine Wahl hatte in der Auseinandersetzung mit Batu und der Zersplitterung der Kuriltai in einzelne Parteien gelegen. Dieser Chance hatte Batu ihn nun beraubt.

„Warum erzählst du mir das?", fragte Ogul-Gaimisch schließlich misstrauisch. „Wäre es nicht sinnvoller, Batus Entscheidung der Kuriltai mitzuteilen?"

„Gewiss wäre es das, wenn ich seine Meinung teilte. Doch das tue ich nicht. Warum soll eine ganze Familie für das Fehlverhalten eines Einzelnen bestraft werden? Kadan trifft an dem, was geschehen ist, keine Schuld."

Berke hatte Ogul-Gaimischs Reaktion auf seine Worte genau beobachtet. So war seinem scharfen Blick nicht entgangen, wie die Khatun für einen Augenblick erschreckt zusammengezuckt war. Dies war die letzte Bestätigung, die er gebraucht hatte. Kadans Chancen schienen bereits schlecht gewesen zu sein. Batu Khans Forderung vernichtete nun auch noch die letzte Hoffnung.

„Ich verstehe den Sinn deiner Worte nicht", wich Ogul-Gaimisch aus. Doch sie spürte, dass sie Berke nicht würde täuschen können. Einem Mann wie ihm war sie nicht gewachsen. Warum war Kadan nicht in der Stadt geblieben, um ihr in dieser schweren Stunde beizustehen?

„Es hat keinen Sinn über Vergangenes zu reden. Allahs Wille geschieht. Es hat ihm gefallen, die Linie Ogedeis nach dem Tod Dschingis Khans den anderen vorzuziehen. In dieser Hinsicht sollte darum niemand den Willen Allahs in Frage stellen."

„Nicht Allah, sondern der Kuriltai entscheidet. Und ich wüsste nicht, wie man die Wahl Möngkes zum neuen Khaqan nach der Willensäußerung deines Bruders noch verhindern könnte."

„Der Kuriltai besteht aus Menschen, die irren können. Das hat Batu Khan bedacht. Darum hat er für den Fall der Wahl eines ihm unliebsamen Kandidaten damit gedroht, dessen Anerkennung zu verweigern. Wie aber, so frage ich dich, Khatun, kann eine freie Wahl erfolgen, wenn bereits vor der Wahl ein solcher Druck ausgeübt wird."

Nachdenklich blickte Ogul-Gaimisch einen Augenblick an Berke vorbei ins Leere. Diese Drohung Batus stellte eindeutig eine Erpressung des Rats dar. War es unter diesen Voraussetzungen nicht möglich, der Teilnahme an der Wahl fernzubleiben? Und focht man mit diesem Fernbleiben nicht gleichzeitig die Rechtmäßigkeit der Wahl an? Ogul-Gaimisch schöpfte plötzlich wieder Hoffnung. Vielleicht war doch noch nicht alles verloren? Doch musste sie schnell handeln.

„Ich danke dir für das Vertrauen, das du mir bewiesen hast. Doch nun bitte ich dich, mich allein zu lassen. Die Aufgaben einer Regentin sind vielfältig und oftmals ermüdend."

Lächelnd verneigte Berke sich, bevor er zufrieden den Audienzsaal verließ. Er wusste, er hatte die Khatun auf den richtigen Weg geleitet. Alles Weitere würde sich von selbst ergeben.

Turakina konnte den Plan ihrer Schwägerin Ogul-Gaimisch nicht gutheißen. Er verstieß gegen die wohlüberlegten Gesetze Dschingis Khans und musste darum Unglück bringen. Sich von der Abstimmung fernzuhalten, um hinterher die Rechtmäßigkeit des neugewählten Khaqan anzufechten, das war Rebellion. Rebellion war ein todeswürdiges Vergehen, denn mit ihr verriet man die von Dschingis Khan mühsam herbeigeführte Einheit der Mongolen. Trotzdem erhob Turakina ihre mahnende Stimme vergeblich. Kadan und Kaschin, die nach Kuyuks Tod beide gemeinsam der

Sippe vorstanden, waren nur zu bereit, Ogul-Gaimischs Vorschlag zu folgen, nachdem sie hatten erkennen müssen, dass Kadans Kandidatur für das Amt des Khaqans keinerlei Aussicht auf Erfolg mehr hatte. Die Mehrzahl der mongolischen Fürsten und Heerführer hatten sich bereits vor der entscheidenden Wahl auf Möngke geeinigt.

„Berkes Rat hat viel für sich. Wir sollten ihn beherzigen und Karakorum vor der Wahl verlassen. Bleiben wir, können wir nichts anderes tun, als unsere Niederlage hinnehmen."

„Denk doch einmal nach, Bruder!", mahnte Turakina. „Welchen Grund sollte Berke haben, uns freundlich gesonnen zu sein? Kuyuk wollte gegen ihn ins Feld ziehen. Glaubst du wirklich, dass Berke das vergessen hat? Ich habe ihn als ränkesüchtigen und rachedurstigen Mann kennengelernt, der zu jeder Schandtat bereit ist. Seinem Rat zu folgen, kann zu nichts Gutem führen."

Eine Weile herrschte in dem Saal, in dem sich die Nachkommen Ogedeis versammelt hatten, Schweigen. Turakinas Warnung hatte seine Wirkung nicht verfehlt. Schließlich wanderten die Blicke aller Versammelten hin zum Gesicht jener inzwischen grauhaarig und faltig gewordenen Frau, die in der Vergangenheit schon einmal die Geschicke der Sippe erfolgreich gelenkt hatte. Turakina, die ehemalige Regentin, die am oberen Ende des Tischs die Auseinandersetzung wortlos verfolgt hatte, blickte lange nachdenklich in die Runde. Als sie nach einigem Zögern schließlich doch ihre Stimme erhob, lag für einen Augenblick die Kraft von früher darin.

„Wir sollten Berke tatsächlich nicht trauen, denn er hat allen Grund, uns übel zu wollen. Trotzdem hat sein Rat einiges für sich, selbst wenn hinter ihm eine böse Absicht steckt. Doch kann sich der, der die Gefahr rechtzeitig erkennt, gegen sie wappnen. Alle männlichen Nachkommen Ogedeis sollten vor der Wahl Karakorum mit ihren Freunden und Verbündeten verlassen. Jede weitere Entscheidung hingegen sollte erst nach der Wahl gefällt werden. Wichtig für den Augenblick ist, dass Möngkes Herrschaftsanspruch, da er nicht zu verhindern ist, wenigstens von Anfang an geschwächt wird. Eine günstige Gelegenheit wird sich dann schon irgendwann ergeben. Auf sie werden wir geduldig warten. Ich werden den Befehl zum Losschlagen erteilen, wenn ich die Zeit für gekommen halte. Bis dahin scharrt so viele Verbündete wie möglich um euch. Das ist mein Rat. Und nun stimmt ab."

„Dein Rat erscheint mir weise, Mutter. Darum sollten wir ihn befolgen", sagte Kadan. „Lasst uns zur Stimmabgabe übergehen. Wer dafür ist, hebe die Hand."

Zufrieden nickte Kadan, nachdem das Ergebnis bekannt war. Allein Kaidu und Turakina hatten sich dagegen ausgesprochen. Damit stand die Entscheidung fest.

„Was wirst du jetzt machen?", fragte Turakina Kaidu deprimiert, nachdem sich die Versammlung aufgelöst hatte.

Resignierend zuckte Kaidu mit den Schultern. Dabei bebten seine breiten Nasenflügel. Dies taten sie immer, wenn er verärgert war.

„Ogul-Gaimischs Vorhaben ist Wahnsinn. Ehrlich und offen um die Macht zu ringen, das ist eins. Doch Lug und Trug zu Hilfe zu nehmen, wenn alles andere versagt, ist etwas völlig anderes. Solange es darum ging, in der Kuriltai eine Mehrheit zu erringen, war ich auf Kadans Seite. Doch das, was er und Ogul-Gaimisch jetzt vorhaben, entspricht nicht mehr dem Verhalten eines Kriegers. Es wird, wenn du mich fragst, auch nicht gut enden. Darum werde ich mich zwar an den Familienbeschluss halten und die Stadt wie die anderen vor der Auseinandersetzung verlassen. Doch an dem geplanten Verrat werde ich mich nicht beteiligen. Einem Gegner erklärt man offen den Kampf und trifft ihn dann auf dem Schlachtfeld. Hinterhältiger Verrat jedoch ist ein Zeichen für Feigheit. Das ist die Art der Chinesen, Krieg zu führen, nicht die der Mongolen. Darum werde ich unverzüglich in meinen Ordu im Westen zurückkehren. Und was hast du jetzt vor, Schwester?"

Nachdenklich blickte Turakina an Kaidu vorbei in eine ungewisse Ferne.

„Ich weiß es nicht", antwortete sie nach einer Weile schwermütig. „Mir drängt sich immer wieder das Gefühl auf, dass ich an dem Unheil, das sich hier anbahnt, wenig ändern kann. Der Mensch ist zwar zu einem gewissen Teil frei in seiner Entscheidung. Dennoch ist ihm sein Weg eigentlich vorbestimmt. Mag er sich links oder rechts halten, seinen Weg kann er nicht verlassen."

Unwillig schüttelte Kaidu den Kopf.

„Von derlei Gedanken verstehe ich nicht viel. Ich bin ein Mensch, der handelt, anstatt ein Problem lange zu zerdenken. Deshalb höre auf mich. Verlasse Karakorum. Kehre dem Verrat den Rücken. Komm mit mir, Schwester."

Seufzend wehrte Turakina ab.

„Das kann ich nicht, Kaidu. Noch nicht", fügte sie hinzu.

„Nun, dann merke dir wenigstens Folgendes. Ganz gleich was geschieht. In meinem Ordu ist immer ein Platz für dich. Vergiss das nicht."

Dankbar verabschiedete Turakina sich von ihrem Neffen, bevor sie schwerfällig davonhumpelte. Sie ahnte, dass der Tag kommen würde, an dem sie auf Kaidus Angebot zurückgreifen würde.

20.

Turakina konnte sich nicht daran erinnern, sich jemals zuvor mehr vor einer Begegnung gefürchtet zu haben. Kublais Ankunft in Karakorum beruhigte und beunruhigte sie gleichermaßen.

Über zwei Jahre war es her, dass sie Kublai von Tschingims Geburt unterrichtet hatte. Seither hatte sie nur eine einzige Nachricht von ihm erhalten.

„Komm zu mir!"

Turakina hatte lange über diese kurze Antwort nachgedacht. Dieser knappe Befehl entsprach so gar nicht dem Kublai, den sie kannte. Was war geschehen? Was hatte diesen Mann so verändert? Turakina wusste, dass sie die Antwort auf ihre Frage jeden Augenblick erhalten würde, und genau davor fürchtete sie sich. Wie auch immer ihr Gespräch mit Kublai verlaufen würde, an seinem Ende würde etwas Endgültiges stehen.

Als Kublai wenig später ihre Gemächer betrat, spürte Turakina sofort, dass ihre Befürchtungen berechtigt gewesen waren. Der Mann, der sie jetzt fordernd anblickte, entsprach nicht mehr dem verständnisvollen Jüngling, den eine Ablehnung zwar kränken konnte, der sie aber dennoch widerspruchlos akzeptierte. Vor ihr stand ein Mann, der es gewohnt war zu befehlen und keine andere Meinung außer der eigenen gelten ließ.

Kublais Feinde taten gewiss gut daran, ihn zu fürchten. Sein Anblick beeindruckte Turakina. Doch gleichzeitig widerstrebte es ihr, sich diesem Mann zu unterwerfen.

„Ich bin gekommen, um dich und meinen Sohn in meine Jurte zu geleiten. Dort ist von nun an dein Platz."

Die anmaßende Rede Kublais rief in Turakina sofort Abwehr hervor. Noch nie hatte jemand gewagt, so mit ihr zu sprechen.

„Ich bin die Tochter und die Schwester eines Großkhans und es darum nicht gewohnt, Befehle zu erhalten. Deinen Sklavinnen kannst du befehlen, mir nicht."

Kublais Augen blickten sie hart und unbeeindruckt an.

„Du bist die Tochter und die Schwester eines verstorbenen Großkhan", sagte er kühl. „Es wäre gut, wenn du das begreifen würdest. Deine Zukunft ist äußerst unsicher, solange du dich nicht dem Schutz eines Mannes unterstellst. Ich biete dir Schutz, weil du auf mich noch immer einen Zauber ausübst, dem ich mich nicht entziehen kann. Hinzu kommt natürlich, dass ich meinen Sohn haben will."

Kublais unnachgiebiger Blick, mit dem er sie in die Knie zu zwingen versuchte, steigerten Turakinas Zorn über seine Worte noch. Sich den schmerzlichen Verlust, den sie erlitten hatte, zunutze machen zu wollen, um endlich ans Ziel seiner Wünsche zu gelangen, war mehr, als sie hinzunehmen bereit war.

„Gewiss bin ich nach dem Tod meines Bruders nur noch eine von vielen mongolischen Prinzessinnen, Kublai. Gerade darum verstehe ich nicht, warum dir immer noch so viel an mir liegt. Dein Palast ist voller Frauen und Kinder. Du willst mich doch nur, um dich endlich als Sieger über mich zu fühlen. Niemand soll es mehr wagen dürfen, dem großen Kublai zu trotzen. Ist das nicht der einzige Grund, der dich heute zu mir führt?"

„Verflucht!", brauste Kublai auf. „Warum willst du nicht endlich begreifen. All meine Frauen sind gewiss schön und liebenswert. Doch das ist leider auch schon alles. Selbst meine erste Gemahlin Jamua ist nichts weiter als ein hohles Gefäß, in das ich mich gelegentlich ergieße. Du bist die einzige Frau, die ich wirklich will. Es ist nicht nur dein Körper, den ich begehre. Schöne Körper haben alle meine Frauen. Du aber hast Verstand. Mit dir kann ich reden. Du verstehst, was ich meine. Mit dir gemeinsam kann ich alles erreichen. Ich brauche dich, Turakina. Und ob du es nun wahrhaben willst oder nicht, du brauchst mich genauso. Was hier in Karakorum gerade geschieht, wird in einer Katastrophe enden. Deine Sippe beschwört den eigenen Untergang herauf. Wenn mein Bruder Möngke erst gewählt ist, wird er jeden Widerstand mit dem Schwert niederschlagen. Ihr alle unterschätzt Möngke. Hinter der Maske der Gelassenheit verbirgt sich ein Mann, der nur so vor Ehrgeiz und Entschlossenheit strotzt. Mit seinen Gegnern wird er kein Erbarmen kennen. Wer außer mir kann dir und unserem Sohn Schutz gewähren, wenn es zum Äußersten kommt. Denke nicht nur an dich. Denke auch an Tschingim."

Seufzend wandte Turakina ihr Gesicht von Kublai ab. So ungern sie es sich eingestehen wollte, wusste sie doch, dass Kublai recht hatte.

„Warum weigerst du dich, den Weg der Vernunft zu gehen?", drang Kublai weiter in sie ein. „Das Reich der Mongolen steht an einem Wendepunkt. Es wird Zeit, dass du dich entscheidest, auf welcher Seite du stehen willst. Wähle die richtige Seite, bevor es für eine Entscheidung zu spät ist."

Nachdem er einen Augenblick geschwiegen hatte, um seine Worte wirken zu lassen, fragte er versöhnlicher: „Darf ich unseren Sohn sehen?"

„Natürlich", antwortete Turakina und befahl einer Dienerin, Tschingim hereinzuholen.

Lächelnd beobachtete Kublai, wie der Knabe mit kleinen, tapsigen Schritten an der Hand seiner Amme hereinkam und sich mit seltsam wachen Augen sofort umzublicken begann. Begeistert hob Kublai das Kind zu sich empor. Der Stolz, der ihn in diesem Augenblick erfüllte, war ihm deutlich anzusehen.

Grübelnd sah Turakina Kublai an, während sie sich ernsthalt fragte, was sie eigentlich davon abhielt, der Stimme der Vernunft zu folgen? Was konnte sie jetzt noch mehr von ihrem Leben erwarten, als die Konkubine eines angesehenen mongolischen Prinzen zu werden, der sie vielleicht sogar irgendwann zu einer seiner Nebenfrauen machen würde? Hatte es für sie nicht eine Zeit gegeben, in der sie in einer Verbindung mit Kublai, wie immer diese auch geartet gewesen wäre, die Erfüllung ihres Lebens gesehen hätte? Was war geschehen? Was hatte ihre Meinung so geändert?

Die Erkenntnis, dass sie inzwischen genau wusste, dass Kublai nicht der Mann war, der zu ihr gehörte, kam nicht völlig unerwartet und plötzlich. Diese Tatsache war ihr schon lange bewusst, wurde jedoch schnell von einer weit schwerwiegenderen Frage abgelöst. Wie sollte sie einem Mann wie Kublai ihre Gefühle begreiflich machen? Er würde niemals verstehen.

Nachdem die Dienerin Tschingim wieder hinausgeführt hatte, wandte Kublai sich ihr erneut voller Erwartung zu. Verzweifelt wich Turakina seinem Blick aus.

„Ich brauche Zeit. Ich muss über alles noch einmal in Ruhe nachdenken", beschwor sie Kublai schließlich.

„Nimm dir die Zeit, aber nicht zu lange. Auch meine Geduld hat ihre Grenzen", antwortete er warnend. „Vor allem aber glaub mir Folgendes. Wenn du in dein

Unglück laufen willst, dann bedaure ich dies zwar. Aber ich kann es wohl nicht verhindern. Doch meinen Sohn werde ich vor Unheil zu bewahren wissen."

Ohne ihr noch einen weiteren Blick zu schenken, verließ Kublai sie. Verzweifelt blieb Turakina allein zurück. Warum nur war die Ablehnung in ihr so viel stärker als die Stimme der Vernunft? Turakina wusste es nicht. Doch in ihrem Herzen wohnte seit langem das Bild eines anderen Mannes, jenes Mannes, der sie aus den reißenden Fluten gezogen hatte. Aber diese heimliche Verliebtheit würde gewiss niemals eine Zukunft haben. Zu viel trennte sie voneinander.

Mit langen Schritten überquerte Francesco den Palasthof, in dessen Mitte wieder einmal eines jener religiösen Streitgespräche stattfand, die in Karakorum seit langem zur Tagesordnung gehörten. Nestorianische Christen und Moslems versuchten die Lehre eines buddhistischen Mönchs namens Phagspa, der erst vor kurzem in die Stadt gekommen war, zu widerlegen. Doch dies wollte ihnen allem Anschein nach nicht gelingen.

Die ruhige Gelassenheit, mit der der Mönch sprach, beeindruckte selbst Francesco so sehr, dass er wider Willen einen Augenblick stehenblieb, um Phagspa zu lauschen. Bewundernd musste Francesco sich eingestehen, dass weder Nestorianer noch Moslems den wohlüberlegten Worten des Buddhisten etwas Überzeugendes entgegenhalten konnten. Von diesem Mann ging eine innere Stärke aus, der selbst Francesco sich nicht entziehen konnte. Er begann zu begreifen, warum dieser Mann innerhalb so kurzer Zeit zu solchem Ruhm gelangt war. Die Moslems begannen bereits seine wachsende Anhängerschaft am Hof zu fürchten. Und auch die Nestorianer hatten seinetwegen schon Rückschläge in ihrem Bekehrungswerk hinnehmen müssen.

Obwohl die Nestorianer in seinen Augen Abtrünnige der römischen Kirche waren, entsprach ihre Glaubensauffassung doch am ehesten seiner Überzeugung. Trotzdem musste Francesco sich nun eingestehen, dass ihn die Antworten, die der Buddhist auf die Fragen der immer größer werdenden Zuhörermenge gab, mehr Logik enthielten als manch christliche Lehre. Wieder einmal wurde Francesco sich der Tatsache bewusst, wie sehr er sich in den letzten Jahren verändert hatte. Früher wäre Phagspa für ihn einfach nur ein Heide gewesen, dem er niemals Beachtung geschenkt hätte. Heute sah er in ihm einen Gelehrten.

Sich von den Lippen des Buddhisten lösend wandte Francesco sich schließlich zum Gehen. Ogul-Gaimisch erwartete ihn sicher bereits. Sie wünschte mit ihm über den Bau eines Pavillons im Palastgarten zu sprechen.

Francesco war ein reicher und mächtiger Mann geworden, seit Turakina ihm die Möglichkeit gegeben hatte, wieder in seinem Beruf zu arbeiten. Fast alle Mitglieder der Sippe Ogedeis ließen ihre Bauvorhaben inzwischen von ihm ausführen. Aber auch andere mongolische Adlige, die zwar in der Steppe lebten, aber dennoch in der Nähe der Macht ein Haus besitzen wollten, wandten sich immer häufiger auf Empfehlung Laongs an ihn. Zwei Drittel seiner daraus entstehenden Einnahmen durfte er behalten, ein Drittel lieferte er an Turakina ab. Dass diese Übereinkunft mit ihr äußerst großzügig bemessen war, wusste Francesco. Da er noch immer ihr Sklave war, hätte sie weit mehr von ihm fordern können. Den größten Teil seiner verbliebenen Einnahmen hatte Francesco in den Seidenhandel mit China investiert, da die feinen bunten Gewebe beim Adel in Karakorum immer mehr Anklang fanden.

Mit dem Erreichten hätte Francesco zufrieden sein können. Doch Francesco war nur zu bewusst, dass sein Glück jederzeit ein rasches Ende finden könnte. An Möngkes Wahl zum Khaqan zweifelte inzwischen niemand mehr. Doch was würde danach geschehen? Würde er überhaupt noch die Möglichkeit haben zu bauen? Seine Gönner waren in der Sippe Ogedeis zu finden. Doch diese Familie war im Begriff, auf gefährlichen Wegen zu wandeln. Francesco graute, wenn er über die Zukunft nachzudenken begann.

Die Stufen zum Palast hinaufschreitend, blieb Francesco plötzlich wie magnetisiert stehen. Einen Augenblick lang glaubte er, seine Fantasie habe ihm einen Streich gespielt. Doch dann wusste er, dass er nicht träumte. Die Frau, die eben in Begleitung von vier Eunuchen an ihm vorbeigeschritten war, bevor sie hinter den Vorhängen einer Sänfte verschwand, kannte er. Trotz des Schleiers, hinter dem sich ihr Gesicht verborgen hatte, wusste Francesco sofort, dass es Arabella gewesen war. Sie hätte er unter Tausenden sofort wiedererkannt.

Im ersten Augenblick war Francesco versucht, die Sänfte einzuholen, die Eunuchen beiseite zu stoßen und Arabella in seine Arme zu schließen. Doch gleich darauf wurde ihm klar, dass dies ein verhängnisvoller Fehler wäre, mit dem er Arabella und sich selbst in Gefahr bringen würde. Er würde behutsam vorgehen müssen, wenn er einen Weg zu seiner Frau finden wollte. Zuerst musste er herausfinden, wem sie gehörte. Diese Nachforschungen könnten sich als äußerst schwierig erweisen. Im Augenblick wimmelte es in der Stadt nur so vor Abgesandten aus aller Herren Länder. Sie alle waren zur Kuriltai erschienen. Doch andererseits bedienten sich nur Moslems und Jin der Dienste von Beschnittenen. Dies war immerhin ein Anhaltspunkt, den er verfolgen konnte. Michael würde ihm bei diesen Nachforschungen gewiss eine große Hilfe sein, kannte er sich in den Sklavenunterkünften des Palasts doch weit besser aus als irgendein anderer. Ihn würde er unter den Eunuchen nach Arabella forschen lassen.

Arabellas Herz klopfte zum Zerspringen. Auf die plötzliche Begegnung mit Francesco war sie nicht vorbereitet gewesen. Noch schlimmer als das Zusammentreffen mit ihm war jedoch, dass das Aufleuchten in seinen Augen ihr gezeigt hatte, dass er sie erkannt hatte. Nun war zu befürchten, dass er nach ihr suchen würde. Dies jedoch konnte nicht nur sie, sondern auch ihn in große Gefahr bringen, sollte Berke davon erfahren.

Seufzend lehnte Arabella sich in ihre Kissen zurück. Für einen Augenblick erwachten Bilder der Vergangenheit in ihrem Innern zu neuem Leben. Doch gleich darauf verfluchte Arabella ihre Sentimentalität. Francesco gehörte in ein anderes Leben. Unter keinen Umständen durfte sie es zulassen, dass die Vergangenheit Schatten auf ihr jetziges Leben warf. Um den Platz einzunehmen, auf dem sie nun stand, hatte sie viel auf sich genommen. Darum würde sie es auch niemals zulassen, dass irgendjemand das von ihr Erreichte ins Wanken brachte.

21.

Die Wahl Möngkes zum neuen Großkhan der Mongolen war vollzogen. Selten zuvor hatte in der Kuriltai soviel Einigkeit geherrscht. Nur die Abwesenheit von Ogedeis Nachkommen bei der Wahl warf einen Schatten auf das Ergebnis.

Da Möngke nicht gewillt war, seine neugewonnene Macht von irgendjemandem in Zweifel ziehen zu lassen, suchte er angestrengt nach einem Weg, Kadan und Kaschin mit deren Anhängerschaft entweder in die Knie zu zwingen oder aber mit Hilfe der Yassa zu vernichten. Schließlich war es Berke, der ihm in einer geheimen Unterredung den Weg wies.

„Alle Orloks und Khane haben dir nach deiner Wahl den Treueeid geleistet, außer die Nachkommen Ogedeis. Fordere sie also auf, nach Karakorum zu kommen, um dir die Treue zu schwören. Nach dieser Aufforderung müssen sie sich entscheiden. Entweder sie unterwerfen sich deiner Macht, oder aber du hast das Recht auf deiner Seite, um sie zu bekämpfen."

Der Vorschlag Berkes gefiel Möngke, auch wenn er die Gefahr barg, dass sich Kadan und Kaschin tatsächlich unterwerfen würden. Dies war längst nicht mehr in Möngkes Sinn. Ihm erschien es zur Festigung seines Machtanspruchs weitaus sicherer, die Nachkommen Ogedeis zu vernichten. Doch solange sie nicht zum ersten Schlag ausholten, waren ihm die Hände gebunden, wollte er sich nicht ins Unrecht setzen.

„Noch heute werde ich einen Pfeilreiter zum Lager von Kadan und Kaschin senden, der sie auffordert, mir die Treue zu schwören. Für den Fall einer Missachtung meines Befehls drohe ich ihnen einen Feldzug gegen ihr Lager an. Dann liegt die Wahl allein bei ihnen. Doch natürlich hoffe ich inständig, dass sie sich meinem Befehl widersetzen werden."

„Ein Ultimatum sagst du!"

Erregt schritt Ogul-Gaimisch in ihren Gemächern auf und ab, Berke gelegentlich einen forschenden Blick zuwerfend. Wenn Möngke den Söhnen Ogedeis tatsächlich ein Ultimatum stellte, dann mussten sie bald handeln. Die abwartende Haltung ihrer Schwiegermutter konnten sie dann wohl kaum noch länger aufrechterhalten. Doch darüber würde sie mit Berke gewiss nicht sprechen. Je länger sie diesem Mann gegenüberstand, umso mehr wuchs ihr Misstrauen gegen ihn. Irgendwie konnte sie sich des Gefühls nicht erwehren, dass Berke nicht ihr Freund war. Wenigstens in diesem Punkt musste sie ihrer Schwägerin Turakina nun Scharfsinn zugestehen, war diese doch von Anfang an Berke gegenüber misstrauisch gewesen. Aber allen anderen Überlegungen Turakinas vermochte sie nicht zu folgen. Wie konnte diese sich nur so leichtfertig mit der Entscheidung der Kuriltai abfinden, die der Linie Ogedeis ihren Führungsanspruch einfach entzogen hatte.

Verächtlich verzog Ogul-Gaimisch für einen Augenblick das Gesicht. Von einem Krüppel wie Turakina konnte man vielleicht gar keine Willensstärke und Entschlossenheit erwarten. Ogul-Gaimisch hingegen war noch lange nicht bereit aufzugeben. Trotzdem antwortete sie Berke schließlich scheinbar resigniert: „Ich werde mich selbstverständlich dafür einsetzen, dass Kadan und Kaschin dem Willen des Khaqan nachkommen. Dem Beschluss der Kuriltai werden sich auch die Nachkommen Ogedeis unterwerfen.“

Einen Augenblick lang fühlte Berke bittere Enttäuschung in sich aufsteigen. Doch gleich darauf wurde ihm klar, dass Ogul-Gaimisch log. Ihr entschlossener Gesichtsausdruck verriet ihm deutlich, dass sie ihm misstraute und ihn darum in ihr Vorhaben nicht einbeziehen würde. Aber das störte nicht weiter. Er würde schon Mittel und Wege finden, um herauszubekommen, was er wissen musste.

„Ich bedaure, dass es so gekommen ist, Schwester. Aber du hast natürlich recht. Für die Gemeinschaft der Mongolen ist es besser, wenn Kadan und Kaschin sich mit ihrer Anhängerschaft dem Khaqan unterwerfen.“

„Jetzt müssen wir handeln."

Das eingefallene, faltige Gesicht der einstigen Regentin Turakina zeigte grimmige Entschlossenheit.

„Du meinst also tatsächlich, dass wir Möngke den Krieg erklären sollen?", fragte Ogul-Gaimisch von plötzlicher Furcht erfasst. Zum ersten Mal dachte sie an die Möglichkeit, dass ihr Aufstand niedergeschlagen werden könnte. Was würde dann aus ihnen werden?

Verächtlich verzog ihre Schwiegermutter sofort das Gesicht.

„Welche Chancen hätten Kadan und Kaschin wohl, wenn sie das täten? Fast alle mongolischen Heerführer wären gegen sie. Nein, Ogul-Gaimisch, es gibt Schlachten, die anders gewonnen werden müssen. Kadan und Kaschin sollen dem Khaqan zusagen, zum Fest der roten Scheibe in Karakorum einzutreffen, um sich zu unterwerfen. Die Zeit wird mir reichen, um heimlich genügend Waffen in die Stadt schmuggeln zu lassen. Ein Überraschungsschlag, das ist unsere einzige Chance gegen Möngke. Bis zum Fest der roten Scheibe werden die meisten Khane und Orloks die Stadt verlassen haben, um zu ihren Ordus zurückzukehren. Möngke wird fast auf sich allein gestellt sein. Wir werden in einem Überraschungsangriff den Palast besetzen, Möngke und seine Berater gefangen nehmen und sofort hinrichten lassen. Danach werden wir Kadan zum neuen Khaqan ausrufen. Wir werden das Reich der Mongolen vor vollendete Tatsachen stellen."

Mit wachsender Angst hatte Ogul-Gaimisch ihrer Schwiegermutter gelauscht.

„Wenn irgendetwas schief geht, werden wir alle verloren sein", wagte sie schließlich zu bedenken zu geben.

„So ist nun einmal das Leben", entgegnete die ehemalige Khatun kalt. „Je mehr man gewinnen will, umso mehr muss man wagen. Man kann sich auch freiwillig der Mittelmäßigkeit unterwerfen, jedes Risiko vermeiden und ein Leben lang ein Niemand bleiben. Aber ich ziehe den Tod der Bedeutungslosigkeit vor. Als al-Rahman durch den Henker meines Sohns starb, da begriff ich, dass es im Leben letztendlich keine Sicherheit gibt. Auf sie zu vertrauen, macht den Sturz darum nur noch schlimmer. Doch du bist frei, Ogul-Gaimisch. Noch kannst du wählen. Du kannst die Stadt verlassen und dich in Sicherheit bringen. Doch glaube ich, dass Möngke dich selbst dann nicht schonen würde, sollte unser Vorhaben entdeckt werden. Seine Rache wird dann Schuldige und Unschuldige gleichermaßen treffen. Natürlich kannst du auch zu Möngke gehen und uns verraten. Doch selbst dann bezweifle ich, dass er dir gegenüber Gnade walten lassen wird, bist du doch, solange du lebst, eine Bedrohung."

Seufzend nickte Ogul-Gaimisch.

„Du hast recht. Lass uns also unser Bestmöglichstes versuchen. Auf mich kannst du zählen."

„Ich habe es nicht anders erwartet. Nur noch eine Warnung zum Abschluss. Misstraue Berke. Und auch zu meiner Tochter Turakina kein Wort, denn ich bin mir nicht sicher, ob sie uns nicht verraten würde. Helfen würde sie uns nicht. Und auch Kaidu werden wir aus unseren Plänen heraushalten. Auch ihm traue ich nicht. Seiner Auffassung von Ehre würde es widerstreben, unsere Pläne zu unterstützen."

„Ich werde schweigen", versicherte Ogul-Gaimisch. „Von mir wird keiner von ihnen ein Wort erfahren."

Während Michael das Haus betrat, das Francesco seit kurzer Zeit in der Nähe des Palasts bewohnte, fragte er sich, ob er dem Freund das, was er in der Sklavenunterkunft des Palasts erfahren hatte, überhaupt berichten sollte. War es vielleicht nicht doch besser, die Neuigkeiten für sich zu behalten?

Es war für Michael nicht schwer gewesen, die Eunuchen bei einem Becher Koumiss über die Eigenarten der Frauen, denen sie täglich dienten, auszufragen. Irgendwann zu fortgeschrittener Stunde hatte dann einer von ihnen schließlich auch eine blonde Frau erwähnt, die aus keinem von den Mongolen eroberten Ländern stammte. Sie zählte seit Jahren zu den Favoritinnen Berkes. Der Aufmerksamkeit eben dieser Frau war es zu verdanken gewesen, dass die Untreue von Berkes Gemahlin Arika entdeckt worden war.

Die Erwähnung dieses Vorfalls hatte auch bei den anderen Zuhörern Interesse geweckt. So musste der Eunuch den Zuhörern genau schildern, was damals in Serai vorgefallen war. Obwohl er dies so objektiv wie möglich zu tun versuchte, war seiner Stimme doch zu entnehmen gewesen, dass er jene Sklavin Berkes nicht sonderlich schätzte. Da Michael davon überzeugt war, dass es sich bei dieser Frau um die von Francesco gesuchte Arabella handelte, hatte er schließlich nicht widerstehen können und die Frage gestellt: „Warum magst du die Frau nicht?"

„Das habe ich mit keinem Wort gesagt. Und ich würde mich auch hüten, dies je zu tun."

„Dennoch magst du sie nicht. Mich würde interessieren, warum."

„Nun, ich spreche nicht gern darüber", hatte der Eunuch zögernd geantwortet.

„Von hier wird niemals ein Wort nach draußen dringen", hatte ihn ein anderer zum Reden ermuntert, der genauso neugierig geworden war.

„Es ist einfach so", hatte der Eunuch schließlich Auskunft gegeben, eigentlich froh darüber, endlich mit jemandem sprechen zu können. „Seit diese Frau nach

Arikas Tod allmählich im Harem die Macht an sich gerissen hat, geschehen dort merkwürdige Dinge. Viele von Berkes Frauen werden schwanger. Doch kein Kind hat seine Geburt jemals lange überlebt. Entweder die Frauen sterben noch vor der Geburt an einer merkwürdigen Krankheit. Oder aber Mutter und Kind sterben bei der Geburt. Ganz selten kommt einmal ein Kind zur Welt. Doch dann stirbt es meist auf geheimnisvolle Weise kurze Zeit später. Ein Fluch liegt auf Berkes Harem, von dem merkwürdigerweise nur der kleine Timur, Arabellas Sohn, verschont bleibt. Manchen Frauen, diese Erfahrung habe ich schon öfter gemacht, schneidet man eben mit ihrem Kitzler auch ihr Herz heraus."

„Diese Erfahrung habe ich auch gemacht", hatte ein anderer Eunuch beigepflichtet. Doch Michael hatte bereits nicht mehr zugehört. Er hatte mehr erfahren, als ihm eigentlich lieb war.

Wie viel sollte er Francesco davon anvertrauen? Am einfachsten wäre es gewiss, Francesco zu erzählen, von Arabella keine Spur gefunden zu haben. Irgendwann würde Berke die Stadt mit ihr verlassen und die Gefahr wäre vorüber. Doch Michael bezweifelte, dass Francesco die Angelegenheit dann auf sich beruhen ließe. Und selbst Nachforschungen anzustellen, konnte für Francesco gefährlich werden. Also war es wohl doch besser, dem Freund in diesem Punkt die Wahrheit zu sagen. Aber würde er sich damit zufriedengeben?

Natürlich nicht. Daran würde gewiss auch nicht das ändern, was er über Arabella herausgefunden hatte.

Vielleicht stimmte einiges davon nicht. Wie konnte Michael wissen, ob der Eunuch die Wahrheit gesagt hatte. Vielleicht war er aus irgendeinem Grund nicht gut auf seine Herrin zu sprechen gewesen und hatte sie darum schlecht gemacht. Oder aber ihm waren irgendwelche Gerüchte zu Ohren gekommen, die er bereitwillig geglaubt hatte, die aber nur Neid und Eifersucht entsprangen.

Seufzend betrat Michael Francescos Arbeitszimmer. Dieser wandte seinen Blick sofort von den Zeichnungen ab, mit denen er sich gerade beschäftigt hatte und begrüßte den Freund erwartungsvoll.

Plötzlich musste Michael sich wieder die Frage stellen, die ihn in der Vergangenheit schon so oft beschäftigt hatte. Warum hielt Francesco eigentlich nach seinem Aufstieg bei Hof an der Freundschaft zu ihm fest. Er, der einfache Bauer, der notgedrungen in den Krieg gegen die Mongolen gezogen war, um sein bisschen Hab und Gut zu verteidigen, von mehr als dem täglichen Kampf ums Überleben jedoch nie etwas verstanden hatte, hatte mit einem Mann wie Francesco wenig gemein. Wie grob und ungebildet er gegen den Genuesen doch war, fast wie ein einfacher Mongole im Vergleich zu diesen chinesischen Gelehrten. Trotzdem hatte Francesco die Freundschaft zu ihm niemals in Zweifel gezogen. Francesco war eben ein guter Mensch. Darum wollte Michael auch nicht, dass ihm noch mehr wehgetan wurde.

„Wenn meine Informationen stimmen, lebt deine Frau in Berkes Harem. Sie ist eine seiner Lieblingssklavinnen und hat ihm einen Sohn geboren."

„Berke?"

Die Erwähnung dieses Namens riss in Francesco alte Wunden auf. Ausgerechnet in die Hände dieses Ungeheuers sollte Arabella gefallen sein. Einen Sohn sollte sie mit diesem Mann haben. Der Gedanke daran kam Francesco unvorstellbar vor. Dennoch konnte all dies stimmen. Hatte Berke Arabella nicht damals verschleppen lassen, bevor er den Befehl zum Abbrennen der Kirche gegeben hatte. Lag es da nicht nahe, dass er sie für sich behalten hatte?

„Ich muss sie sehen, mit ihr sprechen. Kannst du mir dabei helfen, Michael?"

Unwillig schüttelte Michael den Kopf.

„Genau das habe ich befürchtet. Doch das ist Wahnsinn. Denk an das, was Berke mit Arika gemacht hat. Willst du deine Frau der gleichen Gefahr aussetzen? Wenn du versuchst, dich ihr zu nähern, tust du genau das."

„Aber ich muss sie sehen."

„Und dann? Wenn du sie gesehen hast, was willst du dann tun? Vergiss sie. Du reißt nur unnötig alte Wunden wieder auf. Das schmerzt und hilft keinem."

„Ich werde eben einen Weg finden, mit ihr zu fliehen."

„Jetzt bist du ganz übergeschnappt. Wir sind hier im Kernland der Mongolen. Wie willst du von hier fliehen?"

„Ich weiß es nicht. Aber ich werde schon einen Weg finden."

Verzweifelt schüttelte Michael den Kopf. Er musste Francesco diesen Wahnsinn ausreden, bevor er sich überhaupt in seinem Kopf festsetzen konnte.

„Den Mongolen entkommt niemand. Doch darüber will ich mit dir gar nicht streiten. Überlege dir lieber erst einmal etwas anderes. Ich bin zwar nur ein einfacher Mann, aber so viel verstehe ich von der Seele einer Frau gewiss. Eine Mutter verlässt ihr Kind niemals. Arabella hat ein Kind. Glaubst du, sie wird es deinetwegen im Stich lassen? Menschen verändern sich. Auch du hast dich verändert, ebenso wie Arabella. Vielleicht will deine Frau bei Berke bleiben?"

„Bei diesem Schlächter, der schlimmer als alle anderen ist. Das kann ich nicht glauben."

„Vielleicht solltest du sie fragen. Ja, vielleicht solltest du sie wirklich fragen."

„Aber wie?"

Michael überlegte einen Augenblick angestrengt. Dann meinte er: „Wenn ich einen Weg finde, der es dir ermöglicht, sie zu sehen, und sie dir sagt, dass sie bei Berke bleiben will, versprichst du mir dann, dass du sie vergisst?"

„Wie willst du das anstellen?"

„Lass das meine Sache sein. Ich kenne da ein Mädchen, das gelegentlich Stoffe in den Harem Berkes bringt. Vielleicht hilft sie mir. Aber vorher verlange ich von dir, dass du mir dieses Versprechen gibst."

„Ich verspreche es dir. Und ich werde dir das nie vergessen."

„Schon gut", antwortete Michael verlegen. „Ich tue es nur, weil das wahrscheinlich die einzige Möglichkeit ist, dich vor einer großen Dummheit zu bewahren."

22.

In dem gleichen Augenblick, in dem Arabella Berkes Räume betrat, spürte sie, dass etwas vorgefallen sein musste. Berke strahlte an diesem Abend eine ihm sonst nicht eigene Zufriedenheit aus. Triumph erhellte seine finsteren Gesichtszüge. Diese Veränderung erschreckte Arabella, kannte sie Berkes Gedanken doch besser als sonst irgendein Mensch. Deshalb wusste sie genau, welch schreckliche Absichten er verfolgte. Sein ganzes Denken und Handeln waren auf Rache ausgerichtet. Nach Kuyuks überraschendem Tod hatte er seine Rachegedanken einfach auf dessen Sippe übertragen. Konnte er dem Widersacher auf dem Schlachtfeld nicht mehr gegenübertreten, so sollte dessen Familie für das büßen, was er getan hatte.

Das Schicksal der Familie Ogedeis war Arabella an und für sich gleichgültig. Was interessierte es sie, ob diese Barbaren sich gegenseitig umbrachten. Es war allein Francesco, dem ihre Sorge galt. Seit sie vor einigen Tagen eine Nachricht durch eine der vielen den Harem besuchenden Händlertöchter von ihm erhalten hatte, war ihr Herz in Aufruhr. Er wollte sie sehen. Das konnte nur bedeuten, dass er sie während all der Jahre nicht vergessen hatte. Für einen kurzen Moment hatten Erinnerungen Arabella zu übermannen gedroht. Doch schließlich war es ihr gelungen, die Vernunft siegen zu lassen. So hatte sie das Mädchen mit der Nachricht fortgeschickt, dass er sie vergessen solle. Aber Francesco hatte nicht aufgegeben. Das Mädchen war mit einer neuen Nachricht erschienen, die besagt hatte, dass er nur bereit wäre, ihrem Wunsch zu folgen, wenn sie ihm dies ins Gesicht sagte. Diesmal hatte Arabella das Mädchen ohne Nachricht fortgeschickt. Sie war sich nicht sicher gewesen, was sie tun sollte. Sie musste Francesco vergessen und er sie. Zweifellos würde er sich jedoch erst damit abfinden, wenn sie ihm dies persönlich sagte. Doch würde sie, wenn sie ihm gegenüberstand, noch die Kraft aufbringen? Arabella wusste es nicht.

Nachdenklich kniete sie nieder, um Berke aus seinen langen Filzstiefeln zu helfen, bevor sie zärtlich seinen Nacken zu kraulen begann.

„Mein Herr scheint heute besonders gut aufgelegt zu sein. Gibt es dafür einen bestimmten Grund?"

Ein selbstgefälliges Lächeln umspielte Berkes wulstigen Mund.

„Meine Falle hat zugeschnappt. Einer meiner Spitzel bei Ogul-Gaimisch, ein Falkner, hat beobachtet, wie diese falsche Weiberbrut heimlich Waffen in die Stadt schmuggeln lässt, die sie in den Wildgehegen des Palasts versteckt. Ganz sicher planen sie während des Fests der roten Scheibe, wenn Kadan und Kaschin mit ihren Gefolgsleuten in der Stadt sind, um sich angeblich dem Khaqan zu unterwerfen, dessen Ermordung. Wie ich weiter erfahren habe, haben sich auch einige von Tschaghateis Nachkommen, Brüder der Hure Arika, der Verschwörung angeschlossen. Nun habe ich sie. Ich werde sie von Möngke zerquetschen lassen, alle, einschließlich dieses dreisten Krüppels Turakina und ihrer dreckigen Sklaven. Niemand stellt sich mir ungestraft in den Weg."

Eine schreckliche Ahnung beschlich Arabella.

„Turakina?", fragte sie so ahnungslos wie möglich.

„Ja", brummte Berke grimmig. „Dieses Weib hat mir nicht nur eine Hure ins Brautbett gelegt, sondern es auch noch gewagt, mich öffentlich vor meinen Kriegern lächerlich zu machen. Sie hat, nur um mir zu trotzen, zwei entflohene Sklaven vor einer gerechten Strafe bewahrt. Heute ist mir einer von diesen Bastarden stolz erhobenen Haupts über den Weg gelaufen. Doch der wird sich auch nicht mehr lange seines Lebens erfreuen. Diese beiden werde ich von Möngke als Lohn fordern, gewiss ein geringer Lohn für das Leben eines Khaqans. Und dann werde ich dabei zusehen, wie meine Folterknechte ihnen Stück für Stück das Fleisch vom Körper schneiden. Ich habe schon Sklaven gesehen, die diese Prozedur tagelang durchgestanden haben, bevor sie endlich starben. Zum Schluss haben sie alle um den Tod gebettelt."

Arabella würgte den in ihr aufsteigenden Ekel hinunter. Wenn sie in diesem Augenblick ein Messer in der Hand gehabt hätte, sie hätte der Versuchung wohl kaum widerstehen können, Berke zu erstechen. Wie sehr hasste sie diesen Mann. Wie viel Abscheu empfand sie gegen ihn. Vielleicht war es ihr darum so leichtgefallen, dafür zu sorgen, dass die Früchte seiner Lenden alle verdorrten. Gewissensbisse jedenfalls hatte sie nur das erste Mal empfunden, damals, als Arika gestorben war. Seither war ihr Herz für Mitgefühl taub geworden. Beinah war sie selbst schon davon überzeugt gewesen, dass sie außer für ihren Sohn niemals mehr für einen anderen Menschen etwas würde empfinden können. Doch bei Francesco war das etwas anderes. Tief verborgen in der hintersten Kammer ihres Herzens lebte noch immer ein Gefühl für ihn. Darum musste sie ihn warnen. Doch wie sollte ihr das gelingen? Und selbst wenn es ihr gelang, was konnte er gegen Berke ausrichten?

„Wie immer bist du genial, mein Herr!"

Zärtlich glitt ihre Hand tiefer, Berkes Nacken hinunter.

„All dies hat noch einen entscheidenden Vorteil für uns", erklärte Berke ihr weiterhin frohgelaunt. „Wenn ich Möngke vor diesem Komplott warne, ist er mir verpflichtet. Mein Bruder wird immer hinfälliger. Mit seinem Dahinscheiden kann bald gerechnet werden. Dann werde ich Khan der Goldenen Horde werden. Das einzige Hindernis auf meinem Weg dorthin ist Sartak. Doch ihn werde ich schon zu beseitigen wissen. Dann gehört mir die Macht und nach mir unserem Sohn."

„Ja, Herr", flüsterte Arabella schmeichelnd. „Du bekommst immer, was du willst."

„Das weißt du am besten", antwortete Berke lachend, sie zu sich heranziehend. Während sein schwerer Körper sich auf sie legte, um kurz darauf brutal in sie einzudringen, wusste Arabella, dass sie schon morgen mit der Händlertochter Kontakt aufnehmen würde. Sie musste Francesco warnen, und zwar so schnell wie möglich. Jeder Augenblick war kostbar. Vielleicht wusste er einen Weg, um sich in Sicherheit zu bringen.

Wartend stand Francesco hinter dem Vorhang des Tuchhändlergeschäfts, in das Arabella zu kommen versprochen hatte. Wie würde das Wiedersehen mit ihr wohl verlaufen? Die ganze Nacht über hatte Francesco wach gelegen und sich vorzustellen versucht, wie Arabella an ihrem letzten gemeinsamen Abend in Kiew ausgesehen hatte. Es war ihm nicht gelungen, und das hatte ihn erschreckt. Wie fremd waren sie sich inzwischen geworden, wenn er nicht einmal mehr ihre Gesichtszüge in seinen Erinnerungen finden konnte. Dennoch war er bereit, mit dieser Frau einen Weg zur Flucht zu suchen, weniger aus Überzeugung denn aus Pflichtgefühl.

Allmählich begann Francesco unruhig zu werden. Die Zeit verstrich, doch nichts geschah. Einige Kunden betraten das Geschäft, verließen es jedoch bald darauf wieder. Von Arabella war weit und breit nichts zu sehen. Ängstlich begann sich Francesco zu fragen, was er tun sollte, wenn sie nicht käme. Vielleicht wurde sie nur aufgehalten, vielleicht war ihre Absicht aber auch entdeckt worden?

Endlich hielt eine Sänfte vor dem Haus. Die tief verschleierte Frau, die ihr entstieg und ihren beiden Eunuchen befahl, vor dem Laden auf sie zu warten, war Arabella. Durch den schmalen Schlitz im Vorhang spähend, war sich Francesco seiner Sache ganz sicher. Jede Bewegung dieses Körpers schien ihm vertraut, auch wenn dieses verschleierte Gesicht immer noch keine Gestalt annehmen wollte.

Unmittelbar vor dem Vorhang blieb Arabella schließlich stehen und begann sich an einem Packen Stoffballen zu schaffen zu machen. Bevor Francesco sich fassen und etwas sagen konnte, flüsterte sie leise auf Italienisch, einer Sprache, deren Klang noch einmal zu vernehmen Francesco nicht mehr zu hoffen gewagt hatte.

„Hör mir jetzt genau zu, Francesco. Ich habe nicht viel Zeit. Du schwebst in höchster Gefahr. Versuche zu entkommen. Berke plant den Untergang der Sippe Ogedeis. Er hat Beweise dafür, dass diese eine Verschwörung gegen den Khaqan vorbereiten. Keiner aus Ogedeis Familie soll das Strafgericht Möngkes überleben. Als Lohn aber will er dich und den anderen Sklaven fordern, um euch zu Tode foltern zu lassen."

Einen Augenblick lang herrschte auf beiden Seiten des Vorhangs betroffenes Schweigen. Schließlich fragte Francesco ungläubig: „Woher weißt du das?"

„Berke selbst hat es mir erzählt. Wenn du dein Leben retten willst, dann musst du jetzt schnell handeln."

„Dann sage mir, wie und wann wir fliehen können."

Arabellas Atem stockte einen Augenblick. Dies war der Moment, vor dem sie sich gefürchtet hatte. So schwer ihr dies auch fiel, so musste sie Francesco doch jetzt für alle Zeit davon überzeugen, dass es für sie beide keine Zukunft gab.

„Ich werde nicht mit dir kommen, Francesco, niemals. Mein Platz ist an Berkes Seite. Ich gehöre zu ihm und zu meinem Sohn, den ich über alles liebe."

„Dein Kind ist auch mein Kind. Du kannst..."

„Nichts kann ich", unterbrach ihn Arabella ungewöhnlich hart. „Mein Platz ist an Berkes Seite, dessen Erbe mein Sohn einmal sein wird. Ich habe vieles getan, was schlecht war, um so weit zu kommen. Ich werde es jetzt gewiss nicht aufgeben, um mit einem Mann fortzulaufen, der weder Frau noch Kind zu schützen vermochte. Unsere Zeit ist lange vorbei, Francesco, und es entspringt nur einer mir selbst nicht zu erklärenden Sentimentalität, dass ich dich heute warne. Rette dich, wenn du es kannst, aber vergiss mich, so wie ich dich vor langer Zeit vergessen habe."

Während Arabella sprach, verrutschte für einen kurzen Augenblick der Schleier vor ihrem Gesicht, und Francesco konnte durch den Vorhang ihr Gesicht erkennen. Das, was er sah, erschreckte ihn noch mehr als die lieblosen Worte, die Arabella ihm ins Gesicht geschleudert hatte. Die Züge in diesem Gesicht kannte er. Dennoch kamen sie ihm unheimlich und fremd vor, denn es war keine Wärme mehr in ihnen zu finden.

Arabella wartete auf keine Erwiderung Francescos. Hastig zog sie den Schleier wieder vor ihr Gesicht und verließ das Tuchgeschäft. Jedes weitere Wort Francescos hätte ihr das Herz gebrochen.

Lange nachdem Arabella gegangen war, kauerte Francesco noch immer zusammengesunken hinter dem Vorhang in einer Ecke, unfähig zu begreifen. Wie konnte ein Mensch sich nur so verändern? Was mochte aus Arabella das gemacht haben, was sie heute war? Er wusste es nicht und würde es vielleicht auch niemals erfahren. Und gewiss war dies auch besser so.

Als die Tränen, denen er sich nicht hatte erwehren können, schließlich versiegt waren, wusste Francesco, dass Arabella tot war. Die Frau, die in Berkes Jurte lebte, war nicht seine Frau. Sie war eine Fremde und würde es auch immer bleiben. Dennoch musste selbst diese Fremde tief in ihrem Herzen einen Hauch von Erinnerung bewahrt haben.

Plötzlich kehrte Francescos Bewusstsein in die Gegenwart zurück. Erst jetzt wurde ihm die Tragweite dessen klar, was Arabella ihm erzählt hatte. Wenn alles stimmt, dann schwebten nicht nur er und Michael, sondern auch Turakina in höchster Gefahr. Selbst wenn sie an der Verschwörung nicht beteiligt war, und davon war Francesco überzeugt, würde sie kaum Gnade finden. Berke wollte gerade ihren Tod, und Francesco wusste nur zu genau warum. Doch was konnte er tun, um sie zu retten? Je länger Francesco darüber nachdachte, umso sicherer wurde er, dass es nur einen Ausweg gab. Jetzt musste er unverzüglich handeln. Doch würde Turakina mit ihm fliehen? Reichte der Arm des Khaqan nicht an jeden Ort?

Schweigend hatte Turakina Francescos Bericht zugehört. Das, was er ihr erzählt hatte, verwunderte sie tief in ihrem Innern nicht einmal sehr. Sie hatte seit geraumer Zeit das Gefühl gehabt, dass sich hinter ihrem Rücken Unheil zusammenbraute. Doch die Bestätigung dessen erschreckte sie trotz allem ein wenig. Was war nun zu tun? Turakina wusste es nicht. Sie wollte es in diesem Augenblick nicht wissen, denn während sie in Francescos blaue Augen blickte, fühlte sie, wie ihr Herz zu beben begann. Wie war das möglich? Wie hatte dieser Sklave im Lauf der Zeit kaum merklich den Platz in ihrem Herzen einnehmen können, der einst Kublai gehört hatte? Sie sah Francesco an und wusste, dass sie ihn seit langem liebte. Doch erst seit Kublais Drohung waren ihr ihre Gefühle für ihn wirklich bewusst geworden. Ihre Unfähigkeit, Kublai zu folgen, beruhte wohl allein auf der Tatsache, dass sie Francesco zu lieben begonnen hatte.

Schweren Herzens wandte Turakina sich von Francesco ab. Im Augenblick gab es Wichtigeres als diese Liebe, von der sie ahnte, dass sie erwidert wurde. Der Traum, der Francesco all die Jahre beherrscht hatte, er war heute gestorben. Er hatte Arabella endgültig aus seinem Herzen verbannt. Nun war er frei.

Aber nun war es für sie beide zu spät. Die Zukunft verschluckte bereits die Gegenwart. Doch behaupteten die Jin nicht andererseits, dass der Hauch eines Augenblicks eine Ewigkeit währen könnte? Dieser Augenblick war jetzt gekommen. Sie musste ihn sich nur nehmen.

„Ich habe deinem Bruder auf dem Sterbebett versprochen, dich zu Kublai zu bringen, wenn du in Gefahr bist."

„Gewiss, er würde mich und meinen Sohn aufnehmen und beschützen. Aber dies löst dein Problem nicht."

„Ich werde anschließend versuchen mit Michael zu fliehen."

Traurig lächelte Turakina.

„Vergiss das, Francesco. Ihr kämt nicht weit. Das sollte dich die Vergangenheit gelehrt haben. Doch lass uns einen Augenblick lang alle Probleme vergessen. Steckt nicht in jedem Sklaven auch ein Mann? Dieser Augenblick ist vielleicht unsere letzte Gelegenheit."

Zärtlich schlossen sich Turakinas Arme um Francescos Hals, legte sich ihr Mund auf seine Lippen. Als sie die Erwiderung ihres Kusses spürte, fühlten beide, wie sie für einen Augenblick der Hauch der Ewigkeit umhüllte. Ihre Körper verschmolzen zu einem, als ob dies schon immer ihre Bestimmung gewesen wäre, und die Welt um sie herum fiel der Bedeutungslosigkeit anheim.

Als der Morgen dämmerte, entglitt Turakina vorsichtig Francescos Umarmung, schlüpfte lautlos in ihre Kleider und humpelte schwermütig aus dem Zimmer. Hin- und hergerissen von ihren widerstreitenden Gefühlen hatte sie die ganze Nacht über wach gelegen, auf Francescos Atem gelauscht und überlegt, was zu tun sei. Eine Zeit lang hatte sie mit dem Gedanken an Selbstmord gespielt. Diesen pflegten die Jin zu begehen, wenn sie Schande auf sich geladen hatten. Und ihre Familie, ihre Brüder hatten Schande auf sich geladen. Sie wollten die heilige Yassa brechen. Doch Turakina war bald klar geworden, dass sie nun einmal keine Chinesin, sondern eine Mongolin war. Und als solche musste sie kämpfen, nicht nur für sich, sondern auch für Tschingim und den Mann, den sie liebte, anstatt sich feige in den Tod zu flüchten. Dessen war sich Turakina am Ende der Nacht ganz sicher. Solange der Mensch lebte, lebte auch die Hoffnung weiter. So hatte sie sich schließlich dazu durchgerungen, den einzigen Weg einzuschlagen, der eine mögliche Sicherheit bot. Eine Flucht kam natürlich nicht in Betracht, denn niemand konnte der Macht des Khaqans entrinnen. Es gab nur einen Mann, der sie vor Berke und Möngke schützen konnte. Dieser Mann war Kublai. In seine Hände musste sie ihrer aller Leben legen. Doch ob er sie wirklich schützen würde, wenn sie ihm die Wahrheit erzählte, dass wusste Turakina nicht. Trotzdem beschloss sie, dieses Risiko einzugehen.

Nachdem Turakina geendet hatte, blickte sie forschend in Kublais finstere Miene, die keinen seiner Gedanken verriet.

„Du verlangst viel von mir für das, was du zu geben bereit bist", meinte er schließlich grimmig. „Meinen Sohn und dich zu retten, das mag gerade noch angehen. Doch diesen Sklaven zu schonen, der dich mir entfremdet hat, ist mehr, als ich zu geben bereit bin."

Seufzend erhob sich Turakina.

„Dann nimm wenigstens Tschingim zu dir. Er ist dein Sohn und hat ein Recht darauf, als solcher heranzuwachsen."

„Und du?", fragte Kublai überrascht.

„Ich werde den Weg gehen, der mir bestimmt ist."

Auf ihren Stock gestützt, humpelte Turakina entschlossen zur Tür. Sie fühlte bittere Enttäuschung in sich aufsteigen. Doch was hatte sie erwartet? Konnte sie wirklich mehr von Kublai verlangen, als das, was er zu geben bereit war?

„Warte! Ich habe nicht gesagt, dass ich es nicht tun werde, auch wenn es mir nicht leichtfällt und ich dir nichts versprechen kann. Wichtig ist, dass ich sofort mit Möngke spreche. Er muss erfahren, was gegen ihn geplant ist und dass du den Komplott verraten hast."

Abrupt wandte Turakina sich zu Kublai um.

„Das darfst du unter keinen Umständen tun. Damit würdest du mich zum Verräter an meiner Mutter und meinen Brüdern machen. Mag sein, dass alles ohnehin herauskommt und ich an dem, was kommen wird, nichts ändern kann. Doch niemals soll es durch mich geschehen. Berke wird diese Aufgabe schon erfüllen."

„Aber siehst du denn nicht, welchen Vorteil dir dies beim Khaqan verschaffen würde?"

„Wenn ich das wollte, hätte ich selbst zu Möngke gehen können, um meine Mutter und meine Brüder dem Henker auszuliefern. Gerade das aber will ich nicht. Lieber sterbe ich."

„Wie soll ich dich denn schützen, wenn auf dir der Verdacht einer Beteiligung liegt?"

„Wenn Kublai Khan tatsächlich nicht fähig ist, die Seinen zu schützen, was reden wir dann noch? Es ist zwecklos."

Fluchend hielt Kublai Turakina, die sich erneut zum Gehen gewandt hatte, fest. Warum, so fragte er sich verzweifelt, musste es ausgerechnet diese Frau sein, die er mehr als alle anderen begehrte.

„Und was bekomme ich für all den Ärger, den ich mir mit dir einhandle? Eine Frau, die mir ihren Körper geben will, aber nicht ihr Herz. Und ich Narr lasse mich auch noch auf diesen Handel ein. Also gut. Hole Tschingim und ziehe sofort in mein Frauenhaus. Ich werde noch heute einen Ehevertrag aufsetzen lassen, denn als Mutter meines Sohnes hast du ein Recht darauf, meine Frau zu werden, ganz gleich was die Schamanen sagen. Die beiden Sklaven, auf die Berke ein Auge geworfen hat, lasse ich vorläufig in Gewahrsam nehmen. Du wirst sie noch heute meinem Besitz überschreiben. Morgen früh brechen wir nach Khanbalik auf. Vorher werden wir noch die Glückwünsche meines Bruders zu unserem Ehebund in Empfang nehmen. Wenn er diesem Bund seinen Segen gibt, wird es ihm später schwerfallen, ihn wieder zu entziehen."

„Warum sollte er uns seine Zustimmung geben?", fragte Turakina skeptisch.

„Weil er noch nicht weiß, dass deine Brüder Verrat planen und er in einer Verbindung mit der Sippe

Ogedeis darum durchaus etwas Gutes sehen wird",
antwortete Kublai selbstsicher. „Unser gesunder Sohn
wird ihn zusätzlich von der Richtigkeit meiner
Entscheidung überzeugen."

Dankbar verneigte Turakina sich vor Kublai, auch
wenn ein bitterer Beigeschmack bei dieser
Vereinbarung blieb. Wenn sie Kublai das Recht an
Francesco übertrug, konnte dieser mit ihm verfahren,
wie ihm beliebte. Doch dieses Risiko musste sie wohl
eingehen.

23.

Gefesselt lag Francesco neben Michael auf einem der vielen Planwagen des Zugs, die sich auf den Weg in die alte Hauptstadt des Jinreichs, Peking, befanden, das von Kublai in Khanbalik umbenannt worden war.

Während Michael nicht begriff, was die plötzliche Veränderung seiner Lebensumstände herbeigeführt hatte, fühlte Francesco nichts als eine tiefe Leere in seinem Herzen. Erst hatte Arabella ihn im Stich gelassen, nun Turakina. Turakina hatte es vorgezogen, doch bei Kublai Schutz zu suchen, anstatt mit ihm zu fliehen. Und wahrscheinlich hatte sie sogar gut daran getan, denn Francesco wusste ebenso gut wie sie, dass es für sie beide auf Dauer keinen Unterschlupf gegeben hätte. Irgendwann hätten die Schergen des Khaqan sie gefasst. Dennoch war er von Turakinas Handlungsweise enttäuscht. Wenn sie sich schon für Kublai entschieden hatte, so hätte sie ihm dies wenigstens offen sagen können. Er hätte es verstanden. Doch stattdessen hatte sie sich heimlich in der Nacht davongeschlichen, um ihn kurz darauf von Kublai Khan in Ketten legen zu lassen.

Die einsetzende Sommerhitze, die die Reise beschwerlich machte, ließ den Zug nur langsam vorankommen. Das Fest der roten Scheibe, der erste Vollmond im Sommer, lag bereits einige Tage zurück.

„Ich wünschte, wir wären bereits in Khanbalik, wenn der Sturm losbricht", meinte Kublai eines Abends zu Turakina. „Eine Stadt lässt sich besser verteidigen als diese Hügel."

„Rechnest du etwa mit einer kriegerischen Auseinandersetzung meinetwegen?", fragte Turakina überrascht.

„Nicht wirklich", antwortete Kublai lachend. „Möngke wird sich damit begnügen, seine wirklichen Feinde zu vernichten. Dich wird er, da du nun meine Nebenfrau bist, als ungefährlich einstufen. Den Betrag, der dieses Geschäft besiegelt, wird er mir schon zu gegebener Zeit mitteilen. Mehr Sorgen bereiten mir diese beiden Sklaven, an denen dein Herz hängt. Wenn Möngke sie Berke versprochen hat, wird er es als Ehrensache ansehen, dieses Versprechen auch einzulösen."

Seufzend blickte Turakina an Kublai vorbei ins Leere. Sie fühlte sich in so vielerlei Hinsicht schuldig. Sie hatte ihre Familie im Stich gelassen, um sich und die zu retten, die ihr nahestanden. Wie viel ehrenvoller wäre es gewesen, an der Seite ihrer Angehörigen zu sterben. Auch Francesco hatte sie hintergangen, wenn auch aus verständlichen Gründen. Sie hatte es einfach nicht über sich gebracht, ihm ihre Entscheidung mitzuteilen aus Angst davor, dass er sie nicht verstanden hätte. Und schließlich hatte sie auch Kublai betrogen, denn der Lohn, der ihm winkte, war gering im Vergleich zu dem, was er auf sich nahm.

Während Turakinas Blick erneut zu Kublai zurückwanderte, hörte sie außerhalb der Jurte Pferdegetrappel. Vor ihrem Zelt kam ein Reitertrupp zum Stehen.

Verlegen verneigte Bayan sich vor Kublai, als er dessen Jurte betrat. Ihm war deutlich anzusehen, dass er diese Pflicht nur sehr ungern übernommen hatte.

„Ich habe von deinem Bruder, dem Khaqan Möngke, den Befehl erhalten, Turakina, die Tochter Ogedeis, zu verhaften und nach Karakorum vor das Gericht des Khaqan zu bringen. Außerdem fordert Möngke als Zeichen deiner Ergebenheit die Herausgabe der beiden Sklaven, die in Turakinas Besitz waren, bevor sie sie dir geschenkt hat."

„Was soll das?", fragte Kublai so überrascht wie möglich. „Was wirft man meiner Frau und der Mutter meines Kindes vor, dass sie verhaftet werden soll?"

„Hochverrat!", erwiderte Bayan trocken. „Ogul-Gaimisch und Turakina, die Mutter Kuyuks, hatten einen feigen Meuchelmord am Khaqan geplant. Beide haben das Verbrechen gestanden. Der Khaqan ließ sie daraufhin in Filz wickeln und im Fluss ertränken. Auch Kadan und Kaschin, sowie viele von deren Anhängern, sind gefasst und hingerichtet worden. Nun soll auch…"

Ein leiser Schrei des Entsetzens entfuhr Turakina. Sie hatte gewusst, dass es so kommen würde. Dennoch war die Bestätigung grausam.

„Meine Frau hat mit diesem Verbrechen nichts zu tun", unterbrach Kublai ihn barsch. „Ich verbürge mich für die Loyalität meiner Frau dem Khaqan gegenüber."

„In Turakinas Fall dürfte Möngke diese Versicherung genügen. Doch was diese beiden Sklaven betrifft, so bleibt Möngke unnachgiebig. Er hat sie dem Orlok Berke für seine bewiesene Treue versprochen. Und der Khaqan bricht nicht gern sein Versprechen. Deshalb gib ihm die beiden Sklaven, und Möngke ist gewiss damit einverstanden, dass es in Turakinas Fall kein Gerichtsverfahren geben wird."

Bayans Blick ausweichend starrte Kublai Turakina fragend an. Doch die schüttelte nur kaum merklich mit dem Kopf. Sie würde auf ihrem Willen bestehen, und er hatte ihr sein Wort gegeben. Doch sollte er sich deswegen tatsächlich mit seinem Bruder überwerfen? War Turakina diesen Preis wert?

„Reite zu meinem Bruder zurück. Sage ihm, dass ich bedaure. Jeden anderen Wunsch erfülle ich ihm gern. Doch diese beiden Sklaven kann ich ihm nicht geben. Sie sind für mich unentbehrlich."

„Hast du dir das auch gut überlegt, Bruder?", fragte Bayan ungläubig. „Jeder Sklave ist entbehrlich. Du riskierst viel für diese Würmer, zu viel."

„Diese Entscheidung musst du schon mir überlassen", sagte Kublai herablassend. „Diese Männer sind mein

Eigentum, und es gibt kein Gesetz, das mich zwingen könnte, mein Eigentum einem anderen zu überlassen."

„Aber es gibt ein Gesetz gegen Verrat. Dieses Gesetz kann vom Khaqan angewandt werden gegen jeden, der auch nur in Verdacht steht, an ihm beteiligt gewesen zu sein. Die Folterknechte werden die Wahrheit dann schon herausfinden."

„Gewiss", antwortete Kublai fest. „Aber wo es nichts zu finden gibt, sollte man auch nicht suchen. Sag meinem Bruder, dass ich jeden Preis zahle, den er fordert. Nur diese beiden Sklaven kann ich ihm nicht geben."

Höflich verneigte Bayan sich vor Kublai, bevor er die Jurte verließ, um sofort nach Karakorum zurückzukehren. Bedrückt blickte Kublai ihm nach.

„Gewiss wäre dies nicht der erste Krieg, der um einer Frau Willen geführt wird. Aber ganz bestimmt ist das der erste, der geführt wird, weil der Ehemann den Liebhaber seiner Frau schützt."

„Es wird keinen Krieg geben", erwiderte Turakina fest, bevor sie weinend das Zelt verließ.

Die Nachricht vom Tod ihrer Familie hatte sie mehr ergriffen, als sie es für möglich gehalten hätte. Obwohl ihr Kadan und Kaschin nie so nahe gestanden hatten wie Kuyuk, trauerte sie um die Brüder, ebenso wie um ihre

Mutter, die auf so schreckliche Weise ihr Ende gefunden hatte.

Wie machtlos stand der Mensch den Ereignissen zuweilen doch gegenüber. Sie hatte von dem bevorstehenden Unheil gewusst, doch sie hatte keine Möglichkeit gesehen, es zu verhindern. Verzweifelt hatte sie all die Jahre nach Liebe gesucht. Doch in dem Augenblick, in dem sie sie gefunden hatte, hatte sie sie auch schon wieder verloren und war einem anderen Mann in seine Jurte gefolgt. Trotzdem war sie Kublai dankbar. Kaum ein Mann hätte so viel Großmut bewiesen wie er, auch wenn es ihm ganz offensichtlich schwerfiel, sich an sein Versprechen zu halten. Vielleicht, so versuchte Turakina zu glauben, war er eben doch der Mann, den das Schicksal ihr zugedacht hatte und jener andere nur ein kurzer exotischer Traum. Was auch immer stimmen mochte, Turakina hatte im Augenblick nicht mehr die Kraft, sich gegen das Schicksal aufzulehnen. Der Tod ihrer Familie und die Gewissheit, von Kublai wieder ein Kind zu erwarten, nahmen ihr den letzten Mut.

„Weine, Schwester. Tränen sind oftmals die Seen, die zu neuen Ufern führen."

Fragend blickte Turakina sich um. Es war Phagspa, der buddhistische Mönch, der hinter ihr stand. Kublai hatte ihn in Karakorum sprechen gehört und danach gebeten, mit ihm nach Khanbalik zu kommen. Und Phagspa hatte eingewilligt, nachdem er in Kublais Hand gelesen und für diesen eine große Zukunft vorausgesehen hatte.

„In manchen Seen ertrinkt man aber auch sehr leicht", entgegnete Turakina nachdenklich. Wider Willen beeindruckte sie dieser Mönch, dessen klare Augen in ihrem Innersten zu lesen schienen. Seine Gegenwart wirkte beruhigend.

„Du kannst nicht ertrinken, Schwester, denn dein Herz ist voller Kraft. Du wirst das Ufer erreichen. Das steht in deinen Augen geschrieben. Der, der glaubt, den wird nichts von seinem Weg abbringen. Mögen noch so viele Dornen und Hecken den Weg versperren. Er wird doch ans Ziel gelangen."

Turakina wusste nicht warum, doch die Worte des Mönchs gaben ihr Trost. Mochte er recht haben oder nicht, er hatte ihr immerhin die Hoffnung zurückgegeben.

Seit Monaten saßen Francesco und Michael in einem der Kerker, die unter den Befestigungsmauern Khanbaliks lagen. Wie viel Zeit genau verstrichen war, wussten sie nicht. Sie hatten jedes Gefühl für Zeit verloren.

Als die Kerkertür sich plötzlich öffnete und eine Fackel in das dunkle Verlies gehalten wurde, zuckte Francesco erschreckt vor dem Schein zurück. Es dauerte einige

Zeit, bis sich seine Augen an das Licht gewöhnt hatten und er erkennen konnte, wer den Kerker betreten hatte.

„Uriangkatai", entfuhr es ihm überrascht. „Wie kommst du hierher?"

„Ich bin von Möngke Khan hierhergeschickt worden, um Kublai bei seinem Feldzug gegen die Sung zu unterstützen."

„Und nun hat man dich wohl auch noch zu meinem Henker bestimmt?"

„Kein Mensch will dich hinrichten", antwortete Uriangkatai lachend. „Dass man dich eingesperrt hat, geschah zu deinem eigenen Schutz. Solange Kublai deine Angelegenheit mit seinem Bruder nicht geklärt hatte, warst du hier am sichersten. Es hat langer Verhandlungen und vieler Geschenke bedurft, bis Möngke bereit war, sein Berke gegebenes Versprechen zu brechen."

„Das hat Kublai getan?" Ungläubig schaute Francesco Uriangkatai an. „Warum sollte er?"

„Weil Turakina ihn darum gebeten hat und er alles tun würde, um ihre Gunst zu gewinnen. Als sie vor ein paar Tagen bei der Frühgeburt ihres zweiten Kinds fast gestorben wäre, ist er vor Angst fast verrückt geworden. Und als die Ärzte ihn zwischen ihrem Leben und dem ihres Kinds wählen lassen mussten, hat er sich für ihr Leben entschieden. Er liebt sie wirklich, das musst du mir glauben."

„Sie wäre fast gestorben?"

Zutiefst betroffen starrte Francesco den Freund an.

„Nun, es geht ihr inzwischen wieder besser", beruhigte Uriangkatai Francesco, während er seinen beiden Begleitern ein Zeichen gab, Francescos Fesseln zu lösen. „Die Nachricht, dass der Khaqan endlich bereit war einzulenken, hat zu dieser Besserung wohl erheblich beigetragen."

„Wohin bringst du mich?", fragte Francesco, während er Uriangkatai folgte.

„Zuerst in ein Badehaus", bemerkte dieser lachend. „Kublai schätzt die Reinlichkeit nämlich über alles."

Ein Gefühl ohnmächtiger Wut beschlich Francesco, als er Kublai schließlich gegenüberstand. Zum zweiten Mal in seinem Leben hatte er alles verloren, was ihm etwas bedeutete, dieses Mal an Kublai Khan. In dessen entschlossenes Gesicht blickend, zweifelte Francesco nunmehr keinen Augenblick daran, dass ihn Kublai nicht zu seinem Schutz hatte einkerkern lassen, sondern allein, um dem unliebsamen Gegner seine Macht zu demonstrieren. Dies war Kublai in gewisser Hinsicht denn auch gelungen.

Widerwillig kniete Francesco nieder. Trotz seines Zorns durfte er nicht vergessen, dass er jetzt Kublais

Sklave war. Dieser Mann konnte mit ihm tun, was er wollte. Und Kublai hatte gewiss allen Grund, ihn zu hassen, wenn er Turakina liebte. Selbst wenn er den Kampf um sie gewonnen hatte, musste er in ihm noch immer einen Rivalen sehen.

„Du also bist der Genuese, der mir so viel Ärger und Verdruss bereitet hat. Mein Bruder hat nur sehr ungern von dem Gedanken Abstand genommen, dich und deinen Freund in seine Hände zu bekommen."

Nachdenklich wanderte Kublais Blick zwischen dem Falken, der auf seinem Arm saß, und Francesco hin und her. Obwohl in Francesco noch immer ohnmächtige Wut tobte, konnte er sich der stummen Autorität seines Gegenübers nicht völlig entziehen. Wider Willen beeindruckte Kublais Erscheinung ihn. Auch der Rahmen, der Kublai umgab, trug dazu bei, dass Francesco sich klein und unbedeutend fühlte. Die Pracht des chinesischen Palasts, in dem Kublai residierte, stand in krassem Gegensatz zu der Einfachheit, die den Palast in Karakorum geziert hatte. Jetzt erst begann Francesco zu begreifen, was Kaidu immer verwerflich an Kublai gefunden hatte. Dieser Mann war von Geburt aus zwar ein Mongole, doch in seinem Wesen schon vor langer Zeit ein Chinese geworden.

Auf einen Wink Kublais hin trat ein Diener mit einer Schatulle näher, die er vor Francescos Augen öffnete.

„Die in dem Beutel befindliche Summe entspricht in etwa der Summe, die in Karakorum dein eigen war. Das dabei liegende Dokument ist deine Freilassung. Außerdem befindet sich ein Passierschein in der Kiste, mit dem du ungehindert reisen kannst, wohin du willst. Ich hoffe, du bist klug und wählst die Heimat. Im Land der Chinesen bist du nicht länger willkommen. Vor dem Palast stehen für dich und deinen Freund, den ich dir zum Abschied als Sklaven schenke, gesattelte Pferde. Das wäre wohl alles. Du darfst dich entfernen."

„Warum? Warum tötest du mich nicht einfach?", wagte Francesco zu fragen.

Kublai seufzte. „Ich habe schon einmal meine Gefühle über meinen Verstand siegen lassen, was Turakina betrifft. Diesen Fehler werde ich kein zweites Mal begehen. Ich habe ihr mein Wort gegeben, dir dein Leben und deine Freiheit zu schenken. Und ein Kublai bricht sein Wort nicht. Geh jetzt."

Schweigend verneigte sich Francesco, in dem innerlich ein Kampf tobte. Er fühlte sich plötzlich von zwei in ihm widerstreitenden Gefühlen hin- und hergerissen. Er war jetzt ein freier Mann, frei, dahin zu gehen, wohin er wollte. Hatte er sich nicht genau das all die Jahre gewünscht? Dennoch wusste Francesco die Großzügigkeit Kublais sofort richtig zu deuten. Dieser Mann wollte den unliebsamen Sklaven, der ihm so viel Ärger bereitet hatte, so schnell wie möglich loswerden. Und vermutlich entsprach dies auch Turakinas Wunsch.

Doch wohin sollte er gehen? Er hatte kein Zuhause mehr, niemanden, der irgendwo auf ihn wartete.

Während er über den Hof schritt, auf dem die gesattelten Pferde mit Michael auf ihn warteten, fühlte er, wie eine unvorstellbare Einsamkeit und Leere ihn zu übermannen drohte.

„Können wir reiten? Nichts, wie ganz schnell weg von hier!"

Wortlos nickte Francesco, während er sich in den Sattel schwang, seinem Pferd die Sporen gab und davongaloppierte.

„Wohin reiten wir?", fragte Michael erwartungsvoll.

Francesco zuckte nur gleichgültig mit den Schultern. Er hatte kein Ziel mehr. Ihm war alles egal.

Nachdem sie schweigend eine Weile nebeneinander her geritten waren, wurde Michael plötzlich unruhig.

„Ich glaube, wir werden verfolgt."

Nun begann auch Francesco darauf aufmerksam zu werden. Genügte es Kublai vielleicht doch nicht, ihn abzuschieben? Wollte er am Ende auch seinen Tod? Zornig griff Francesco nach dem Schwert, das an seinem Sattel hing.

Als der Reiter schließlich in Sichtweite war, steckte Francesco das Schwert überrascht zurück in die

Scheide. Es war Uriangkatai, der hinter ihnen her geritten kam. Lächelnd winkte er Francesco zu.

„Ich hatte irgendwie das Gefühl, dass ich dir noch etwas schuldig bin. Darum nimm dies hier zum Abschied. Und meide die Gebiete, die dem Einflussbereich Batus und Berkes unterliegen, sonst wirst du doch noch böse enden. Guten Weg, Bruder, bis wir uns wiedersehen."

Ungläubig starrte Francesco auf das ihm von Uriangkatai gereichte Schreiben. Es gab keinen Zweifel. Dieser Brief stammte von Turakina. Er kannte die zierlichen uighurischen Schriftzeichen, die sie schrieb, aus der Vergangenheit genau. Wie viel Mühe hatte es ihm zu Beginn seiner Arbeit als Architekt für die Mongolen doch bereitet, diese komplizierte Schrift von Luong zu erlernen. Doch in diesem Augenblick war er froh darüber, in seinen Bemühungen nicht nachgelassen zu haben. Mit zitternden Händen öffnete Francesco die Rolle und begann zu lesen.

Liebster,

was ich getan habe, war zu unser aller Besten. Es gab keinen anderen Ausweg. Dennoch, zweifle nicht. Phagspa sagt, dass Menschen, die füreinander bestimmt sind, sich immer wieder finden werden. Das Schicksal hat ihre Lebensfäden unauflöslich miteinander verknüpft. Wir gehören zusammen, darum kann das Schicksal uns nicht für immer trennen. Vertraue darauf, bis wir uns wiedersehen.

Turakina

Erregt las Francesco immer wieder die gleichen Zeilen, bis er plötzlich genau wusste, was jetzt zu tun war. Nein, er würde Kublai nicht den Gefallen tun und nach Hause zurückkehren. Er würde im Reich der Mongolen bleiben und einen Weg suchen, der ihn zu Turakina zurückführte. Ganz gleich wie schwer es sein und wie viel Zeit es kosten würde, er musste diesen Weg finden. Sie liebte ihn noch immer. Mehr als diese Gewissheit brauchte er nicht, um alle Geduld der Welt aufzubringen.

„Wir reiten zu dem Ordu Kaidus", teilte er schließlich dem überrascht dreinblickenden Michael mit. „Selbst ein Kublai kann über die Stimme des Herzens nicht gebieten, denn sie ist und bleibt die stärkste Kraft auf dieser Erde."

Zeittafel

1227 Dschingis Khan stirbt

1228 Ogedei neuer Khaqan der Mongolen

1237 Die Mongolen überschreiten die Wolga

1238 Wladimir und Moskau fallen

1240 Kiew fällt

1241 Wahlstatt und Ungarn fallen

1242 Ogedei stirbt, Turakina übernimmt die
Regentschaft

1246 Kuyuk wird der neue Khaqan der Mongolen

1248 Kuyuk stirbt

1251 Möngke wird zum neuen Khaqan gewählt

Zur Geschichte

1237 überschreitet ein mongolisches Heer unter der Führung von Batu Khan, einem Enkel Dschingis Khans, die Wolga, um Russland zu unterwerfen. Rjazan, Susdal, Moskau, Wladimir, Jaroslawl, Twer, eine Stadt nach der anderen fällt den Mongolen in die Hände. Im Winter 1240 steht das mongolische Heer schließlich vor Kiew. Nach der Eroberung richten die Mongolen unter der Bevölkerung ein Massaker an. Die Stadt selbst wird nach der Plünderung niedergebrannt. Der weitere mongolische Eroberungszug scheint von Europa nicht mehr aufgehalten werden zu können. Auch Polen und Ungarn werden 1241 erobert. Doch dann zieht das mongolische Heer plötzlich und unerwartet wieder ab. Der Grund dafür – der Khaqan der Mongolen, Ogedei, ist in Karakorum gestorben. Der Kuriltai muss zusammentreten, um einen Nachfolger zu bestimmen.

Bis zu seinem Zusammentreffen im Jahr 1246 übernimmt Turakina für ihren verstorbenen Ehemann die Regentschaft. Gemeinsam mit ihrem Günstling Abd-al-Rahman versucht sie die Wahl ihres Sohns Kuyuk durch Bestechungen und Geschenke an einflussreiche Adlige zu erkaufen.

Als Kuyuk im Jahr 1246 dann tatsächlich gewählt wird, ist es eine seiner ersten Amtshandlungen, die Misswirtschaft seiner Mutter zu beenden. Abd-al-

Rahman wird kurz nach Fatima, der Lieblingssklavin seiner Mutter und der Geliebten des Persers, selbst hingerichtet.

Im Jahr 1248 bricht Kuyuk Khan mit seinem Heer nach Westen auf, vermutlich um seinen inzwischen stärksten Widersacher Batu Khan niederzuwerfen. Doch zu dieser Auseinandersetzung kommt es nicht mehr. Kuyuk Khan stirbt während des Feldzugs.

Bis zum Zusammentreffen der nächsten Kuriltai übernimmt Ogul-Gaimisch, die Witwe des Khaqan, die Regentschaft. Doch diesmal sind die Chancen, dass erneut ein Nachkomme Ogedeis zum Khaqan gewählt wird, gering. Auf Betreiben des mächtigen Batu Khan wird Möngke der neue Khaqan der Mongolen.

Doch viele mongolische Adlige wollen sich mit seiner Wahl nicht abfinden und planen einen Anschlag auf das Leben des neuen Khaqans. Er wird jedoch rechtzeitig entdeckt, und Möngke Khan beginnt seine Regierung mit einem Blutbad. Fast alle männlichen Nachkommen Ogedeis sowie Ogul-Gaimisch und Turakina fallen den von Möngke Khan angeordneten Massenhinrichtungen zum Opfer. Als 1259 auch Möngke stirbt, greift sein Bruder Kublai nach der Macht.